通向金都

杨雪妮 著

人民东方出版传媒
東方出版社

图书在版编目（CIP）数据

通向金都／杨雪妮 著. —北京：东方出版社，2015. 12
ISBN 978-7-5060-8886-2

Ⅰ. ①通… Ⅱ. ①杨… Ⅲ. ①长篇小说—中国—当代 Ⅳ. ①I247. 5

中国版本图书馆 CIP 数据核字（2015）第 314249 号

通向金都
（TONGXIANG JINDU）

作　　者：杨雪妮
责任编辑：姬　利　王　萌
出　　版：东方出版社
发　　行：人民东方出版传媒有限公司
地　　址：北京市东城区朝阳门内大街 166 号
邮政编码：100706
印　　刷：三河市金泰源印务有限公司
版　　次：2016 年 3 月第 1 版
印　　次：2016 年 3 月第 1 次印刷
开　　本：880 毫米×1230 毫米　1/32
印　　张：12
字　　数：165 千字
书　　号：ISBN 978-7-5060-8886-2
定　　价：48.00 元
发行电话：（010）64258117　64258115　64258112

目录

CONTENTS

序

读《通向金都》有感

这不是一部儿童文学，而是一部引人入胜的玄幻武侠小说。确切地说，是讲一群具有使命感的少年武侠的故事，倾注了作者的情感。

不同于大部分语言苍白的网络小说和儿童文学作品，我惊讶于这部作品奇妙的想象、严谨的结构、华丽的辞藻、生动的比喻和准确的刻画。小说极富吸引力，很想一口气读完。小说场景的切换和语言的描述极具画面感，使人很难想象这部作品起笔于人大附中初二的期末考试中，完成于美国高中毕业前夕的课堂上，是一个中学生的处女作。

在当年的小学作文中，我尚未发现作者的创作才华。我庆幸，在后来的几年学习中，我给作者创造了自由发展的空间。在小说的女主人公身上，我看到了作者的身影，看到了在弱小身躯中勇于担当的心灵世界。

豆蔻年华，风华正茂。希望作者保持和守护自己的幻想，珍惜和抓住迸发的灵感，为我们继续献上优秀的作品。

我也期待着，以这部小说为基础的动漫作品早日诞生！

欢笑

2014 年 8 月 2 日

自序

初中的一段时间，我经常失眠，躺在床上几个小时都睡不着。也许是大脑太兴奋的缘故，每天晚上躺在床上都在胡思乱想，想着想着，竟然在脑海里构思成了一个故事。

这是一个十六岁女孩最纯洁的幻想。

十六岁，的确是花一样的年华，但又不完全像花季那么简单。我们孩提时的天真烂漫犹在，却已步入大人的生活序列，像很多大人一样，我们在自己的泥沼里不断地思索和挣扎，想逃却逃不出去，却又不甘心那样下沉。这个年龄的我，恨自己没有别人优秀，恨父母不明就里的责备，恨同学间那些无理取闹的矛盾，更恨自己没有勇气也没有能力去解决这些事情。拼命努力，却最终惨败的事情有过，有口难辩的事情更是屡屡发生。在这个主要由家庭和学校组成的世界里，我已经感到疲惫不堪了。我常常想，为什么我的世界里只有一个人，没有另一个人可以和我分享生活？我想要有人可以守护我，我也希望自己可以守护那个人……于是，入睡前，我的思绪便逃进另一个幻想的世界，在那里，我找到了一个又一个可以和自己同甘共苦的人。再后来，一个以兄妹二人之间的承诺为主线的故事在我的幻想世界里逐渐形成并展开了，他们的情感交织成一个又一个动机，不断地冲撞我的心灵。于是，带着一吐为快的心理，我把这个故事写了出来，并感谢东方出版社帮我把它出版。

我希望我的读者能深度关注这本书。我之所以这么说，并不是因为我自傲，认为这本书有多么的出色，可以和《盗墓笔记》《小时代》那样的小说比拼销量，而是我相信，这本书充满一个少女的真挚情感和无边的幻想，它会让你内心有所触动，给你带来某种改变。它，就是这样改变我的。

因而，与其说是我在写这个故事，不如说是这个故事在一步步地陶冶着我。看着雨弓泉忍着失去亲人的悲痛，努力成为王国的守护者，我突然明白，我也有自己应该去做的事情；看着雨弓驰一直隐姓埋名，暗中履行着自己的诺言，保护妹妹，我想到，在我身边，也有那样默默付出却绝口不言的人；看着金翮立逆着长辈的旨意，执着地按自己的想法去解决危机，我想到，长辈自然有他们的道理，但这不能说明自己就是错的；看着雨弓泉撕心裂肺地让凌阴相信她，我突然明白，有些事情根本没有必要解释……

在为这本书画下最后一个句号的时候，我心里感到无比敞亮。于是，许多放不下的事情都放下了，许多看不开的事情都看开了。但故事并没有到此完结，它仍然在我的心里继续不断地展开，陪伴着我成长。

现在，我仍然只想简简单单地做一件事情：为自己珍惜的东西，努力地生活，不需要原因，不需要结果。

序　幕

十年前……

春季的风总是这样温暖，轻轻地抚摸着一切，使人们忘记了什么是危险。

镇子不起眼的巷子里，站着三个男孩，身上只是随便套了件背心，吊儿郎当的模样。但是他们的手里都拿着一根棍子，不时地挥上挥下。这些小孩子便是福瑞恩里有名的恶霸，来自几个普通的法师家庭，经常在镇里胡作非为。不会法术的小孩子总会躲着他们，就连有些学了法术的学生也对他们退避三舍，除了雨弓家的孩子。

“喂，快点把钱交出来，这叫过路费！”其中一个小恶霸叫道，手中的棍子指向了迎面走来的女孩。

雨弓泉没有说话，漆黑的瞳孔中弥漫着青色的大雾，软软的发丝在空中飞舞。还没有到上学的年龄，就算拥有父母的优良基因也无济于事。虽然有些害怕，但还不至于让她逃跑。

“喂！听见没有？聋子啊？”另一个恶霸上前推了她一把。

泉的拳头紧紧地握着，从她身体中散出的能量不断将气流推向四周。

“几个大男生欺负小孩儿不嫌丢脸啊！”

一个与泉年龄相仿的男孩从她身后慢慢走来，挡在前面，布满幽蓝的瞳孔让人产生阵阵恐惧感。那是雨弓驰，三个男孩已经在学院见识过他的法术，都不由地往后退了几步。

“好了，快让开吧。我要带她回去了。”

那三个恶霸咽了口唾沫。“喂！你们两个没出息的，连这么点小孩儿都怕！给我上啊！”领头的男孩一下令，另外两个人就挥舞着棍棒朝泉他们打来。

空荡的天空突然传来了几声孩童的惨叫声，紧接着又恢复了平静。三个小恶霸已经倒在了雨弓驰的面前，两眼直直地望着天空，不停地哀叫。驰轻蔑地一笑，拉起妹妹的手从容离开了这里。

“哥，我也想学格斗术。”

“你还不行啊，爸爸说过的。”

“可是我也想保护哥哥……”

“那……等你掌握好自我保护的方法后，我偷偷教你吧。”

“好！”女孩立刻兴奋地叫起来。

男孩望着女孩笑着，眼里充满了柔光。

“未来的某一天，哥哥会离开我吧……”

男孩停下来。“为什么这么说？”

“因为你会找到另一个女孩子和她结婚，再有一个小孩儿……”妹妹语气幼稚，却在诉说着一件很严肃的事情。

“不会的。”男孩蹲下身子，“哥哥是你的守护神，会永远陪在你身边，哪怕你以后嫁人了也不离开。”

“那我也不嫁了，我也要守护你。”

两个人都开心地笑了，为了他们彼此的誓言。那笑容比这春日里的阳光都要温暖。

五月正是个温暖的季节，女孩拿出了自己的裙装，男生也换上单薄的T恤。但就在这个平凡五月的早上，天空却偏偏飘起了雪。紧接着气温开始下降，雪也越下越大，大大的太阳挂在高空，颜色苍白。

“太阳雪吗？”女孩茫然地望着天空，银白色的雪花落在她乌黑的头发上。

忽然听见一阵敲门声。

“妈妈？”驰一开门，心里顿时尽是诧异。

“嗨，亲爱的。文天阿姨和东海叔叔来看你们了。”

——为什么妈妈的笑容那么不自然？

“呦！好久不见，你们都长这么大了！”

——为什么叔叔阿姨也在装？

“泉，驰，今天叔叔阿姨回来是有重要的事要商议。你们到外面去玩好不好？”妈妈蹲下来，抚摸着两个孩子的头说。

驰看了妈妈好一会儿，才转身向外走，说：“泉，我们走吧。”

泉赶紧抱了抱妈妈，然后紧紧跟了过去。

雪，很快将整个城市都包裹了起来，前几分钟还是初夏涌起的热浪，现在就仅剩下遥远冬日的寒冷。

“好漂亮啊！五月份竟能看见这么白的雪。”泉一走出小卖部就叫道。刚才雪突然下得很大，两人就挤进了小卖部避一避。现在雪小了许多，被困在小卖部里的人们陆续都出去了，无数的孩子结伴堆起雪人来。驰向四周望了望："咱们也去玩吧。"眼中的温暖足以将所有的冰雪融化。

只是一会儿的工夫，街道旁就站满了形态各异的雪人。泉调皮地在雪人脸上点了个鼻子，驰往上插了根树枝作为手臂："真没想到五月份能堆起雪人，还真是奇异的春天呢。"

"就是啊，自然可真是善变啊……嗯？哥，你又在想什么？"

"没什么……"

"……你是觉得会发生什么可怕的事？"泉看到驰的眼神明显停滞了几秒，"哈！我猜对了！"

"别瞎想！咱俩在一块儿能发生什么可怕的事……就算发生了，又能怎样？有我在，怕什么。"

"是啊，有你在什么都不用怕。"泉说着做了个鬼脸。

驰微笑地看着天空，看雪花一片一片地飘下。

只要有你在。

什么都不怕了。

突然无数的水滴砸在了脸上，模糊了眼前的一切。有人喊着："着火了！救命！"紧接着就是人群骚动的声音。这时驰才看清，城市里的积雪已经……全部融化了！

无数的人提着水桶向着火的房子跑去，小孩子惊呼着，被赶到了安全的地方。驰刚想说什么，就听见泉叫道："哥，快看！那边也着火了。"

“救命啊！救命啊！”

呼救声不断从四面八方传来，传遍了整个镇子。炽热的火焰肆意地在房子中穿行，建筑物接二连三地燃起熊熊火焰。起初有序救火的人们此时也乱成一团。

驰紧紧地抓着妹妹的手，强行抑制着自己颤抖的身体：“整座城市都着火了……”

火，好热，连天空也烧得通红。有人倒在了路边，有人抱着亲人焦黑的尸体号啕大哭，有人被倒塌的房屋深深地埋住，有人跪倒在烈焰之前，泪流满面。

驰和泉穿过重重火光，耳朵里灌满了人们的惨叫声，终于跑回了家。

“怎么会这样……”泉青色的眼睛如同一块儿美丽无瑕的玉，却映出了可怕的景象——被火舌吞噬的家园。

不祥的预感正不断侵袭着两个孩子幼小的心灵。他们甚至感到自己的身体在不停地颤抖。他们更能感到家里正在进行着一场残酷的战斗。

“啊！”

——不知道是谁的惨叫。

“可恶！你去干掉那边！”

——这是……东海叔叔……

“啊！可恶……怎么这么多人。”

“没事吧？”

——是妈妈和文天阿姨……

一阵冰块破裂的声音。“不行！我挡不住了！”

——是爸爸……爸爸！爸爸你没事吧？爸爸！

驰刚要去推门，门就突然开了。

“快！快离开这里！跑到树林里，不要让任何人找到你们！”爸爸几乎吼着说。泉能清楚地看到鲜血沿着爸爸的胳膊流下来。爸爸回手挡住敌人的一次攻击，又使劲儿推了一把两个孩子：“快跑啊！跑！别回头！”

泉和驰被爸爸的样子吓得赶紧跑开。他们眼里含着泪，向家的反方向，越跑越远。

树林里依旧一片寂静，仿佛与那个被火海淹没的镇子完全是不同的世界。没有什么可以打破这里的宁静，除了那充满恐慌的喘息声。驰紧紧地拉着妹妹，穿过树林。一直在跑，不停地跑，不论怎样也不敢停下。他总能感觉到有人在跟着他们。

不知不觉竟然跑进了森林深处，一座高高的石壁挡在面前。

可恶！怎么可能爬得上去！

驰迅速地环视四周，没有一个地方可以藏身。

咔嚓，咔嚓……

一阵枯枝断裂的声音从后面传来。驰赶紧将妹妹护到身后，紧紧地盯着他们刚刚跑来的方向。

一个强壮的男子渐渐走进视野，他手拿一把枪，随意地搭在肩上，冲两个孩子邪恶地笑着。“别担心，我这就送你们去见你们的爸爸妈妈。”话音刚落，驰就看到了黑洞洞的枪口，然后，一阵亮光……

突然一阵强光照亮了火红的天空，令人目眩。“不好!”柏西使劲儿眨了眨发花的眼睛，带着一帮人向森林深处飞驰而去。当他赶到石壁边时，大吃一惊。

刚才的光亮竟然产生了直径二十米左右的坑，两个六七岁的孩子静静地躺在里面，显得那么无助，那么渺小。哥哥的胳膊仍然环绕着妹妹，在生命的最后一刻他还是尽力保护着她。在他们身旁，还有一张被丢弃的纸条，上面只写了一个“D”。

柏西鼻子酸了一下，捡起纸条揣进衣服里，又拿出对讲机:“镇长，对不起，还是晚了一步。”对讲机那边一片寂静。过了许久，才传来声音:“你们确定他们已经死了吗?”柏西又望向两个孩子，失望地低下头。在他刚要说“是”的时候，他突然发现一股微弱的青色能量正包围着他们。

“没有！还活着！还有希望!”话音透出无限的喜悦。

“好！把他们带回来，要尽全力救他们!”

“是!”

镇长关上对讲机，轻轻叹了口气。

旁边，一个同样有着青色瞳孔的少年开口问道:“爷爷，出什么事了吗?”

镇长的眼里充满了温柔，却又苦笑起来:“凌阴啊，我多不希望再遇到像你一样的孩子啊……可是，世界太残酷了……”

此刻，在整个王国的中心——金都，一个金发男孩正蜷缩在走廊的储藏柜中瑟瑟发抖。他一双透亮的大眼睛噙满了泪水，不停地抽噎着，却一声不吭。仅隔着一层木板，他可以清晰地听到外面激烈的战斗。武器间的碰撞，墙面倒塌的碎裂，人们逃跑的脚步以及他们的惨叫，还有刀片割进身体时的声音，都让他感到心惊胆战。他又将身子蜷缩得更紧了些，把头埋了下去。

“翮立！终于找到你了！”不知过了多久，这个金发男孩终于被家人找到。这个同样拥有金色头发的男人将他紧紧抱在怀里，向王宫外面跑去。翮立趴在他的肩上，小心地睁开眼。那一刻，他看到了满眼的血色。

跑了许久，男人扑通跪在了地上：“金琛……金琛，快看啊！翮立在这里呢！他安然无恙！”翮立麻木地垂下了眼睛，忍不住号啕大哭起来。那个躺在地上，浑身沾满了血的人正是自己的父王。

城市里弥漫着大雾，为金都刷上了最惨淡的背景色。天空中，传来了孩子撕心裂肺的哭声。金琛吃力地睁开眼睛，看到自己的弟弟和儿子都在自己身旁，欣慰地笑起来。“金坤……谢谢你帮我保护翮立……”声音微弱到近乎没有，“这孩子……以后……就交给你了。”

“父亲！父亲！您别走啊！翮立需要您……您还有很多本事没有教给我呢……”翮立说着，泣不成声。

金琛示意孩子安静下来，然后颤抖着交给金坤一个信封：“金坤……这是我最后的命令，帮我完成它……”

“嗯！”

金琛轻柔地垂下了手，仍含着笑意的双眸，逐渐褪去了光泽。在他的身旁，有一张被丢弃的纸条，上面用华丽的字体写着：D。

十三天后的白金宫前，金坤戴着镶满宝石的王冠，伫立在白金宫的高台上：“从今天起，我将作为代理国王，守护弗洛威这片土地。十年后，待小王子金翮立长大成人，再将王位归还于他。另外，从今天起，弗洛威王国禁止使用以灵魂为基础的法术！”

在他的身后，是穿戴整齐的翮立。他的双眼早已失去了原来纯真的光芒。

第一章

十年·森林·深处

十年的痛苦，都来源于森林的深处。

午后的阳光总是最好的，即使现在正是秋季，气温已经低了许多，但还是有许多孩子在外面玩闹。大人们都趁着这样的好阳光打理院子。有的老人坐在门口，一边抽烟一边看着人来来往往。这时候，从隔壁的屋子里传来年轻女子温柔的声音："大家要记住，我们的王国叫作弗洛威王国。虽然都是弗洛威人，但我们各有不同。比如有的人，天生就会法术，他们可以凭空变出小花小草，可以变出火焰。还有的人就不会法术，也就变不出那些东西。老师我就是这样的人哟！所以国王为了保护老师这样的普通人，就规定会法术的人，不可以伤害不会法术的人。大家记住了吗？还有，那些会法术的小朋友要记住，无论是现在，还是以后，都不要使用跟灵魂有关系的魔法哟！"老人听着，呵呵地笑着，继续享受这娴静的时光。

福瑞恩，这个拥有众多森林的小镇，早已没有了十年前的那个悲惨状，似乎这里从未发生过任何悲剧。但是这不代表所有人都会遗忘它。

凌雨站在庭院中，微微地叹了口气。每当看到有落叶在空中翻转而下的时候，她就有一种孤独感。她总觉得少了些什么，却又不知道少的究竟是什么。一个重要的东西？一个人？她从来就想不清楚。

凌雨正沉思着，突然闪身躲过一个冰凌，又挥手击碎了另外一个，目光落在了一个男孩身上："凌阴，我严重鄙视你。居然又偷袭我。"凌阴是一个俊秀得让人无法挑剔的男孩。十年前，当凌雨从那场噩梦里醒来的时候，第一眼看见的就是他。

"我只是想看看你的水平怎么样了。"凌阴微笑着说。他说完本来还想说些俏皮话的，可是一看凌雨扭头继续沉思，把话又咽了回去。看着凌雨沉思的样子，凌阴的心被触动了一下。在大家面前，凌雨一直是个开朗的女孩，别人都觉得她是个乐天派，甚至还有人觉得她有些没心没肺。但实际上，她的眉宇间总带着些淡淡的忧伤。凌雨伪装得实在太好了，以至于跟她共处十年的凌阴也是最近才注意到。凌阴看着凌雨的样子，在心里悄悄地叹了口气。

看似最坚强，最不需要别人的人，恰恰是最需要依靠的，可他们就爱跟自己过不去，就算心已经被绞在了一起，也不让别人看出来。

凌阴正想着，忽然听到有人叫道："少爷，小姐，凌孤老人让你们来一下。"两人闻声走进屋里。在走廊尽头的房间正是镇长——凌孤办公的地方，因为在四个镇长中他年纪最大，大家都亲切地称他是凌孤老人。凌阴轻轻敲了敲门，然后走了进去："爷爷，找我们什么事啊？"

"明天你们要去学校。"老人和蔼地笑着。

"学校?!"凌阴凌雨几乎同时叫了出来。这么多年来，凌孤老人从未让他们去过学校，不知今天为什么突然……

凌孤老人微笑着看着他们，缓缓道："有什么可惊讶的！不去学校，怎么参加历练大会？不参加历练，又怎么成为这个国家的守护者？”

“守护者？”凌雨一听，眼中立刻闪烁出光芒。这么多年，她终于等到了这一天。

“是呀！”凌孤老人点点头，继续讲着，“你们都是守护者的后代，按道理来讲，下一代守护者很有可能就是你们哟！历史告诉我们，守护者的后代有百分之八十的可能成为下一代守护者。你们不去，可是怪可惜的啊……”

“谁说我不去！明天我会去的。”凌雨斩钉截铁地说道。

凌孤老人望着充满斗志的凌雨，满意地点点头，又看向了凌阴。凌阴看了看凌雨，挠了挠头：“她都要去了，那我就更没有理由不去喽。”

历练大会在福瑞恩最大的诺比斯魔法学院举办，只有每个学校最杰出的前一百名法师或者被老师推荐者才能参加。这天早上便有外地人陆陆续续地来到福瑞恩，学校周边的旅馆都已爆满了。这倒给这个镇带来了不少额外收益。

凌阴一边打着哈欠一边懒懒地走着。这几年从来没早起过的他现在正在犯困，哈欠接连不断，连带着一旁的凌雨都开始犯困了。凌阴刚准备再打一个哈欠，头上就挨了一个脑蹦儿，与此同时凌雨也惊叫了一声，“谁啊？”两人愤怒地一回头，伊月调皮地一笑，在她身后是一脸无奈的东卡。

“我说……你天天这样，也不怕把我吓出神经病。”凌雨瞥了一眼幸灾乐祸的伊月，无奈地摇摇头。

“谁让你从来不做心理准备，都被我吓了那么多次了，还是不长记性。”伊月一副你活该的表情。

凌阴在一旁略带责备地对东卡说：“不是让你把她管住了嘛？怎么她又开始了？”

“大哥，我错了，呵呵。不过，你们不是不去学校吗，怎么今天来了？”

“历练大会。”

“啊！那这次当守护者的机会肯定就被你们抢去了。”

“别瞎说！你学会预知术啦？”

几个人这样你一句我一句地来到学院后的空地。这里已经聚集了很多的人，就等着大会开始。柏西是凌孤老人最得意的学生，诺比斯这个重要的学院自然交给他来管理。他不知道什么时候已经站在了高台上，场下逐渐安静下来。

“同学们，欢迎来参加这次历练大会。在这次大会中，你们将与别人合作，在野外生存，一起找到表示终点的绿色缎带。你们的法术将会在这次历练中得到明显的提高。我也不想说太多了，大家一定都很清楚。但有一点必须要提的是，在这次历练中表现突出，抢先到达的人将有机会成为新一代守护者，被我们的王召进宫中，所以大家一定要努力。”

柏西的话音刚落，场下就立刻沸腾了，所有人几乎都在议论有关守护者的话题。伊月拽了拽东卡的衣袖，说道：“哎，东卡，守护者究竟是什么东西啊?”“笨了吧，就是只有王才能驱使的，专门负责保护国家的几个顶级法师。”

“如果选好了搭档，那就到我这里登记，第二天早上再到这里集合。没有搭档的现在就找一个吧。”柏西继续说道。他话音刚落，就有人向他走去登记，也有人四下徘徊寻找搭档。凌雨还没有反应过来，就看见几个女生凑到凌阴身边:“你好，我叫×××，请问你可以做我的搭档吗?”“你做我的搭档可以吗?”凌阴立刻被花痴又充满期待的目光包围住了。凌阴淡淡地说:“抱歉，我已经有搭档了。”说完露出了一个可以让所有少女窒息的微笑，迷得小女生们不知道该怎么办了。说实话，如果不是凌雨跟他共处了十年，恐怕她也在犯花痴的那些人当中了。凌雨看了一眼凌阴，凌阴隔着人群会意地点点头，向前走去。

“哇，那个男生是谁啊?好帅!”

“叫凌阴，是镇长的孙子。”

“那他旁边的女生呢?不会是他女朋友吧?”

“不是啦，是他表妹。父母双亡，就寄住在他们家。”

“哦，太好了。看来凌阴还没有喜欢的人哦，那我还有机会。”

……

在登记的时候，凌阴就听到了这样的对话。实际上，这样的对话一直都出现在他和凌雨的生活中。所有人几乎都认为凌雨是凌阴的表妹，而除了凌孤老人和柏西，只有自己知道凌雨的身世。也只有他知道自己对凌雨的感情，那份被埋在心底的感情。

凌阴正在发愣，就看到凌雨猛地回头向树林里望去，一双明亮的青色瞳孔敏捷地转动着，好像在寻找着什么。“怎么了?”凌阴也一起紧张了起来。“那棵树……”凌雨目不转睛地望着森林，“没什么，是我看错了。”说完，她利落地在表格上签上了自己的名字，然后又偷偷瞥了眼那棵树。凌雨几乎确定，在那棵树后，有谁正在注视着自己，呼唤着自己的名字。

第二天一早，所有人都集中在诺比斯学院，一道前往历练场地。

福瑞恩的尼赛森林是全国最大的原始森林。树木高大，随便挑一个，都是上百年的树龄。野生动物更是数不胜数。秋天正是叶子变黄的季节，在这里看着落叶如地毯一般铺满整个森林，听着脚下清脆的响声，也是一件很享受的事情。若不是当初凌孤老人极力反对，这里早就被那些商人变成摇钱树了。

“一周后，我们在山的那一边集合。记住，千万不要伤害森林里的任何动物。”柏西指着远处唯一的高山说，“如果遇到意外，就立刻发出信号，我们会立刻赶过去。好，解散!”话音刚落，一群人立刻三三两两地散开。

凌阴，凌雨，伊月和东卡向森林深处掠去。凌雨正专注地看着前方，视野里突然冒出了一团红红的火球，在众人面前若隐若现。“喂，伊月。别玩了！我知道它很好玩儿，可你也没必要一直把它甩来甩去的吧。”凌雨不耐烦地说。

“什么叫玩儿，我这是在练习。这可是我刚得到的‘赤轮’，只有多练习，才能熟练地使用它。”伊月争辩着。

“别到时候武器没用熟练，还毁掉了什么东西就行。”东卡略带讽刺地说。

可是这偏偏就让东卡说中了。他最后一个字刚刚出口，就看见赤轮迅速地飞向了身边的一根树干。紧接着就是一连串咔嚓声，十几根树干应声落地。众人立刻止住了脚。

“不是吧……”

几个人刚想继续走，忽然听见断裂的树干后传来一阵响声，随后一只猛虎就从后面跃了出来，一双虎眼死死地盯着凌阴他们，还不时发出怒吼声。大家的神经顿时紧张起来。

“伊月，我谢谢你让我们遇到了老虎。”

“不客气……”

“大家还是逃吧，不要伤害森林里的任何动物，这是命令。”凌阴一下命令，大家立刻行动起来。这四个人中就数凌阴最大，实力又强，大家也都心甘情愿地服从他了。

所有树木飞快地向后倒去。四个人拨开繁茂的枝叶，没命地往前跑，四周充满了喘息声。虽然已经跑得很努力了，后面还是能不断听见老虎愤怒的叫声。“死老虎！”凌阴咒骂道。眼看着老虎就要追上来了，凌阴伸手凭空点了一下，地上立刻结了一道冰墙，将老虎暂时挡住。

“趁现在，分开跑！”

四人立刻向两个不同的方向跑去。

人算不如天算。虽然伊月不断地对自己说“老虎不会追来的，老虎不会追来的”，老虎还是朝他们飞驰过来。此时的体力已经消耗得差不多了，只要一有停下来的想法，身体就会立刻付诸行动。两条腿早已像灌了铅一样，可那只死老虎却好像还是精力充沛。只要自己稍微慢一点，就能感觉到一股股轻微的热浪在脖颈后翻滚着。还好东卡的手一直紧紧地扣在她的手腕上，不让她停下。正想着，忽然感到东卡在不停地加速，刚想叫他，眼前的景象突然一虚，身子便不自主地动起来。只是一眨眼的工夫，伊月已经稳稳地坐在了树干上，眼前刚恢复清晰，就看见一条黄色的影子从树下闪过。东卡见老虎终于被甩掉了，紧握伊月的那只手才慢慢松开：“应该没事了。”微弱得几乎听不到声音。

伊月惭愧地看着东卡，小声地说：“对不起哦，都怪我跑得太慢了。”

东卡只是淡淡地笑了一下，换了一个姿势坐在树上，合上眼睛。他实在太累了，头一次跟一只猛虎赛跑，身体也不太吃得消。

伊月看着在自己面前沉沉睡去的东卡，心里泛起一片涟漪。

谢谢你。

第二章

女孩·记忆·迷宫

女孩记忆中的空点，就在地下的迷宫。

一阵清风吹过，带来一股浓香。

这一觉不知道究竟睡了多久。东卡睁开眼睛，脑子里还是被猛虎追杀的情景。东卡觉得自己简直就是个废物，为什么当时想的只有“不要伤害森林里的动物”那句话，竟忘了自己会法术，差点让自己和伊月的小命都丢了。要不是自己在情急之下凝聚出“灵鞭”，拽着伊月上了树，恐怕两人都会命丧虎口。当时哪怕用法术拖延一下老虎的行动，也不至于变成现在的狼狈样。对了！伊月怎么样了？

东卡猛地坐起来。看到伊月正坐在火堆旁，手拿一根树枝的一端，另一端吊着个果子。这个颇像钓鱼的姿势一下让东卡忍不住笑起来。听到笑声，伊月回过头，拖着长声说：“干吗？有那么好笑吗？只不过烧烤而已啊……”说着，拿起一个烤好的果子扔给东卡。东卡刚才还在想，好好的果子干嘛要烤，这一咬下去总算明白了。烤过的果子变得又香又脆，但又不失原有的甜。东卡忍不住又吃了两个。

稍微垫了垫肚子，伊月站了起来。“走吧！否则没法提早赶到终点了。我看过了，终点就在那个方向！”伊月抬手指了指远方，就向前跃去。

真不知道这丫头什么时候变得这么积极。东卡缓缓抬起手，无数的沙粒如着了魔一般卷地而起，紧紧地围住火苗将它熄灭，又重新散落在地上。东卡满意地一笑，向前追去。

两人飞快地从树下掠过，带起无数片落叶在空中飞舞。伊月跑着跑着，忽然想起了什么，停了下来。

“你想看一下我变魔术吗?”伊月突然转身，充满期待地看着东卡。

东卡笑道:“好啊。”

只见伊月摊开的手掌中渐渐散出红雾。那些红雾不断向四周扩散、消失，却又立刻有新的雾气产生，凝聚在一起。东卡聚精会神地看着。慢慢地，那些雾竟然有了形状，隐约还能看见几条花纹。它们凝聚得越来越紧，越来越密，终于凝聚成了一个布满橙色线条花纹的球——赤轮带着隐隐的红光出现在伊月的手心里。

东卡略带吃惊地看着她。他以前竟然没有发现伊月是这样的厉害，短短几天就已经知道怎么把赤轮的因子分解，吸收进体内，然后再释放出来。真不愧是文天的女儿——神徒的后代。虽然自己的父亲也是跟文天一个级别，倒是没发现自己有像伊月那样的领悟力。文伊月的这种超常领悟力，实在是有点儿可怕。她也仅仅是看着东卡做了一遍，现在就已经会了。这要是在真正的战场上，不就意味着她可以轻易学会对手的招数了嘛……

正想着，突然听到轰轰的响声。附近山坡上的土滑落在地上，砸出漫天黄沙，呛得伊月和东卡连连咳嗽，紧接着一个略微倾斜的黑色石门就出现在了他们眼前。这门大约不到两米高，由左右各一块石板组成。上面还刻着些奇怪的壁画，似乎想要表达着什么。

东卡手扶在门上，轻轻一用力，一股阴冷潮湿的空气立刻从门缝中钻出来。再推一下，就看见一串石阶盘旋而下，通向黑暗的深处。

东卡咽了口唾沫："下去看看吗？"

伊月的眼睛直直地盯着石阶："我……我也不知道。听你的吧……"

"那……下去看一眼就上来？"

"嗯……"

东卡刚想往里走，就被伊月抓住。"怎么了？害怕了吗？"东卡小声地问。"没，我先把赤轮收起来再走。万一……我是说万一有危险，也不至于让敌人发现我们。"说话间，赤轮已经幻化成无数的红色粉末，依附在伊月的胳膊上，然后消失不见。

"走吧。"

两个人顺着湿漉漉的台阶走了很久，终于走到了底部。一条幽暗的走廊延伸向远方，还分出了几条岔路，应该是通向不同的地方。

两个人默不作声地向前走。周围一片死寂，只能听见自己的心跳，还有轻微的脚步声。等等，那是我们的脚步声吗？

伊月和东卡几乎同时抓住对方的手，紧紧地贴在墙上。呼吸仿佛停止了，甚至血液也不再流动。两个人惊异地对视了一眼，又不得不去注意从支路上走出的一个人。

那个人个子不算很高，似乎跟自己年龄相仿，还是个大男孩的样子。黑黑的头发长到了耳朵两侧，清澈的瞳孔在黑暗中闪着淡蓝色的光。他似乎并没有注意到伊月和东卡，依旧朝他的方向走着。

“跟上去。”

两人一路尾随那个男孩，拐了不知道多少个弯，他终于在一扇门之前停下。男孩在门边的密码锁上摁了几下，门轰然打开，从里面透出了五彩的光。无数的容器整齐地排列在房间中央，其中有一个容器里装满了橙色的液体，还有一个人赤裸地蜷缩在里面。靠墙的地方有几个木柜，上面摆满了各种各样的瓶子，里面装的是一些彩色的雾气，无论是黄的、红的、银的，还是其他什么颜色都发出微弱的光亮。瓶子上还贴了各式各样的标签：“银土”“赤火”“蓝风”……“极品——青水”……

东卡呆呆地看着满柜子的“因子”，心中产生了一种不祥的预感：这里怎么会有那么多稀有的因子，我和伊月的那种都在这里。而且，竟然连凌雨和凌阴的那种能量也在这儿，那可是极品啊！没有几个人能拥有那种因子。这究竟是怎么回事？

“咱们快走吧。”伊月轻轻地说，拉着东卡往回走去。

就在他们离开的时候，他们没有看见，那双淡蓝色的眼睛正在望向他们。

森林的另一个地方，凌雨正懒懒地打着哈欠。他们已经找到了终点的位置，这几天就只剩下无聊地赶路，也没什么别的事情发生，连其他的人都没有看见，也许是因为走的路比较偏吧。凌雨和凌阴的速度很快，学院的历练根本难不倒这两个被凌孤特殊训练出来的人。凌阴从树上利落地翻了下来，拍拍手上的土，道："我看了一下，再有一公里就到山脚下了，翻过那座山应该就是终点。"他看凌雨只是点点头，沉默了一会儿，又继续说道，"怎么？累了吗？要休息一会儿？"

"还好。"凌雨一伸手就被凌阴拉了起来，"走吧。"

凌阴微笑地看着凌雨，带头向前掠去。

两个身影，一前一后，飞速穿越树林，所到之处掀起无数金灿灿的落叶。

很快就到了夕阳西下的时候，太阳的余晖穿过树叶间的缝隙，一缕一缕洒在地上。

凌阴正往前走着，突然瞳孔一缩，仿佛看见了什么与自己擦肩而过，消失在前方的树林里。他惊讶地停在了那里，后面是同样一脸吃惊的凌雨。那是谁？竟然拥有如此可怕的速度，还没有让人感到一点能量波动？对于凌阴这个年龄的孩子来讲，他的速度已经算最快的了。怎么会有人比他还快？这样的速度，看到的只可能是一片虚影。那究竟是什么？凌阴心里一阵惊恐。

他整理了一下心情，轻轻闭上眼睛，感受着身体里能量的丝丝变化。只见他的身体被镀上了一层青色的光芒。那层光在不断地向外延伸，一缕一缕如触角一般向四面八方探索。凌雨紧张地注意着凌阴的一举一动。突然，凌阴睁开眼睛如猎豹一般向前方的一个草丛扑去。就在那一瞬间，一个虚影从草丛后跃到了树上，凌阴立刻发出了一枚冰凌，正好与虚影擦肩而过。那个虚影本来还想逃，却又好像受到了些影响，颤抖了一下，从高空落了下来。凌雨盯住了那个影子，在她落在地上的一刹那结出了无数的冰晶，将影子冻在了地上。这时凌阴才看清了影子的原貌，一个身穿雪白虎皮的女孩两手交叉在胸前正愤怒地看着自己。

“你到底是谁？”凌阴正色道。

“这是我要问你的吧！随便闯到这里来，还把我定在这儿！”

“这又不是你的地盘。”

“我在这儿生活了好几年，有人突然闯到这来，我总要搞清楚身份吧！”

凌阴被她的态度气到了，却又不好说什么。从小到大，除了凌雨，没有人敢这样跟他说话。明明只是出于警惕，又想看看是谁的速度可以这样快，才去抓她，结果却莫名其妙地受气。凌阴咬了咬牙，有气又没理由撒出来。沉默了一会儿，干脆转身：“放开她，咱们走。”凌雨听了，点了点头。结在女孩脚上的冰立刻化为了白雾。

“等等！”凌阴刚往前走一步就被叫住，“你还没告诉我你是谁？”

凌阴有些不耐烦，回头几乎吼出来地说：“你管得太多了！反正不是要害你的人！”

女孩似乎被吓住了，直直地看着凌阴的眼睛。在他的瞳孔里，正卷起青色的风暴。女孩又突然向凌雨看去，她的眼睛里也散出青色的光。

女孩迟疑了一下，身形一闪，在凌雨还没反应过来的时候，就扯开了她的衣领，左肩膀上的弓状的印记显露出来。女孩望着那个印记，愣在了那里，又扭头望向了凌阴。

“怎么？让我自觉给你看吗？”说着，凌阴轻轻扯开衣领，露出白皙的皮肤，没有任何印记。反正你都已经发现了这个秘密，那我们不如坦率一点。凌阴心想。

女孩慢慢放开凌雨，退后了几步：“你是……雨弓——那个守护者世家的后代？”

凌雨一脸平静，整了整衣服，说：“嗯。所以呢？”

“你们……你们不是被追杀了吗？怎么还活着？”

“你是希望我们已经死了是吗？”

女孩忽然看见了凌雨阴沉的脸：“不……不是，只是很奇怪，大家都以为你们已经死了。”

“哼，”凌雨冷笑道，“我们是不会那么容易死的。他们越让我们死，我们越会活下去。哪怕只有一丝希望，也要活给他们看。”

女孩吃惊地看着凌雨。不要说那个女孩，连凌阴也被凌雨的话惊了一下。这么多年，凌阴第一次从凌雨口中听见这样的话。本来以为凌雨已经渐渐从那场灾难中痊愈，剩下的就是忘掉她哥哥，可没想到她心里还压抑着这样的情绪。不过，凌阴轻轻地笑了一下，这样才配是守护者的后代啊。

凌雨走到凌阴身边：“走吧……”依然低着头，看不清她的脸。

两个人转身慢慢离开。

“对不起，一定伤了你吧。”女孩的声音再一次从后面传来，凌雨凌阴停住脚步，“我叫知秋，我一直在这片林子里研究魔药。家里不让我做这个，我就逃出来了。如果以后有什么需要帮忙的，请来找我。

这里的动物基本都听我的使唤。请你们不要告诉别人关于我的事，我不想让别人打扰我的生活。”

凌阴稍稍回过头：“这是说你已经把我们当朋友了对吗？”

“嗯……”

“既然是朋友，那我们的秘密你也要保护好。”

“一定。”

“那，再见。”

凌阴和凌雨走了很长时间，没有一个人开口说话，沉默缠绕着两人。渐渐地，天色已经黑得无法赶路，两个人就在一棵树下生起了篝火。他们依然沉默。

凌雨抱膝坐在篝火边，瞳孔中倒映着跳跃的火焰，脑海中突然闪过一幅幅画面。

五月的飞雪，美丽又奇异。

无数的孩子指着天空笑着，就连大人也止住脚观望。

燃烧的地火，吞没了镇子。

看着无数的人丧生在烈火中，而自己能做的却只有逃命。

逃进唯一没有烧起来的树林，危险却仍在身后。

已经筋疲力尽了，还要拼命地跑。

站在哥哥的身后，看着敌人一步一步地靠近。

然后，是漆黑的枪口。刺眼的光瞬间蒙住了眼睛。

最后的感觉是……

哥哥无力地搭在自己身上的手，和浑身的疼……

火焰渐渐模糊，与周围的东西混为一体。眼泪终于流了出来，这是这么多年来第一次哭。

“凌雨……你没事吧？”凌阴蹲在她身边轻轻地说。

“我终于知道少的是什么了……”哽咽的声音，被泪水浸湿的脸，此时的凌雨让凌阴一阵心疼，“是哥哥……我哥哥不见了……”

凌阴轻轻将凌雨搂入怀里：“他已经走了，忘了他吧。”

男孩看着匆匆离去的伊月和东卡，手指动了动，轻松抹掉了他们因为慌张而留下的痕迹。他刚刚完成这件事，走廊里就响起了凌乱的脚步声。几个人匆匆地从他身边跑了过去，其中一个扎小辫的男人看见他，停下来呵斥道：“你站在这儿干什么？我问你，你刚才有没有出去？”

“有。”男孩淡淡地说。瞳孔中仿佛有一潭淡蓝色的湖水在轻轻荡漾，那样的平静。

“切！”那个男人盯着他看了会儿，突然将他拎起来，夹在腋下，往前跑了几步，把他往一个房间里一扔，“回去待着！哪也不许去！”说完，“嘭”的一声关上了门。

男孩艰难地爬起来，走到门边，使劲转了转门把手。果然，上锁了。虽然这样的情况不止发生了一次，但他每次都会抱着侥幸心理去试着开门，可是没有一次能打开。男孩轻轻叹了口气，轻得连他自己都怀疑自己究竟有没有呼吸。他靠着墙角坐了下来，看了看自己缠着绷带的左臂，闭上眼睛。房间里除了跳跃在墙壁上的暗淡的烛光，就再也没有能给人带来生命感的东西了。那个男孩是屋里唯一的生命体，此时却像一个雕像一般坐在那里，感觉不到他的呼吸。只见他的身体包裹着一层蓝光，然后渐渐地变透明。整个人似乎要分散到空气当中……

在这“地下迷宫”的中心处，一个身穿长袍的人坐在办公桌后，怒视着眼前这几个下人。他的目光每扫到一个人身上，那个人就立刻低下头。因为这个人，整个屋子的气氛变得格外紧张。

“啪！”那人突然狠狠地拍了一下桌子。一个玻璃球滚落在地上，摔得粉碎，发出了清脆的声响。

“怎么回事？这么多年都没有发生过这种情况。为什么地道的门会是敞开的？说！”男人呵斥道。一时间没有人敢说话。

短时的沉默后，终于有人开口。“祖鲁大人，通道的门应该是夙隗回来的时候没有关上。”扎小辫的那人第一个回答道。在这个迂回曲折的地下迷宫中生活的人都知道，他是黯昈，是祖鲁大人最得意的下人，也是捡回来的儿子。据说在他还只有十几岁的时候，就跟祖鲁来到这个迷宫，一边接受高强度的训练，一边帮祖鲁完成着他的事业。在祖鲁的一手栽培下，普普通通的黯昈练就了超常的身体素质，也撑起了这里的半边天。此时也只有他敢说话。

“夙隗？他人呢?!”

“已经被我关起来了。”

“把他给我带过来！”

“是，父亲。”

黯旷打开门，夙隗像以往一样缩在房间的角落：“夙隗……”

“知道了。”夙隗站起身走出门外，向祖鲁的办公室走去，黯旷跟在后面。

办公室里其他人都已经退下，只剩下祖鲁、黯旷和夙隗。祖鲁淡淡地笑着，不知道这笑容背后究竟藏着些什么。如果有人看到他这副表情，多半会产生一种不祥的预感，变得紧张起来。但是夙隗却一点也不紧张，对即将发生的事情他似乎早有心理准备，虽然他不知道会发生什么。

“你又出去了。”祖鲁肯定地说，“交到什么朋友了？”

“没有。”

“哎……外面的世界太不干净了，才出去几次，你就已经学会说谎了。”

“我没有。”

“还顶嘴！我一定要让你干干净净的。黯旷！”

“是。”

话音刚落，黯旷就拽着夙隗，将他关进一个封闭的大玻璃箱里。随后他在旁边按了几个按钮，淡绿色的液体便涌入了箱内。夙隗心里一愣，如果水灌满玻璃箱，就代表自己会彻底无法呼吸，明明知道自己的生命将受到威胁，却没有一丝恐惧，这究竟是怎么回事？眼前的景象看着这样眼熟，却又想不起是在哪里见过。

正想着，水已经漫上了胸口，很快超过了头顶，求生的本能使夙隗想尽力向上浮，脚上的锁链却限制住了他。憋着一口气，拼命地挣扎，试图打碎眼前的玻璃。可最后，意识还是渐渐地消失了。黯昈看着悬浮在玻璃箱中昏迷的夙隗，转身对祖鲁说："父亲，这样真的好吗？用药水一遍又一遍地抹去他的记忆，让他不坏您的大事。这样的话，还不如直接杀了他呢。"

"不能杀。这是我们的最后一张王牌。即使他的记忆一遍又一遍的复苏，也绝对不能杀。"祖鲁幽幽一笑，瞳孔中映出男孩清秀的毫无瑕疵的脸。

不知昏迷了多久，男孩醒来。"夙隗，你醒了？"祖鲁一脸慈祥。

"夙隗？是我的名字？"男孩努力地回想之前发生的事情，脑子里却是空荡荡一片。他向四周看了看，目光停留在了一旁十几瓶淡绿色的液体上，他迷茫地看着瓶子上的编号："我是……夙隗？"

第三章

风·吞噬·守护

风，永远不会被吞噬，因为这世界上还有他一定要守护的那个人。

在尼赛森林后面，紧接着就是一座高山。虽然从森林的方向望去，山不算很高，但是翻过它就能发现，山两边的平地存在着巨大的落差——尼塞森林比山那头的小树林不知要高出多少。山坡上还长满了奇形怪状的树木，不时还有坚硬的巨石竖起他们的棱角。凌阴和凌雨屹立在一块最高的石头上，望着脚下直上直下，如悬崖一般的陡坡，脸上没有丝毫的恐惧。他们脸上镇定自如，又带着一丝尊贵，再加上本身就完美无比的容貌，使两个人看上去像一对审判人间的天神。

“这种高度，一下下地爬实在太慢了。”凌阴淡淡地说道，眼里充满了不懈。

“你要俯冲下去？”

“你要同意的话咱们就这么干。”

“行啊，反正我无所谓，我又不会摔到。只要你没事就行。”

“放心啦，我还是有些自信的。”说话间，凌阴腾空一跃，身体已经开始迅速地下落。他半眯着眼睛，听空气从耳边呼啸而过，衣襟被风吹起层层波浪。突然，他落在了一根树干上，又被树干高高弹起，在空中翻了几个身，然后稳稳地落在地面上。这时候，凌雨正好从空中慢慢地降下来。凌阴先是诧异地看着她，随即就笑道："我都忘了你可以动用风属性的法术了。"凌雨将头扭向一边，脸上看不出任何情绪："我可从来没有忘记。"

每个法师能启动什么属性的法术完全取决于他的身体特性。身体特性符合哪种元素，血液中就会混合着哪种"因子"。一般来讲一个人的血液只能适应一种因子，这也就意味着他只能使用这一种元素的法术。可是凌雨偏偏因为基因的缘故，身体特性可以让她的体内同时存在两种因子。这也是她不可多得的优势，但是并存的因子必定有一种是残缺的，凌雨的身体里只有部分的"蓝风"因子，她不能启动所有的风属性法术。凌阴也曾听说，她的哥哥也同时拥有"青水"和"蓝风"，只不过在他的身体里"青水"是不完整的。

十年来，凌雨一直没有使用过风属性的法术，不知是因为没必要，还是因为会触及心里的那片伤。现在看来，应该是后者了。

凌阴看着凌雨，即使她什么也不说，他也明白她在想什么，他能感受到凌雨心理的痛楚。凌阴刚要走上前说些什么，突然一把抓住凌雨的手将她推到了一边，自己被反弹到另一边。一个闪亮的光球正好从他们中间掠过，光球刚刚掠过的地方，此时已经被烧焦了，正往上冒着青烟。

"是谁?!"凌阴立刻叫道，青色的细丝在瞳孔中不断穿梭。

"没想到，你竟然还活着。"有些颤抖的声音，"当初凌孤宣布你们两个都死了，没想到还留着一个。"一个扎着小辫的男人从树后一步步地走来，无数的落叶被他的力量卷起，围绕着他。"也好，"男人停下来，举起那把凌雨熟得不能再熟的枪，“今天我就再送你一程。”话音刚落，又是一声枪响。

那人看着眼前的爆炸，嘴角扬起一个奇异的弧度。但随后他的眼里又出现了一丝失落：“哎呀，逃走了呀。不过，跟我藏猫猫可不好玩哟。”突然他一转身，手上的枪已经变成了一把月牙长刀。

“那人是谁？为什么觉得在哪里见过……”凌雨蹲在树干上小声地问。

“你应该见过，那个人应该就是D党的头号杀手，黯昈。据说，十年前向你们兄妹开枪的人就是他。”凌阴答道。

“黯昈……他就是黯昈？”

“嗯。”

“原来是他……”凌雨瞳孔一紧，眼前瞬间结起冰墙。只见刀光闪烁，冰墙立刻又碎成了粉末。两人赶紧躲到一边，避开飞来的冰碴。

“好像有点打不过啊。”凌雨笑着说。

“还没真正开始呢！”凌阴右手在空中一抓，一把如水晶般透明的剑出现在他的手中，阳光洒在上面折射出七彩的光。虽说是把剑，但看着又像一根巨大的翎羽，每一根羽毛都是细小的刺。这样精致的如艺术品一般的剑，拿在凌阴的手上又多了几分神圣。

“那是？”凌雨惊讶地看着那把剑。

“这把剑叫作‘冰羽’，一直没给你看过，也一直派不上用场。现在，是它苏醒的时候了。”话音刚落，冰羽锋利的刃就迎上了月牙长刀。金属碰撞的声音持续不断。

凌阴几剑刺过去都被黯昈及时躲开，他不由自主地加快了速度。突然黯昈的刀从侧面切来，凌阴连忙挡住，将他的刀高高挑起，紧接着将剑横着一挥，无数的短刺瞬间飞了出去，毫无阻碍地刺中了黯昈的腹部，血一下子洇开了。凌阴一愣：为什么没有……

黯昈看着被血染红的衣服，拔下一根短刺："小子，今天我的目标不是你，别在这儿浪费我的时间，我还有其他事情要做。"

"我就奇怪了，"凌阴将冰羽挡在身前，"我同样也是守护者的后代，我同样拥有极品能量，怎么你们就不杀我，偏要跟雨弓家过不去？"

"你？你算哪门子的守护者后代？就因为凌孤那家伙是老一代守护者？那你父母呢？他们怎么就不是守护者？哦，对了，你啊，生下来就没有爸爸妈妈呀。还真是可怜的孩子呢。"

"住嘴！"凌阴一脸愤怒。这片藏在心里的禁区已经很多年没有人碰过了，而现在眼前的这个人竟然这样堂而皇之地闯进来。凌阴紧紧地咬着牙，此刻真想把这个人撕得粉碎。

"怎么？没话说了？那就快闪开。"

"凭什么！我绝对不允许你伤害她！"凌雨一怔。这话被凌阴说得这样的自然，但也足够打动女孩的心，"凌雨！东卡他们来了，快告诉他们阻止其他人到这儿来！"

"是！"凌雨仿佛梦醒了一般，甩甩头，向来时的方向跑去。

黯昈见状，赶紧追了过去。还没跑几步，就看凌阴从天而降，冰羽倒刺下来，将地面刺出几道深深的裂纹。

“看来我今天是非杀了你不可喽？”

“你可以试试。”凌阴一副高傲的表情，心里可是一点也没有放松警惕。黯昈，D党头号杀手，不知领导了多少次杀戮行动，早就在凌孤老人口中听过他的名字。他要是尽全力，杀了自己和凌雨也不难，只是凌阴自己也不是什么省油的角色。这边打斗闹出那么大动静，柏西他们应该很快就会来查明情况。以自己的实力，撑到他们来还是没有什么问题的。

凌阴正了正色，道：“来吧。”便向黯昈冲去。

凌雨刚刚到山脚下，就撞上了伊月和东卡。看他们两个脸色有些紧张，觉得好像发生了什么，却也没来得及问：“伊月，东卡！你们赶紧想办法拦住后面来的人，千万别让他们到终点去！”

“为什么？”伊月问道。

“来不及解释，那里正进行着一场战斗，牵扯的人越少越好。”凌雨说完，就转身掠了回去。

东卡不安地与伊月对视了一眼，蹲下身默默地调动起了浑身的因子。很快，一股无形的力量卷起了他的衣衫，紧接着一堵高墙在他身后拔地而起。“只能暂时这样了。”东卡站起身，掸了掸手上的泥土。

这时候，刚好有几个人从山上下来，瞥了眼站在一旁的伊月和东卡，就俯身加速，准备翻过高墙。就在他们马上就要成功的时候，墙体却开始猛长了一段，几个人只能重新落回地上。

“你什么意思啊？成心妨碍我们是吧？”其中一个男孩嚷道。

东卡从容地收回了扶在墙上的手，说：“如果不想被卷进麻烦里，我劝你还是先不要翻过去，这是为你好。”

“去死吧！明明就是阻碍我们先到达终点，还好意思说是为我们好！”另一个女生更加不讲理。

“不是……”伊月刚想帮东卡解释，就看到又有一拨人从山上跑了下来。

“这里是什么情况？”

“这两个人是来找事儿的！”

“啊？！不是吧？这年头还有人这么无聊！”

“不管了，无论如何也要翻过去！我一定要成为守护者！”

“就是！翻过去！要不就干掉他们！”

越来越多的人向墙面拥来，借着墙壁向上窜去，打算一跃而过。但是，东卡散着银光的手让这面墙不停地增高，没有人可以超越那个高度，除非他会飞。伊月望着越来越失控的人群，用手指轻轻掠过墙面。就在那一刹那，通天的火光瞬间燃起。所有人都惊慌地向后退了一步，无数的人从墙上跳了下来。

伊月满意地环视了四周，眼里同样燃烧着火焰：“谁也不许越过这堵墙。”在场的人似乎都被这个小姑娘的行为吓到了，一时间没有人说话。过了一会儿，一个壮硕的男孩走上来，揪住了她的衣领：“我们凭什么听你的？”东卡见了，毫不客气地打落了男孩的手。就在这时，一声巨响从墙的那一边传来，伴随着滚滚的黑色烟尘。

“就凭这个。”东卡冷淡地说。

所有人都吃惊地望着仍在不停扩散的黑烟，没再说话。

在地下迷宫的一个房间里，夙隗拿起杯子的手突然停滞了一下。有一种不好的感觉在心头缠绕，让他有些坐立不安。他放下水杯，深吸了几口气，试图让自己平静下来，却怎么都不行。他在屋里不停地踱步，最后终于望向了屋里唯一的那扇门。

他不知道自己为何这样的烦躁不安，但现在他只想出去。

凌雨挣扎地撑起身体，衣服因为被摔出后与地面的摩擦变得有些破烂。向四周看了看，只见凌阴躺在离自己不远的地方，身体的下方有一摊血。刚才自己发现凌阴正在黯昈的刀下无法抵抗，就瞬间制造出气盾挡在凌阴的面前。可是黯昈的力道实在太强，凌雨努力抵抗，但气盾还是被破开了，造成了巨大的能量爆炸，将三个人都摔了出去。

凌雨不顾已经被染红的手臂，爬向了凌阴那里："凌阴，你没事吧？"凌雨将凌阴扶起来。

"啊，还好……死不了……"凌阴捂着腰上的伤口，勉强地一笑。

"对不起，我的气盾不够结实……"

"我说……现在不是说这个的时候……咳……还没结束呢……"凌阴的目光抛向前方。

只见黯昈扛着月牙长刀走了过来，身形有些摇晃，显然也受了不轻的伤，嘴角的一丝血迹还没有被抹掉。

"真丢人，我黯昈竟然被一个小丫头搞成这样。"黯昈放下刀，用刀尖指着眼前的两个孩子，"该做个了结了。"说着，长刀又被高高举起。

死定了。凌阴紧紧地闭上眼睛。

时间，仿佛停止了，周围的一切都在这一瞬间消失，留下的只是无尽的黑暗，和自己不断加速的心跳。所有的感官似乎都失灵了，就连痛觉也……

凌阴小心地睁开眼睛，本打算看看死后的世界，没想到却看到了更加惊人的画面。凌雨正双臂张开护在自己面前，在她的鼻梁上方，是黯昈迟疑在半空的刀刃。

“怎么？砍下来啊！你不是要杀我吗！”凌雨突然叫道。

黯昈看着她满脸坚定的样子，轻轻笑了一下，慢慢放下手：“哼，算了，我改变主意了。”凌雨一脸诧异，刚想问清楚原因，就听见一个声音冷冷道：“黯昈？你怎么在这里？这不是你的捕猎场。”只见柏西和凌孤老人站在他们不远的地方，后面的几个手下已经做好了攻击的准备。

“你来得正好，这两个孩子交给你了，好像受了不轻的伤呢。我先走了。”他说着跑了几步，就消失得无影无踪了。

“凌孤爷爷快追啊！怎么能让他就这样跑了！”凌雨不解地大喊着。

“冷静！孩子。你没有注意他的体内没有因子吗？别忘了弗洛威王国最基本的规则就是，不能伤害没有因子，不会法术的人。”凌孤老人平静地说。

凌雨诧异地看了看凌阴，见他点头，更加觉得不可思议：“但是他刚才差点打败我和凌阴啊!"

凌孤老人依旧平静地看着她，心里有许多话想说，却又不知道怎么表达，最后只能叹气道:"唉，看来以后要小心些了。"

柏西看了看周围，奇怪地问:"怎么就你们两个?这个时候应该大部分人都到了才对。"

凌阴在凌雨的搀扶下站起来，手指向一个方向。这时柏西才注意到远处那堵高高的火墙，微笑地点点头。

夙隗正在悄悄地接近迷宫的大门。他走在湿漉漉的台阶上，忽然停住，又转身走回了迷宫深处。他的脸上仍旧茫然一片。

"去哪里?"刚回来的黯昈突然叫住男孩。

"回去。"夙隗低声说道。

黯昈狡黠地一笑，随意地下了几级台阶，站到夙隗身边，突然，一转身把他摁在了墙上。"听着夙隗，你要去的地方不是下面，是外面的一个废墟。你本就属于那里。在那里，你能找到你要的东西。"黯昈的目光尖锐地射进男孩暗淡的双瞳。那双迷离的眼睛，终于逐渐睁大，仿佛要看穿时空。

第四章

伤痛·爱·冷漠

每个人都有自己的伤痛，等不到爱来治愈，

那就只好用冷漠来保护自己了。

繁华的城市无论何时都会聚集着众多的人。即使现在不是假期，也有很多人在城市中逛来逛去，消遣生活。小二对刚刚进门的客人满脸歉意地说了几句，就拿出一张“客满”的牌子挂在门口。街边的商铺不断地有人进进出出，就连赶马车的小伙子们也在不停地接客，没有停下来的时候。每个人脸上都洋溢着笑容，这里便是整个国家的心脏——金都。

在金都的中心湖泊上，有一个莲花形状的水上花园，而在这花园的中心便是神圣的王宫。整个宫殿仿佛被一朵巨莲托起，轻轻地漂在水上。就在王宫的平台上，金坤正向下眺望着，欣赏这安详的景象。他欣慰地笑着，半眯着的眼睛里透出柔和的光。

转眼间，他成为代理国王已经十年了。带着金琛的托付，王国终于在自己的治理下恢复了原来繁荣的景象，那场浩劫似乎也逐渐退出了人们的记忆。更重要的是，那个袭击王室的 D 党也没再有任何行动。对他来讲，能够通过不作为，让那件事过去，是最好的选择。当然，同样让他感到无比自豪的还有当时的那个小男孩。现在，他已经长成……

“叔叔。”一个声音打断了金坤的思绪，回过头，嘴角扬起了微笑。

他已经长成才貌双绝的大男孩了。

“叔叔，我要出去逛逛。”金翮立说道。

“好啊，别忘了叫上萧守陪你。”

“知道。”

金坤看着眼前的男孩，金黄色的头发随风轻轻摆动，眼睛周围的金色刻纹被头发盖住了一部分。记得几年前还充满稚气的他，此刻脸上已经有了棱角，肩膀似乎也比以前结实了很多。金坤笑得更加灿烂，欣赏着这个如同自己骨肉般的男孩，眼睛不由自主地弯成了月牙儿，甩出了条条细纹。

翮立稍稍皱了下眉：“干嘛笑得那么灿烂？”

“没有啊，”金坤依旧笑着，“只是觉得，你都长这么大了。”

翮立定睛思索了一会儿，就打算离开，刚一转身，就撞见了匆匆赶来的萧守。萧守连忙后退了一步，稍稍弯着身子：“对不起，殿下。”

“啊，有事吗？”

“是。”萧守抬起头，“守护者候选人已经选出来了，但因为在历练中受了伤，所以没有办法立刻赶过来。”

“好，知道了。能陪我出去走走吗？”

“当然。”

两个人消失在平台上。

金坤悄悄地回头看了一眼他们的背影，和蔼地一笑——这孩子真是越来越像他爸爸了，那种亲近却又不失威严的王。

穿过长长的暗道，翮立和萧守从一家花店走出来，就像普通的客人一样。翮立轻轻地用手盖住右眼周围的金色刻纹，当他将手移开时，刻纹已经消失在脸上。他穿着一身休闲装，外衣的拉链也没有拉好，插着兜走在街上，后面的萧守也是一身便服。即使身着这样随便的装束，他们还是吸引了很多女孩子前来围观。

“哇，快看！好……超凡脱俗的男生啊！”

“就是啊！怎么这么好看！好像以前没有见过呀。”

“肯定是哪个贵族家的少爷，你看他们的气质，肯定不是普通人家的孩子。”

……

翮立低着头，一手拉着萧守，从围观的女孩身边快步走过。萧守看着他，轻轻一笑：还是不喜欢被别人说来道去的，即使说的都是夸奖的话。走出了十几米，忽然一个女孩羞涩地站在翮立面前，手里拿着一束玫瑰说道：“那个……这个……送给你。”只说了短短七个字，女孩的脸就已经变得通红。他们立刻被看好戏的人包围起来，萧守略带吃惊地看着女孩。这个女孩胆子真不小，竟然当街给男生献花。要是她知道站在他面前的人就是王子殿下的话，不知道会怎么样。萧守想着，偷偷地一笑。女孩低着头，玫瑰花仍然举在翮立面前，所有人都在期待他的回答。“对不起，我不喜欢花。但是还是谢谢你。”翮立恭敬地鞠了个躬，然后拉着萧守走出了人们的视线。周围立刻传来失望的声音。

不出所料，翮立果然会这样回答。这位王啊，似乎对什么都没什么兴趣，整天都闷闷不乐，严肃得要命。原来从他的目光中还能透出几丝细腻的情感，近些年似乎连这种情感也消失殆尽了。可是几年前，翮立并不是这个样子。萧守清晰地记着，几年前的翮立跟现在一样神圣，充满威严，即使只是个小孩儿。但是他会时不时地露出天真的笑容，让照顾她的仆人姐姐忍不住想摸摸他的头。在别人看不见的地方，萧守跟翮立常常打成一片。就算萧守将翮立骑在身下，他也不会介意。那时候的翮立完全没有一个王者的样子，和普普通通的小孩儿一样爱哭爱闹。可现在……想到这里，萧守默默地叹了口气。

萧守想了想，顺手从摊位上抓了一个鬼脸面具放在脸上。翮立正望着小摊上各式各样的八音盒发呆，突然一个鬼脸出现在眼前。他瞳孔一紧，略带吃惊地抬起头，就看见萧守拿着面具站在自己面前，表情立刻又恢复了正常。

“哈哈，吓一跳吧？”萧守说着，调皮地做了个鬼脸。

“萧守，”翮立默默地走开，“你没必要这样做的。”

萧守看着翮立的背影，拿着面具的手慢慢垂了下来：“我知道……我只是想……再看到你笑罢了……”

两个人又在街上漫无目的地逛了一会儿。萧守不敢再做什么调皮的事情，翮立也不再说什么。

“对了，你刚才说守护者候选人已经选出来了吧？”翮立突然问道，声音压得很低，听起来更像是在自言自语。

“啊，是这样。”萧守连忙答道。

“那可要好好看看他们。”

“您的意思是？”

“要好好看看真实的他们。”风吹乱了翩立金黄的发丝，露出了那仿佛玉雕一般的面容，深邃的瞳孔中泛着淡淡的金光。

在福瑞恩最好的医院里，凌阴静静地躺在病床上。虽然事情已经过去了好几天，但脑海中依旧闪烁着那天的画面。门轻轻响了几声，随即就被推开了。凌阴侧身望去，一个陌生的女孩手里拿着一朵花，站在门口：“那个……我可以进来吗？”声音小得一出口就消失在空气中。凌阴轻轻叹了口气：又是一个。这些天不知道有多少女孩来借机看望自己，有的甚至还大胆表白，但都被他一一拒绝了。凌阴虽然很讨厌被陌生人拜访，尤其是女生，但还是维持着基本的礼貌：“请问你是？”

“我叫容琴。”女孩说着，浅浅地鞠了一躬，齐腰的长发像瀑布一般垂在了脸前，凌阴不禁愣了几秒。再看女生的脸庞，娇嫩细腻，淡粉的唇两端轻轻翘起，让人有种猜不出的神秘感。如果凌雨的美丽是岩石中的野百合，容琴的美丽也许就是凌孤老人种的水仙花。只见女孩微笑着递上一束花，凌阴有些不知所措，犹豫地接了过来，不小心碰到了她娇嫩的肌肤。

“听说你被选为守护者候选人了，祝贺你呀！”女孩继续说道。

“谢谢。”

“其实……其实……”女孩想尽量让自己显得自然一些，可是越是这样，就越来越不自然，“我……喜欢你很久了！”容琴几乎喊了出来。

凌阴的心中意外地泛起一片涟漪。这一周这种情景已经不知道发生了多少次，但是自己这样的反应还是头一次。他再一次好好地看了一下这个叫容琴的女孩。有一张娃娃脸，清秀的眉目仿佛经过画家的修饰，鼻梁略微高挺，却不显得突兀，反而有些可爱。真的是很惹人喜欢的女孩子呢！凌阴默默感叹道。

可是……

“对不起，我已经有喜欢的人了。但还是谢谢你。”

“这样啊……我理解……”容琴的声音中透出了失望，“那么……祝你早日康复，再见。”说完就跑了出去。凌阴看着被撞上的门，轻轻扶住额头：“哎……烦死了。”

凌阴刚要重新躺下，门又被打开了。那句“出去！”几乎要脱口而出，凌阴就看见凌雨从门口走进来，立刻平静下来：“啊，是你啊。”

“怎么了？脸色那么难看。”凌雨一眼就看出了异常。

“还不是那些小女生，老来烦我。”

“嗯，发现了。刚几天啊，从你病房里哭着出去的就十几个了，咱们的凌阴大少爷原来这么受欢迎啊。”凌雨在他旁边坐下，嘲弄道。

“哼，我就不信你这几天没被骚扰。学院里的消息总是传得很快，现在肯定全学院的人都知道了咱们被选为候选人的事。不得有几个男生趁机献一下殷勤？就算没有，那些嫉妒的人也要找你麻烦的。”

“没有的事。”凌雨随口答道。

“没有？那……”凌阴爬到窗边，指着下面的一个冰雕说，“那是什么？”

“他在我来的路上一直跟着我，在一旁嬉皮笑脸的，我就把他冻起来了……然后就再也没有人来烦我了。”凌雨说得一脸轻松。

“这……你够狠的。男生都不敢找你了，以后嫁不出去我可不管。”话音刚落，头上就挨了一拳。

“要你管啊！”

两人正闹着，凌孤老人走了进来：“凌阴，你明天就可以出院了，然后就去金都。”

“金都？”凌雨奇怪地问。

“对啊，你也要去的。守护者接受王子的直接命令，王子殿下当然要见一下你们。如果得到了他的认可，他会赐予你们守护之印，这样你们才能算是他的守护者，跟他产生感应。所以，凌雨，你赶紧回家收拾东西，凌阴的那份你也帮忙收拾了。明早他一出院你们就出发去金都。”

“东西带全一点。这一去，可能好长时间都不能回来了。”凌孤老人有些伤感地说。凌雨听了，冲凌阴做了个鬼脸，就赶紧往外走，可到了门口又停住了脚步。

“爷爷，你说黯畈他没有因子是真的吗？我和凌阴可是差一点就死在他的刀下啊……”凌雨望着凌孤，眼中仍旧充满了恐惧。房间里顿时安静了下来，两个孩子都紧张地注视着满头白发的老人。老人看着他们，轻轻地叹了口气：“是真的。”

“但是他的移动速度并不是普通人可以达到的啊！而且那个力道……他是怎么办到的？”凌雨仍旧很费解。

这一次，凌孤老人也摇了摇头："我也不太清楚。但是，我推测，他一定接受了不少非常规的训练，让身体素质尽可能地接近我们这种人。"顿时，凌阴和凌雨感到一丝凉气顺着脊柱蔓延上来，卡住了他们的喉咙，让他们透不过气来。

"所以，我多想让你们快一点成为守护者，然后得到星流，也就是所谓的守护者的力量。那样，你们才能更好地活下来。"

在深邃的迷宫中，容琴正站在黑色大厅的中央，偌大的空间衬得她那样渺小。

"你回来了？"浑厚的声音从前方传了出来。

"是的，父亲，我回来了。"

第五章

坚强·外表·伤

坚强的外表背后总有一片不可触及的伤。

破旧的石子路不断地向前延伸，在成堆的落叶中若隐若现。路的两旁都是枝叶茂盛的树木，繁茂的枝叶悬在石子路的上空，严严实实地将它封了起来，似乎想让人们永远地遗忘它。马车晃晃悠悠地驶过小路，不敢太快。凌阴任由身体随着马车摇晃着，看窗外阳光从叶缝中钻出，变得越来越淡。身边的凌雨早已经睡着了。突然，车子剧烈地晃动了一下，凌阴的脑袋一下撞在了车门上，“嘶……”凌阴咬了咬牙，没有发出再大的声音。这条路还真的被人遗忘了啊，破成这个样子也没有人来修一下。这条石子路听说很早之前就存在了，是从福瑞恩到金都的一条通商捷径。后来因为要穿过森林，大多数人也就不敢走了，总害怕在森林中遇到不测。这样想想，这条路没人管也是正常了。凌阴依旧向窗外望着。

马车终于在天黑之前走出了森林，来到了金都的主道上。又走了一段时间，终于来到了王宫前。借着灯火看去，宫殿并没有凌阴想象的那么富丽堂皇，但也算是华丽。宫殿静静漂浮在湖的中央，再加上晚上的薄雾，使整个王宫就像遥远的存在一般。

“今天有些晚了，在王宫附近找一个旅店先住下吧。”凌阴对车夫说。车夫点点头，将鞭子一甩，马车又奔驰起来。再次停下的时候，马车已经停在了一个小店门前。“少爷，这家店看上去还不错，价格也很合适，您看怎么样？”车夫诚恳地问道。

“那就这家吧。”凌阴说完，轻轻推了推凌雨，“咱们到了。”

车夫连忙跳下车，绕到另一侧准备开车门。但他的手还没有接触到车门，凌阴就率先将门打开，拎着两个箱子下了车。车夫见了，将手伸过去：“我来帮您拿吧。”

“不用了。”凌阴避开车夫伸来的手，直径向里屋走去。车夫的手在空中僵了一下，慢慢缩了回去。凌雨此时从车上慢慢下来，手里也拎着两个箱子。车夫依旧想上前帮忙。

“谢谢你了。”凌雨见了，微笑地说，“你是爷爷新招的仆人吧？”

“啊……不是……”车夫低头道，“我这么多年一直在打杂，所以您觉得可能没见过我。这次出来，大人怕女仆靠不住，于是让我来了。”

“哦，是这样啊。怪不得你不知道我们的习惯……”

“您说，我一定记着。请您指教。”

“我们的习惯就是，千万不要服侍我们。”车夫明显一愣，诧异地看着凌雨。凌雨继续说道：“什么事情请让我们自己来，我们需要的时候帮一下忙就可以了。千万不要像照顾少爷小姐一样对待我们……”

“说那么多干嘛。”忽然凌阴打断了凌雨，将一把钥匙塞在车夫的手上，“你赶紧把马车停好了，就上楼休息吧，这是房间钥匙。”说完，从凌雨手中接过一个箱子，再次向小店里面走去。凌雨轻轻鞠了个躬：“那您早点休息吧。”说完转身离开了。

“请等一下。”车夫有些不解，“能告诉我为什么要我用这种特殊的方式服侍您吗？”

凌雨侧过脸看着他，沉默了一会儿，又收回了视线：“因为，我们不习惯依靠别人。”

车夫看着凌雨消失的背影，心里一阵感慨。不习惯依靠别人的少爷和小姐……以前就听管家说凌家的少爷和小姐与别人家的不一样，今天总算领略到了。车夫慢慢摘下帽子，冲着空空的门口鞠了一个躬，然后再次驾上马车。

第二天上午，凌阴很早就叫醒了凌雨：“起来吧，还要去见王子呢。”凌雨揉了揉眼睛，爬了起来。

两个人站在中央湖泊前，看着湖水轻轻荡漾。王宫比昨晚看上去华丽了许多。白色的大理石隐隐泛着光，仿佛有无数的星星挂在上面。金色的花纹镶在靠近屋顶的地方。彩绘的玻璃屋顶折射着五彩缤纷的光芒。而巨大的莲花底座，却是一个花园，上面种满了各种名贵稀有的花草，还有小道在上面交错而过。凌阴和凌雨看得直发愣。

“哎，”凌雨捅了捅凌阴，“咱们进去吧。”

凌阴点了点头，向不远处的卫兵喊道：“您好，我们是来见王子殿下的。”

“有邀请函吗？”卫兵扭过头问道。

“这封信可以吗？”凌雨掏出一个信封给卫兵看。卫兵将手指一抬，信就自己飞到了他的手里。他简单地浏览了一下，冲凌阴他们点点头，然后俯下身去。在他的手伏在地上的一瞬间，他脚下的“花瓣”开始向外小心翼翼地伸展，渐渐碰到了岸，与此同时，岸边的一个护栏也消失不见了。“过来吧。”卫兵说道。等凌阴和凌雨刚站在了花瓣上，花瓣便开始远离岸边，护栏也恢复了原状。

卫兵带他们走到了宫殿门口，敲了敲门。过了一会儿，大门打开了。一个十几岁的男孩站在门口：“什么事啊？”

“萧守大人，这两个人叫凌阴、凌雨，是来见王子殿下的。”卫兵恭敬地说道。

“哦，你们就是凌阴和凌雨啊。”萧守看向他们，“很高兴见到你们。可是……殿下昨天刚好出去了，不知道什么时候回来呢。”

“出去了？干什么去了？”凌阴奇怪道。

“我也不知道。你们先在附近的旅馆住下吧，等他回来我亲自去通知你们。”

“好吧……”凌阴犹豫了一下，“那麻烦您了。我们就在‘22 号店’，离王宫最近的那个。”

“好，那我就不送了。再见。”说完，大门被关上了。凌阴和凌雨也只好离开。

萧守走进翮立的房间，轻轻关上门。

“他们来了？”翮立率先开口。

“嗯。”

翮立走到镜子面前，缓缓抹掉脸上的金色刻纹：“看来，我该准备一下了。”

此时在福瑞恩，伊月和东卡并排走在空荡的街上。两个人都面色凝重，没有说话。也许是因为时间还早，街上没有什么人，感觉空荡荡的，让两个人感到无比压抑。很长时间以后，伊月终于开口："唉，这样真的好吗……不怕出事吗？"

"总比不说好。虽然这个发现有可能给咱们带来麻烦，但是……"东卡顿了顿，"我相信凌孤老人会有对策的，他不会乱来的。而且无论我们怎么做，麻烦都会来的。"话音刚落，东卡的双眼突然闪耀起银光，一面铁墙刚刚形成就被几根箭射穿，瞬间瓦解。东卡右手抓住伊月，左手一挥扬起了漫天黄沙将他们包在中间。这时上千根箭疯了一样冲进了那一小片沙尘暴。

沙尘暴渐渐平息，周围的地上、墙上插满了箭。伊月和东卡藏在屋顶上，看得心惊肉跳。

在自己的办公室里，凌孤老人静静地站在窗口前，脸上看不出任何表情。过了许久，老人缓缓地说："柏西，让伊月和东卡搬到这儿住吧。要秘密地把他们接过来。"

"是。那……您有什么打算吗？"

"哼，能有什么打算？"老人轻轻一笑，"无论那个地下迷宫里有什么，现在咱们都不能去那里。现在正是他们最警惕的时候……"

"那您总不能什么都不做吧？"

"是啊……怎么办呢？"老人扶着椅子坐了下来，闭目养神，"那就麻烦你过几天亲自去调查一下。还有，请务必保证那两个孩子的安全。"

"好……"

凌雨和凌阴无聊地坐在房间里，看着窗外的景象。“真可恶，”凌阴轻轻地说，“他竟然不在。”虽然没指明是谁，但凌雨很清楚地知道“他”就是那个金翩立，他们要见的王子，未来的王。凌雨稍稍坐直了一些，用吸管搅和着杯子里的果汁答道：“就是啊……明明说了我们过一两天就到，偏偏在这个时候出去。哎……早知道我们晚点来了。你说他能去干什么呢？”

“谁知道呢。不过，这种情况还真是少见啊……”说着，凌阴往床上一躺。

凌雨回头看了一眼凌阴，他五官精致，清爽的发丝顺着额头垂下，盖住了几处不起眼的伤疤，那英俊的模样应该不比任何一个王子逊色吧。此时，他正在闭目沉思，也只有这个时候可以趁机好好看看他。忽然，凌阴睁开眼睛，一下翻下床，朝门口走去。凌雨见了，也赶紧整了整衣服站好。

萧守站在房间门外，刚要伸手敲门，门就自己开了。凌阴站在门口：“欢迎，萧守大人。”说着行了个礼。萧守略带惊讶地看着凌阴，这个人竟然感觉到了自己，而自己根本就没启动任何法术。“那个……不用这么恭敬，叫萧守就可以了，本来也不比你们大多少啊……而且又不是在王宫，没必要这样。”萧守稍稍有些尴尬。虽然都已经听惯了别人“萧守大人”的叫法，但这个称呼从一个不是仆人的孩子口中叫出来，让他很不自在。

“那……萧守，”凌阴很快地改了口，“你这次来干什么啊？”

“想看看你们要不要到周围玩一下。王刚刚传了讯息说让我带你们到周围玩玩儿。”

“好啊，反正闲得无聊。现在就可以去啊。”凌雨道。

“太好了。对了，有个人要让你们见一下。”说着，萧守从屋外拉进来一个人。凌雨一下愣住了，一个字不断闪现在脑海中——王。那个男孩虽然有一头乌黑的头发，穿着很随便的休闲装，但怎样都无法掩饰住他那尊贵完美的容貌和王者的魅力，仿佛他的身体周围总有几道光缠绕着。男孩的嘴角扬起一个微小的弧度。这的确是个帅气的男孩，比起凌阴更多了几分成熟，几分冷峻和高傲。相比他的那种帅气，凌阴显得要美好许多。他，应该是……

“这是我表弟，萧则。平时也在王宫中做卫兵，这次我把他偷偷带出来了。”什么？怎么可能只是守卫？正想着，突然被凌阴捅了一下：“喂，犯花痴了？”

“哪有……”凌雨狠狠地瞪了一眼凌阴，尴尬地朝萧则一笑，“你好，我叫凌雨。他是……”

“我已经知道了。他叫凌阴，对吧？”萧则嘴唇动了动，淡淡的声音就从嘴里飘了出来。

第六章

星藏·神·祈祷

星藏，王国的守护神，请接受我的祈祷。

临近中午，阳光正是灿烂的时候，却没有夏天火热的温度。街上的人愈发多起来了，四个人在街上悠闲地走着，不时引来一些目光。一个女孩，清新动人，长发不时轻抚过她的肩膀，美到让人忘记呼吸。三个男孩，一个威严尊贵，一个傲慢冷峻，还有一个温柔阳光。虽然这三个男生明显性格不同，出身不同，但在外人眼里，他们都有一个共同点：值得千万少女为他们倾倒。

“这一带啊，是金都最主要的商业区，所以人总是特别多。除了有一些小商品以外，还有一些古董店什么的……”萧守在前面跟凌阴滔滔不绝地介绍着，时不时地回头看一眼自己身旁的萧则。萧则却总是避开他的目光，看向别处。凌阴一直静静地听着，一句话也没说。凌雨瞥了眼旁边的萧则，自从那个轻微的笑容后，他的脸上就再也没有了任何表情。明明两个人并排走着，却一句话也不说，真是尴尬。凌雨此刻真想跟萧则说说话，可是又不知道怎样开头，只好一直闷着。终于，凌雨忍不住打了个大哈欠。

“呵呵，看来凌雨无聊了。不要紧，一会儿就不无聊了。”萧守回过头，微笑着说，“出了这条街，我们就往山上走，去山顶的主教堂……”

“轰!”萧守话刚说到一半就听见了爆炸声，前面的一栋房屋冒着滚滚黑烟。四个人愣了一下，立刻向那里飞驰而去。

爆炸的房屋四周挤满了围观的人，但没有一个敢靠近半步。谁也不知道究竟发生了什么，只是叽叽喳喳地不停猜测着。不一会儿，三个身形健壮的男子各自扛了一个麻袋从房子里走出来。

“真不愧是位于金都的珠宝店，这些宝贝能卖不少钱哩!”其中一个人一看就是跟班的，他正朝走在最前面、更加魁梧的男子喊着。

“那还用说!”最前面的人得意地回了一句，又扭头冲人群叫道，“哎！都给我闪开！否则就让你们跟这房子一块儿陪葬!”说着，他单薄的背心下露出了结实的肌肉。人们都害怕地闪开一条道。领头的男人咧嘴一笑，带着他的两个跟班准备离开。

“站住!”这时候几个士兵挡住了他们的去路，“快点把珠宝放下！竟然敢在离王宫这么近的地方作案，胆子实在是……雷……雷洛?!”

男人开怀大笑起来:“哈哈……还算你们有眼力！没错，本大爷就是著名强盗雷洛哦！我一天抢到的东西，估计就够你们一年的工资了吧?”男人的嘴角扬起诡异的弧度。几个士兵稍微往后退了一步，手里的枪抓得更紧了。周围的人群更是纷纷向后退去，明明知道危险，却不好立刻逃开。

其中一个士兵鼓起勇气威胁道:“你们快把珠宝放下，否则等神徒过来你就等着遭殃吧!”话音刚落，就听见雷洛更加肆无忌惮的笑声。“神徒？他们要是有用的话，我还能从摩尼市跑到这里？小子，听清楚，我以前就是神徒哦。”他故意凑近了些，“知道这意味着什么吗?”

士兵紧紧地咬着牙，一句话也不说。

“意味着他们……也制服不了我。”说着一束火焰突然从他的手心喷射出来。几个士兵还没有反应过来，就被吞噬了，不一会儿就化成了灰烬。围观的人们一时间都安静了下来，突然人群中响起了妇女的尖叫声，紧接着是孩子的哭声，人群开始骚动起来。许多人想出手，却又不知道该怎么办。

雷洛轻蔑地环视着周围的人群。“看见没有！谁要敢拦路就是这个下场！”两个跟班也跟着猖狂起来。

“哼，原来是个废物。”忽然，一个不带感情的声音从人群中飘了出来。虽然声音不大，却让雷洛听得格外刺耳，本来已经抬起的右脚又收了回来。人们纷纷寻着声音望去，闪到了一侧。只见萧则悠闲地靠在栅栏边，梳理着自己的头发。

“臭小子，你说谁废物呢！”

萧则用余光瞥向雷洛，嘴角抹开一丝笑意：“说你呢。”

“可恶！看我今天不好好教训一下你！”说着，雷洛向前跑了几步，一拳挥了过去。下一秒，仿佛一股无形的力量挡在前方一般，他就被瞬间摔回了原处。周围的人惊呼起来。

“连一个男孩子都打不过的人，还不是废物吗？”萧则一步步走近，带着一股强烈的压迫感，高高伫立在雷洛面前。

“哈哈哈哈……”男人有些艰难地爬起来，大笑道，“真是小看你了啊！原来你是个法师啊！我可真是大意。不过……接下来就没有这么简单了！”说着，他身上燃起了熊熊火焰。

“没事吧？”萧守从后面跑了过来，下意识地挡在了萧则前面。他见萧则不说话，继续道：“这个人，我来对付就可以了。”

“不用了。”萧守和萧则突然被推到了一边。只见凌阴和凌雨站在那里，目光坚定地望着前方，“你们去救人吧。他们几个交给我们就可以了。”萧守愣了一下，与萧则对视了一眼，随即微笑着向房子里跑去。

“哟，怎么换人了？”男人身上青筋突了出来，“无论换成谁都一样。这样吧，你先动手，省得别人说我欺负小朋友。”男人讥讽着。

凌阴轻轻一笑，将手插在了裤兜里：“对不起，大叔，我可没打算动手。对付你，她就足够了。”说着指了指旁边的凌雨。男人愣了一下，突然大笑起来，这次就连他的两个跟班也笑倒在地上。

“就这小妞？哈哈……你看你瘦胳膊瘦腿……还想跟我打？哈哈……”

凌雨看着面前笑得不成样子的三个人，紧紧地握上拳头：“真是猖狂。这里不是你撒野的地方！”说着她向男人冲了过去。凌雨使劲挥出一拳，可是胳膊立刻就被一只庞大的手抓住，卸了力量，然后整个人就被拎了起来。雷洛有力的手紧紧地捏着凌雨的胳膊，仿佛要把它捏碎。大脑不断发出疼痛的信号，凌雨紧紧地咬着牙。

“你不擅长格斗，千万不要试图跟敌人肉搏。”一个声音回荡在脑海中。

炽热的火焰贪婪地舔食着肌肤，凌雨此刻被完全包裹在了男人的烈火里。男人勾起嘴角，不停地笑着：“哈哈，你就这样慢慢变成灰烬吧!”周围的人开始恐惧，但又没有几个人敢插手，这不是一般人能插得了手的。有的人捂上了眼睛，有的人索性离开，有的试图攻击那个雷洛，却又被他的同伙打倒在地。凌阴面色有一点紧张，却也只是站在原地。

“哈哈，好好享受死前的痛苦吧！你看有人因为你而受伤呢！哈哈!”男人放肆地笑着。

……

“全身都是火，你就不热吗?”

“什么?!”男人惊讶地看向手里的女孩。一滴泪珠划过她的脸颊，很快就变成了冰晶，掉在了地上。

“我说，你不热吗?”凌雨缓缓抬起头，瞳孔中卷起青色的风暴，“我来，给你降温吧。”

男人这才觉察到女孩身体传来的异样的温度——冰凉，刺骨的冰凉。只见男人的瞳孔不停地颤抖着，抓着凌雨的手突然松开。他一只手紧紧地抓着自己的手腕，不停地惨叫着:“可恶！看我现在就杀了你!”话音刚落，男人就“扑通”跪在了地上。“不要再动了，小心心脏里的血液也变成冰刺。”凌雨轻轻地说。此时，男人的脸已经痛苦地拧在了一起，刚才的烈火早就消失不见了。“你们两个在干什么?赶紧干掉她!”男人下令道。两个跟班愣了一下，就向凌雨跑去，刚跑几步，就被突然飞来的一拳打晕。凌阴掸了掸手，冲凌雨一笑:“快结束吧。”

凌雨点了点头，将手臂高高地举起，一股水流忽然冲出湖面，围着男人疯狂的旋转着。等那水流化成青蓝的光芒消失在空气中时，那个男人已经被困在了一个巨大的冰晶中，一动也不能动。与此同时，凌阴动了动手指，又一股水流翻卷而来，房屋的火也被熄灭了。周围寂静了下来，所有人都惊讶地望着这两个孩子。然后，周围忽然响起了掌声。

萧则和萧守各抱着一个伤员从房子里走出来。萧则看着眼前的这一幕，轻轻地说："哎，萧守，看来我的守护者还不错。"

萧守把雷洛和他的同伙交给了士兵，人群也渐渐散开。他又跟士兵嘱咐了几句，走回来说："我们走吧。"

"你刚才真是吓死我了，我以为你要败了呢。"凌阴有些担心地说。

"谁让你老没事瞎操心。"凌雨顶回去一句，将头扭向一边。

"你……成吧……"凌阴无语。

萧守看着这两个人互相拌嘴，轻轻一笑："不过，你刚才那一招真的很厉害。是怎么做到的？"

"把……"

"把人身体中的水分凝结起来。对吧？"凌雨刚要说话，就被萧则抢了过去。此时他正得意地看着自己。

凌雨思考了片刻，问道："萧则，你的因子是什么？"

"恰好也是青水。"

"这样啊。"凌雨看向前方，若有所思，"那你的因子可太不纯了。”萧则不再回答。他身上已经存在两种以上的因子。凌雨相信自己不会错，因为萧则身上的气息，她再熟悉不过了。这种气息和普通人的差别不大，很难辨别，只存在拥有多种因子的人身上。凌雨小时候一直和哥哥在一起，又很少遇到有相同气息的人，导致她从小到大对这种气息都很敏感。

但是，萧则为什么要隐藏呢？

走了半天，终于到了山顶的主教堂。教堂不算很大，但还算气派。晶莹剔透的彩绘玻璃折射出七彩的阳光，唱诗班空灵的歌声在屋顶旋绕。教堂里面没有灯，只有淡淡的烛光。一进去便能看见一个精致的雕像——一个男人张开双臂，微微扬起下巴，似乎在迎接着什么，又好像是在发动什么巨大的力量。有几个人坐在长木椅上，或是静思，或是祈祷。整个教堂给人一种神圣、肃穆的感觉。“这是金都除宫殿以外最高的地方，也是金都第一重要的地方。这个教堂是用来供奉这个叫星藏的人，不，应该是神。”萧守说着，望向了那座雕像，“听说他保护了整个国家。但具体关于他的历史，我也不知道，这些事情只在王和守护者之间传播。好多人都相信，只要在这里祈祷就能得到神的保佑，所以好多人都会定期来这里……”凌雨看了看眼前的雕像，在长木椅后跪下。“凌雨？”凌阴奇怪地看着她。

“没事，”凌雨将双手合十，闭上眼睛，“只是忽然想祈祷一下。”

第七章

过去·王·信仰

过去的伤痕侵蚀着心脏，

王的背后掩藏着伤。但，

只要信仰还在，一切都不会虚无缥缈。

一拉开门，刺眼的阳光蛮横地闯进屋里。雨弓泉用手挡住了阳光，才能勉强睁开眼睛。逆着阳光，一个黑影在庭院中快速地移动着。虽然身形还很单薄，但每出一拳都灌满了力量，每一个攻击似乎都能造成致命伤害。他向上一跃，身体便飘在了空中；一转身，便卷起阵阵气旋；一挥手，便在空中划开一道无形的裂痕。零落的花瓣在半空翻转，随着他的气流不时地改变自己的轨迹，仿佛在配合着舞蹈。他的动作是那样的连贯、快速，假如他正在格斗的话，那个对手一定没有还手的机会吧。他落在地上，右腿一扫，一个旋转站了起来，带起了片片花瓣，围绕着他旋转，然后，飘然落下。泉看得愣住了。

阳光贴着他的头发蔓延开来，微微照亮他那纯洁无瑕的脸庞。

“好厉害。”泉有些激动地说。

“你要不要学？爸爸教得很好的。”雨弓驰走过去，在门口坐下。

“你教我好不好？”

驰微笑着摸摸泉的头：“没问题。”

泉兴奋地坐在台阶上，不停地摇晃着双腿。只要爸爸同意，哥哥就可以教自己格斗术了。她满心欢喜，不停地向驰消失的房间望去。

终于，听见了开门的声音。

“哥哥！”泉一下子跑到驰的面前，却看到了他有些失落的脸。

“对不起，泉……”驰轻轻地说，“我不能教你格斗术……”

“为什么……”泉一愣，有些哽咽道。

“爸爸说，你的骨骼中天生缺少一种物质，使你比我更容易受到伤害。你身体的承受力跟普通人的差不多。虽然普通的撞击不会有什么问题，但是再大的话，你的身体就会受不了的……这样一来，你自身的力量也不会大，还比较容易受伤……”驰停了下来，已经不忍心再说下去了。

虽然当年他只有七岁，但他深刻地知道，作为守护者的后代，以后很有可能会面对残酷的较量。而身体的承受力在战斗中是格外重要的，直接决定了谁先面对死亡。想到这里，驰心里一疼。他紧紧抱住已经流泪不止的妹妹，说：“听着，泉。你不擅长格斗，千万不要试图跟敌人肉搏。即使以后会格斗术也不要。我会教你一些减轻撞击的方法，绝对不会让你死的。记住了吗？”

泉抽噎着，不想说话。就在这个时候驰的身体突然化作碎片慢慢飘散在空中。“哥！哥！”泉试图抓住驰，可是这样反而让他破碎得更快。泉连忙收回了手，只能看着驰一点一点化成虚无。驰爱怜地摸摸泉的头，向她温柔的一笑，那笑容仿佛能融化一切。终于，一切都粉碎在了空中，就连哥哥留在自己身上的最后一点温度也消失殆尽了。

“哥哥……”大滴的泪珠划过脸颊。

凌雨猛然睁开眼睛，呼吸急促，脸上还是湿润的。四周一片漆黑，寂静得叫人害怕。

原来……是一场梦啊……

凌雨披了件外衣站在窗口，静静地向远望去，看起来是在远眺，但是目光却没焦点。刚才梦里的画面不断闪现在眼前。在那之后，哥哥的确教了自己很多东西，才让自己像他一样拥有足够的承受力。可是，还是差一些，毕竟那些只是一时的方法，不能永远奏效。所以，哥哥总会在必要的时候保护自己。现在呢？真的只能靠自己了。凌雨想着，看了看自己的掌心。“真是的！”凌雨突然一拳砸在窗台上，“这个笨蛋！他倒是走了，我的诺言可怎么兑现啊?!”

夜依旧很静，只有路旁的大树在悄悄细语。昏暗的灯光微微照亮街道，要将人引向前方漆黑的道路。

“咚——”

整点的钟声从主教堂的上空飘散到各处，带着几分安详的气息，潜入人们的梦境。

凌雨又平静了一会儿，便想回去休息。她刚要把窗户关上，就看见一个身影缓慢地穿过了街道。虽然光线很暗，但凌雨还是一眼认出了萧则。他似乎凝视着前方，却又神情恍惚，仿佛整个人沉浸在自己的世界里若有所思。凌雨向他的四周望了望，却没有看到萧守的影子。“奇怪了。”她嘟囔了一句，就从窗口翻了出去。

凌雨悄悄地跟在萧则的后面。说是“悄悄地”，其实还不如说是保持一定距离地跟着。以萧则的实力，肯定已经感觉到自己在后面，所以也就没有什么躲躲藏藏的必要了。萧则沿着街道一直走着，当走到王宫门前时，突然消失了踪影。凌雨立刻停住了脚步。就在她感到迷惑的时候，萧则又出现在了几十米外的正前方。凌雨看了看王宫门口的卫兵，快步跟了上去。

眼前的景象缓慢变化着，渐渐到了小山坡上。凌雨心里隐约猜到了萧则的目的地，只是，她不明白为什么萧则大晚上的要来这里。只是这走神的一刹那，萧则就消失了，凌雨只好照着自己的猜想继续向前走。

夜里的主教堂依然充满了神圣感，淡淡的烛光从彩绘玻璃里透了出来。凌雨轻轻推开虚掩着的门，果然看到萧则坐在长条凳上。她想开口问些什么，嘴唇动了动又合上了。萧则像是在沉思，凌雨也不敢打扰他，只能默默地站在门口。

许久，萧则反而先开了口："你跟踪我？"有些质问的感觉。

"也不能算是跟踪吧，"凌雨向他走了过去，"你不是早就知道我在后面了吗？"

萧则沉默，扭头看着雕像不再说话，凌雨便在他后面坐下。教堂里又安静了下来，只有烛光在跳动着。

"你在这儿干什么？不回去睡觉吗？"萧则再一次打破了沉默，他的声音在这样的夜晚里听得有些飘忽。要不是凌雨确定自己是醒着的，真的要以为自己是在梦里了。

"我不知道我来这儿干什么。只知道如果你不回去，我也就不能走。你可以忽视我，我很安静。"

萧则忽然转头，有些惊讶地看着凌雨，转而又淡淡一笑："你已经知道了，是吗？”

凌雨笑着站起来，单膝跪在地上：“是。您就是我们的王——金翮立，对吧？”

“起来吧……没必要这么恭敬。”翮立脸上的金色刻纹再一次显现出来，头发也变回了金黄色。这一下，一个王者的尊贵与威严毫无掩饰地显现了出来，震撼着凌雨的心。这就是传说中的王吗……凌雨心里感叹道。

“不要老叫我‘王’，平时叫我翮立就行了……”他继续说。

“那么……翮立，现在能告诉我你为什么在这里了吗？”凌雨开始随便起来。

“也没什么，只是睡不着。”轻描淡写的一句话。

“是在……想一个人吗？”

翮立看了一眼凌雨，缓了口气：“你想知道星藏的故事吗？传说在几百年前，当这里还只是个村庄的时候，一大群魔兽闯进了这里。它们在村庄里四处乱闯，不断地毁坏房屋，还有田里的庄稼，好多人都在这次魔兽的侵略中丧生，尤其是老人和孩子。人们再也无法忍受下去了。他们把家人都藏进山洞，所有的强壮的男子都聚在一起，组织起来，准备消灭这群魔兽。人们的第一次反击就取得了明显的效果，大部分魔兽都被他们打得支离破碎，地上到处都是魔兽的残骸。就在魔兽几乎要被消灭干净时，一个外乡人突然拦住了他们，那个人就是星藏。他跟人们说，这些魔兽并不是侵略者，他们只是误入了这个陌生的世界，不知道该怎样生存下去。当然，人们无法相信他的话。就在他们争执不休的时候，剩余的魔兽吞噬了已经死亡的同伴，都修复了自己，开始疯狂地躁动起来。那一天，无数的人都被魔兽吞噬了。虽然最后是星藏用他超出常人的能力制止了魔兽的反扑才让其他人得救，但人们还是把罪过赖在他的头上。星藏说，他有办法将魔兽送回他们原来的世界，但他需要帮助。没有人愿意相信他，甚至有人认为那些魔兽是他派来的……”

翮立完全沉浸在回忆之中。虽然这只是他听过的传说，但从他的瞳孔中似乎能看到当时悲惨的场面。凌雨静静地听着，没有打断他。

星藏感到非常沮丧，但他并没有离开村庄。每天他都站在村庄的边缘，观察着魔兽的一举一动，准备做出防范。终于有一天，几个小孩子找到了他，说愿意帮助他送魔兽回去。星藏刚开始坚决不同意，说这种事情对孩子来讲太危险。但几个孩子却硬要帮助星藏，说他们想用正确的方式来保护这个村庄。也许是孩子们无畏的精神感动了他，他同意了，并把自己身体中的能量传给了那些孩子。那也就是最初拥有因子的人。从那以后，星藏总是偷偷教他们使用能量。在这段时间里，人们的抵抗也变得越来越虚弱，没有多少人可以再与魔兽搏斗了。当星藏发现孩子们都能成熟控制能量时，他终于决定开始行动。

一天夜里，村庄的废墟上空忽然响起了美妙的琴声。琴声那样悠扬，那样动听，仿佛能牵走人们的灵魂。无数的魔兽在废墟中显现，缓慢地向不远处的一片树林里移去。树林里的一片空地上，几个孩子正在抓紧完成一个巨大的阵。阵的正中央是星藏，他正演奏着那动人的旋律。当所有孩子都藏好的时候，第一只魔兽刚好走进阵来，接着第二只，第三只……渐渐地，魔兽全都挤进了阵里，将星藏一个人紧紧围在中间。这时，几个孩子突然将阵围住，用能量瞬间编制了一个封印，将魔兽都困在阵里。魔兽开始骚动起来，试图冲破封印，所有孩子心里都捏了一把汗，因为星藏说过，只能一次成功。

突然，阵开始闪烁着金光，所有的魔兽都被吞没在耀眼的光中。几个孩子惊讶地看着魔兽挣扎的影子，逐渐变得模糊。当光暗下去的时候，阵里已经空空一片，只剩星藏一个人疲倦地站在那里。

“魔兽被送走的消息很快传进了每个人的耳朵。所有人都很感谢星藏，并邀请他留下来和大家一起生活，星藏也欣然接受了。后来的日子一直很平静，村子也恢复了以前生机勃勃的样子。当星藏死的时候，他嘱咐最初的几个孩子要好好保护村庄，并找到能继承他们能量的孩子，那些孩子也将继承保护村庄的任务。他还将自己的肉体化作了能量，洒向这里，那也就是所谓的‘因子’。而他的灵魂则升上了天空，化作天上的星星，时刻守护着这里。”

翮立停了下来，望着星藏的雕像，许久没再说话。

“所以说，那几个孩子实际上就是最初的守护者了？”

“嗯，没错。一直以来都是守护者保护着村庄。有一年，其中一个最强的守护者成为了村庄的领导者，并将这个村庄变成了富饶的王国，自己变成了王。王下令说，所有的守护者只能听从他的命令。从那时起，守护者就不再是绝对自由的了。星藏为了防止王滥用守护者的力量，就迫使王与他的守护者定下契约：守护者只听从王的命令，一起守护王国。但是，他们有一部分精神是相连的。这样一来，如果守护者受伤，或是死亡，多多少少也会影响到王自身的实力。当守护者全部死亡时，那个王也必将死亡。王总是反映着所有守护者的实力，守护者们强，他也强，守护者们弱，他也会变弱……”

“那如果王死了，守护者也会……”

“不会的。星藏只对王做了束缚，而没有对守护者做。因为这个束缚，人们才一直拥护着王，相信只要守护者在，这里就会是一片安详的乐土。无论发生什么事情，王都会带领着他的守护者来拯救大家。可是……好像并不是这样的……”翩立的声音有些哽咽，“这次……有些无能为力了……”

凌雨完全不明白翩立为什么突然说出这样的话。她本以为翩立会继续说下去，可是他却没有。凌雨想了想，道：“虽然……我不知道你在说什么，但是我想……就算是神也有失算的时候，我们只能尽力做到最好吧……”

翩立苦笑了一下，似乎是在嘲笑自己：“是啊……也许吧……”烛影在他的身上轻轻地摇晃，忽然让他整个人显得那样地孤独，那样地脆弱。

“那么你呢，雨弓泉？”翩立突然问道，“还在想你哥哥吗？”

凌雨的瞳孔瞬间变大，吃惊地站在那里。十年……整整十年没有人叫她雨弓泉了！金翩立又是怎么知道她的身份的？

“你怎么知道？”凌雨立刻警惕起来。

“他当然知道。他可是这个国家未来的王啊，就算现在在位的是他叔叔，有些事情还是必须经过他处理的。当初是他帮爷爷向外发布消息，说你和驰都已经死了的。”另一个声音忽然传来。转头一看，凌阴和萧守正站在门口。萧守不好意思地挠挠头，说：“对不起啊，翩立，你的身份已经被凌阴发现了。”

“啊，我知道，这个家伙也发现了。”翩立指了指凌雨。

“哎？你们两个是怎么发现的啊？我觉得我们掩饰得很好了啊。”萧守好奇地问。

“翩立个人就有非凡的气质，我也能感到他身体里面同时承受着两种以上的因子。你还总跟在他左右，半夜出来还要避免被卫兵看到。在面对那几个强盗的时候，你还刻意挡在他的前面。这样的人，谁都会怀疑他的身份吧。”

“还有，你在去主教堂的路上总往后看翩立，是因为你不习惯走在他的前面，对吧？”

萧守听着凌阴和凌雨的分析，顿时觉得自己真是失败，好像翩立暴露的大部分原因都在自己身上。翩立笑着站起来：“真不愧是守护者的后代。你们已经得到我的认可了，明天上午到白金宫来找我吧。萧守，走了。”说着，便跟萧守消失在黑夜中，一步都不停留。

“我们只能尽力做到最好吧……”翩立再次想起凌雨的这句话，苦笑了一下。做到最好……问题是你真的做到最好了吗，父亲？翩立停下脚步，望向深远的星空，仿佛在等待答案。

第八章

迷茫·守护·命运

即使在迷茫中，我也能找到你，因为守护你就是我的命运。

深夜，带着空气中潮湿的味道，降临城镇，将梦境带给了人们。当街道上最后一盏路灯熄灭的时候，彻底的寂静便随之而来。此时的福瑞恩睡在这月光下，像是一幅挂在墙上的水粉画，带着一丝朦胧，一丝安静，一丝缥缈。

空气突然轻微地扭曲起来，一个男孩出现在了森林中石壁的一端。他拖着脚步，沿着石壁慢慢地走着，刘海儿将微弱的月光挡在了外面。他走到一处忽然停了下来，仰头望向遥远的月亮。那双本该清澈得像池水一样的眼睛，现在却像是蒙上了一层灰色的纱，显得那样迷茫。他静静地看了很久，似乎在等待月光让自己的双眼出现一丝光亮。可是，它们仍是那样的浑浊。终于，他靠着石壁坐了下来。刘海儿再一次将光挡在了外面，像一面天然的屏障，将他与外面的世界隔开。

树林中仍是那样寂静，没有因为男孩的突然来访而发生任何改变。

突然，男孩抬手狠狠地砸向身后的石壁。随着一声岩石破碎的声音，无数碎石飞溅而出。男孩大口地喘着气，慢慢将手臂放了下来，用另一只手捂住了胳膊上的伤口。喘息……喘息……似乎某种压抑已久的情绪正要爆发。当他再将手移开的时候，崭新的皮肤又重新附着在了手臂上。

“你是谁？”

男孩惊异地抬起头，发现一个女孩正站在离自己不远的地方好奇地打量着自己。

“你在……哭吗？”女孩有些犹豫。

“没有。”男孩突然将头扭向一边，额前软软的头发遮住了他的眼睛。在月光的照射下，那条还未干的泪痕闪闪发光。

“那……可能是我看错了吧……”女孩走到男孩身边，“我叫知秋，你呢？”

男孩再次迷茫地望向天空，皎洁的月光映在他的脸上。知秋不禁睁大了眼睛。这，是她见过最干净、最纯洁的面容，简简单单也许是形容这个男孩最好的方式。

“是啊，我是谁呢？”

凌雨和凌阴再次站在了白金宫前，相比上一次来这里，他们又多了几分自信。守门的卫兵见到他们，没再多问一句就恭敬地将他们让了进去。走在笔直的甬道上，凌雨有一种压抑不住的兴奋感：“哎，凌阴，我们真的要成为守护者了吗？”

“八成吧……”凌阴瞥了眼凌雨，“你今天怎么这么高兴？”

“这需要理由吗？”

凌阴沉默了一下，嘟囔道：“真是个天真的家伙……”

两个人刚刚走上石阶，宫殿的大门就打开了。“凌阴，凌雨，早啊!”萧守微笑着做了个“请”的手势，语气像是在跟老朋友问好一样。进了大门，大厅里空荡荡的没有一个人，这让凌阴和凌雨大感意外。

“为什么一个侍女也没有，就连卫兵也……”凌阴奇怪地问。

“啊，翮立本来就没有那么多侍女。原来有十几个的，后来应他要求，就留下了几个看着他长大的姐姐。今天比较特殊，让她们都去休假了。至于卫兵吗……本来就没有。”

“没有?”凌雨惊呼道。

“对啊。我也建议他宫殿里留几个‘神徒’，以防万一的。但是他说这是他的家，不是监狱，不能有任何像士兵一样的人在这里，就算有危险，有我和他两个人也够了。所以我就相当于这里的卫兵了……”萧守无奈地说。

“等一下……‘神徒’是什么东西?”

“‘神徒’不是东西，是专门为王国军队训练的高级魔法师。许多家庭历代都是高级魔法师，他们也希望自己的儿女能跟他们一样优秀，都会把他们送到绝域魔法学院。在经过学院里面的一系列训练后，通过考核的人才能成为‘神徒’。之后根据需要，我们会把这些人派到不同的地方。你们看见这里所有的士兵都是‘神徒’。”翮立忽然出现在楼梯口。他穿了一身较为正式的白色长衫，上面镶嵌的金色花边刚好与他的头发相配。他带着独有的气场，正屹立在高高的台阶上，俯视着他们。翮立漫步走了下来:“话说，你们之后还要到那里接受训练呢。那里的学员跟你们一样水平的也不少，也都是一群高傲自大的家伙……”

“你那个‘也’是什么意思?”凌阴阴着脸说。

“没什么。”翩立不在乎地瞥了他一眼,“算了,这不是今天的主题。今天我让你们来是为了定下契约的,那些事情回头你们就知道了。”

“那我就不打扰了。”萧守恭敬地退了下去。

凌雨看着萧守消失的背影,奇怪地问:“他不一起来吗?他不是随时要负责你的安全吗?”

“啊,定契约这种事其他人是不能旁观的。而且,我又不是三岁小孩儿,不需要他这样随时盯着我。”说完,翩立转身向里走去,“来吧!”

凌阴、凌雨紧紧地跟在翩立身后,穿过了几条走廊,又下了一段台阶。

王宫的地下明显还有很大一片区域,无数条走廊相互交错着,不知通向什么地方。墙上的装饰变得很简单,除了纯色的壁纸还有些样式朴素的壁灯以外,就再也没有其他的东西了。走廊与走廊之间应该夹有不少的屋子,不知道是干什么用的。凌雨这样想着。“那些都是藏书室,几乎可以在那里找到任何你想要的内容。”翩立的话音刚落,旁边的一扇门就被打开了。一个身穿黑色风衣的男人手拿着几本书走了出来。凌阴和凌雨赶紧恭敬地行了个礼。这个人就是现在的国王——金坤。他看了看面前的两个人,又望了眼翩立,笑着说:“哦,这就是你的两个小守护者吗?”

“嗯，您怎么在这里？”翮立淡淡地说。

“我过来拿几本书，有些事情需要研究一下。”金坤说着就要走，又忽然回头说，“翮立，D党最近又开始活动了，你要小心一些了。”

翮立轻轻地叹了口气：“知道了，叔叔。”

凌阴凝视着金坤消失的背影，心里寻思着什么。

翮立一直站在原地，没有再往前走，也没再说话。

金坤此时已经走出去很远了。翮立突然一打响指，走廊里的烛光立刻都熄灭了。一片漆黑中，一两个星星从墙壁上浮现出来，刚开始星星点点，后来渐渐地多起来，慢慢地，墙壁上布满了星星，像无数钻石悬浮在半空反射光芒，就连屋顶上也都映上了星光。刚才的走廊早已不见了踪影，三个人仿佛置身于群星当中。翮立环顾了一下四周的繁星，又转身望向沐浴在星光中的两个人。

“能看到我吗？”

凌阴和凌雨点点头。

“很好，那可要跟紧了。”说着，翮立就向前跑去。

三个身影在无数颗星星之间穿梭。凌阴和凌雨紧紧地盯着翮立，生怕他一转眼就会不见。翮立速度控制得恰到好处，使他们既没法超越，又不会落下太远。他的眼睛从没离开过周围的星星，似乎那星空中有什么东西在引导着他前进。忽然他的身子向左一倾，消失在了前方。

“什么！”凌雨和凌阴慌忙地向四周望去，发现翮立又出现在左手边的方向。两个人立刻紧追过去。

“哈，原来是这样。”凌阴一边跑一边说道。

“什么啊?”

“虽然这里好像是一片浩瀚的星空，但是实际上我们还是在原来的走廊里。你看翮立，他前进时一直注视着星空。看来，这里面一定有什么只有他才能明白的东西在引导着他，就像暗语一样。王室的人用这种秘密的方法隐藏了那个地方的具体位置。这样看来，那个地方肯定特别重要。”凌阴的声音里隐藏着一丝激动。此刻他也像凌雨一样期待着即将发生的事情。

终于，翮立停了下来。他将手慢慢伸向前方的黑暗，一个金色的魔法阵突然出现在了他的面前。魔法阵慢慢旋转着，然后，越转越快。在光芒的映衬下，翮立的头发肆意地舞动着。像所有漠视一切的王一样，他高傲地笑着，满意地看着眼前疯狂旋转的阵，似乎在炫耀着。魔法阵渐渐地消失，一个入口出现在了眼前。三个人接连走了进去，入口随即消失。

出现在眼前的是一个石室，不算太大，空空荡荡的什么也没有，倒也显得很宽敞。墙上挂着的烛灯发出幽幽的淡蓝色光芒，光滑的大理石地面上也倒映着蓝色的光影。头顶上依旧是一片星空，大大小小的星星不均匀地散布在上面，闪耀着颜色不同却又非常接近的光。

本来就比较冷漠的翮立，此时给人感觉更加遥远，笔直地站在前面，望向星空：“星藏大人，我把两名守护者带来了。”

两个人一惊。

“哎，翮立，你在跟谁说话？星藏不是已经……”凌阴问道。

“是星藏的灵魂。从这里可以听到由他的灵魂传来的声音。”翩立快速地解释道。他的话音刚落，另一个声音就在石室中响起。那声音好像来自很遥远的地方，这应该就是星藏：“凌雨……应该是雨弓泉吧。上一代守护者的后代。”凌雨的眼睛明显睁大了一些。“凌阴，”星藏继续说道，“前一代守护者凌孤收养的孩子吗……本来只是普通人，后来因为受伤过重，凌孤就将自己的血输给了你。于是，你就继承了凌孤的魔法，对吧？”这次不光是凌阴，连凌雨都很惊讶。以前从没听说过凌阴是凌孤老人收养的啊？凌雨疑惑地看向凌阴。凌阴身体明显有些僵硬，呆呆地看着地面，最后终于开口道：“是……”凌雨有些不可思议地看着凌阴，但又忽然想到上次黯昈说他生下来就没有爸妈的事，也就不觉得太奇怪了。

一段时间的沉默，星藏又开口道：“这两个人正是我想要的，只是……还缺一个。”

“还缺一个？”

“对，还缺一个叫做雨弓驰的孩子。”凌雨的身体明显一颤，“他应该是和泉在一起的啊，为什么只有泉来了？”

凌雨声音颤抖着说：“哥哥他……他已经死了……”

“哦，是吗？”

“没错，星藏大人。”

“那么翩立，假如雨弓驰真的死了，这个守护者的位置只能空着，你不可以找任何人代替。知道了吗？”声音听起来严肃了很多，仿佛在下达一条重要的命令。翩立点了点头。星藏的声音又恢复了平和的语调："那你们就定下契约吧。但是，在你们被弗洛威人认可之前，契约都可以自动解除，所以，千万不要犯下违背守护者职责的事。"

翮立转过身来面对着凌雨和凌阴，嘴角扬起兴奋的笑容。他伸出了手，说："将你们的手给我。"凌雨和凌阴的手轻轻地搭在了他的手上。翮立深吸了一口气，闭上眼睛。一个巨大的魔法阵出现在了脚下，它散发着金色的光芒，很快将三个人吞噬。周围的一切都被白色取代，除了面前的翮立，其他什么也看不见。翮立的衣襟随着气浪轻轻鼓动着。他昂着头屹立在那里，在光芒的映衬下，显得更加神圣。此时的他就像创造万物的神一样，带着一种让人敬畏的力量。一切都将臣服于他。

翮立睁开了眼睛，看着面前的两个人："凌阴，凌雨，你们愿意成为这个王国的守护者吗？"

"当然。"

"即使会失去自由，要付出生命的代价，你们都要成为守护者吗？"

"无论怎样都要。"

"如果不想不必勉强，你们可以随时退出。"

"不要废话了。"凌雨突然喊道，"金翮立，不要用这样的方式来考验我们。自从我们来到金都，我们就已经打算跟随你一辈子了。我们来到这个世界的目的就是成为守护者，来和你一起守护这个王国。所以，谁也改变不了。即使你赶我们走，也改变不了！"

"很好！"魔法阵的光芒突然充斥了整个石室，将头顶的那一片星空也一并吞没。翮立也消失了，隐约感到肩膀上有什么东西正在渐渐凝聚。耳边忽然响起了翮立缥缈的声音：“从这一刻起，你们的一部分精神将与我的相融合。我，金翮立，与你们定下契约……”

不知过了多长时间，光芒渐渐消失，星星依旧挂在天上，石室里又恢复了先前的昏暗与肃静。凌雨突然觉得有一种焕然一新的感觉，身体里原本特立独行的两种因子似乎被另一种力量结合在了一起——原来那就是星流，所谓的守护者力量。

“契约完成。”翮立放下了手，转过身去。凌雨有些不自然地看着翮立。她感到翮立很累，虽然从表面上一点都看不出来。他依旧是那副漠视一切的样子，依旧挺拔地站在前面，但是，感觉他好累。没错，是感觉，她好像能感觉到翮立，还有凌阴的状态了。凌阴似乎也因为突然的精神连接而感到有些不适应。

“没关系，习惯一下就好了。”翮立的声音从前面传来，听起来更像是自言自语。

“看样子一切都很顺利啊。”星藏慢慢地说。

“嗯，是这样……那您还有其他的吩咐吗？”

“不着急。我没有吩咐，但的确有事情要说，是关于泉的。这把弓，是你父亲留给你和驰的。本来应该由长子保管，既然他不在，就只好交给你了。”不知什么时候，凌雨手中已经握着一把弓。“这可是你们家祖传的神弓‘蓝色守护’，一定保管好了。你的父母给它下了封印，所以现在你根本没办法使用它的力量。也许你需要回趟家去找一找破解封印的方法了……”

第九章

现实·逃避·面对

现实，让我们想逃避，却又不得不面对。

站在窗口，凌阴静静地凝视着肩膀上那个崭新的印痕。金色的线条在肩膀上来回盘绕着，形成了一个奇异的图案，看上去像某种神秘的文字。这是契约的印记，有了它，凌阴，凌雨和翮立便不再是分开的个体。他们三个的状态将被随时收集到翮立的大脑，然后通过这个叫“星痕”的印记传送给凌雨和凌阴。

一辆熟悉的马车闯入视线，踏着急促的节奏，冲开冰凉的空气，向之前来时的方向驶去。

“没父母也挺好，反正最后都要靠自己，还不如一开始就没有别人让我们依靠的好。谁也帮不了谁，只能靠自己。所以，加油吧!”凌雨刚才就是这样使劲拍着自己的肩，笑着说了这些话，然后回了福瑞恩。她没有问他过去的事，什么也没问。

凌阴转了个身，背靠着窗口，仰面望着天空，任冷风顺着领口灌进衬衫。看不到云彩，看不到蓝天，有的只是单调的惨白。不知道是什么东西像一块厚重的白布一般死死地蒙在了城市的上空，蒙在凌阴的心上，使他喘不上气来。那肯定不是云彩，凌阴一直相信这一点。云彩是善解人意的，即使布满雷电的云也充满了邪恶的美。十几年前，当他看到这样的天空时，他也是这样想的。

凌阴已经记不清自己是怎么失去父母的，也记不清自己为什么会到福瑞恩去。只记得当时的自己，是那样的绝望。他闯进了尼塞森林，打算在那里听天由命。假如自己不能在森林里活下去，就说明，自己不该出现在这个世界上。不想去城市，因为那里没有属于自己的角落，所以唯一的希望就是这片森林。时间一天天过去，虽然很艰苦，但还是安全地存活了下来。当时的自己已经开始相信自己生命的意义。“上天让我活下来了，看来我还是有活着的意义的。”小小的他就是这样安慰自己的。

但是，难得的安宁还是被打乱了。那天，一群野狼闯进了自己好不容易搭建的庇护所。为了这片属于自己的小窝，他抄起了一根粗壮的树枝，与那群狼展开了搏斗。很幸运，他赢了，却被咬伤了手臂。他看着自己被染红的胳膊，心里一阵恐惧。血液，鲜红的颜色，仿佛上万根针一般刺痛着眼睛。终于，他决定进镇子里寻求帮助。

那是一年中最热的时候，只要站在太阳下就会有被烤焦的感觉，似乎倒一杯水在地上，水就会立刻沸腾起来。所有人都躲在屋里，街上一个人也没有。他漫无目的地走着，晃过一个又一个街口，不知道该怎么办。也许自己真的应该敲开某家的门，求他们救救自己。但每当眼睛望向大门时，却又只敢呆呆地看着，最后只好低头走开。

血，沿着手臂滑落指尖，一滴一滴地记录着他的足迹。双腿开始变得越来越软，像踩在海绵上一般。他仍失魂落魄地向前走着，几滴泪珠从他的脸上滑落。感受着泪水轻柔又冰凉的抚摸，他轻轻地笑了，那仿佛是对他最后的安慰。

终于，他再也撑不住了，一下跌倒在地上。眼泪开始不受控制地涌了出来，浸湿了他的脸，冷却了灼热的地面。他不停地抽噎着，看着自己的血一点点在空白的地面上渲染成一朵艳丽的花朵。最后，他累了，闭上了眼睛。

当他再次睁开眼睛的时候，他已经躺在了干净的床上，手臂上的伤口被细致地包扎起来。身体有一种前所未有的新鲜感，感觉充满了力量。这个时候，一个老人走进了屋子，看见他醒了，就和蔼地一笑。后来才知道这个老人叫做凌孤，是这个镇的镇长。他为了救自己，将他带着青水因子的血液输给了他。据说这种因子在法师之间被称为极品。

后来凌孤又收留了他，给了自己新的名字，把他当成他的亲孙子。从此，凌孤老人创造了新的他，一个叫凌阴，拥有魔法，自信高傲的自己。

“凌阴，翮立让你们搬进王宫去住。”萧守忽然出现在了房间门口。

凌阴回过神来，歪头望着他：“现在吗？可是凌雨不在啊。而且，她回来了找不到我怎么办？”

“我们会派人在这里等她的，她的东西会帮忙搬过去。”

凌阴犹豫了一下，道：“算了，等她回来那天，我自己来店里等她好了。”

马车再一次摇摇晃晃地穿过树林，走过同样的风景，将自己载向那座小镇。一切都从那里开始，也许有一天，也会在那里有个了结。

凌雨静静地蜷缩在座椅上，瞳孔中闪烁着树木的影子。她要回家了，真的要回家了。为了找到破解封印的办法，也许她必须要回到那个她想见又不敢见的地方了。

马车终于在凌孤家门口停下，凌雨慢腾腾地挪下了车，敲了敲门。一个侍女打开了门，一见是凌雨，连忙让她进屋，嘴里还不停地喊着："大人，小姐回来了。"凌孤老人一听走了出来，看到她便给了她一个深深的拥抱。

"真没想到你们这么快就回来了。凌阴呢？"

"他留在金都了。"

"哦，这样啊。还是女孩子懂事，知道回家看看。怎么样？一切都顺利吗？"

"嗯，一切都很好。我们已经定下契约了。"说着，凌雨摸了摸自己的左臂。

老人和蔼地一笑："哟，翮立这小子办事效率还挺高啊！"

"是我们表现好！"凌雨说笑着。

屋子里面生着火，小小的房间里填满了温暖。刚从外面回来时，凌雨还穿着厚重的大衣，而现在，她已经换成了一件单衣，喝着热茶了。凌雨和凌孤老人调侃了一会儿，就打算说正事了。

"爷爷，当初清理我家时，有没有发现什么相当重要的东西？"凌雨的语气明显严肃了许多，这是不常见的。

凌孤老人感到有些奇怪："没有啊。除了一些日记，还有你父母留给你跟驰的魔法书以外，就没什么重要的了。"

“那魔法书或者日记里面有没有提到关于封印的事情?”凌雨追问道。

“不记得有啊……”

“是啊……那两个人怎么可能用笔记下这种重要的事情，肯定告诉某个人了……要是哥哥还在的话，他应该知道吧……”

“发生什么事了吗?”

“没有……星藏大人把我们家祖传的神弓交给了我，但是上面被下了封印。我必须要解开那个封印，否则就用不了……”

“你说的是‘蓝色守护’?”凌孤老人显得有些兴奋。

“嗯……”老人这个突如其来的反应让凌雨有些不知所措，呆呆地望着他。

“我可以看看吗?”

凌雨犹豫了一下，点了点头，将手掌摊开。无数的光芒开始向掌心汇聚，形成一个小球。蓝色的能量因子向水流一般在手心翻滚着，然后开始向两端延伸。终于，一把精致的长弓出现在眼前。凌孤老人惊叹地望着这把弓箭，伸手想要摸一下，可他的手刚碰到弓身就被一股力量弹开。他惊讶地望着这把长弓，随后脸上又浮现出笑容:“不愧是蓝色守护，看来只认你们雨弓家的人啊!”凌雨没说话，只是看着长弓发呆，不知道在想些什么。

凌孤见她没有反应，就继续欣赏着这把著名的弓。忽然，他的目光久久地停在了某处，似乎发现了什么，轻轻地叫了叫凌雨。凌雨慢慢地回过神来顺着老人的手指望去。在弓的中心有一个深深的凹槽，看上去像是少了哪一部分。凌雨皱了皱眉。

“这没准就是你要找的封印。”凌孤老人和蔼地笑着，眼睛眯成了一条缝。

整点的钟声在这漫漫长夜中荡漾开来，不知不觉已经到了深夜。

凌孤端起凌雨空空的杯子：“都这么晚了，你也该累了，早点休息去吧。”

凌雨低着头，一直不说话。许久，她突然问道：“爷爷，我家……还在那里……对不对？”

凌孤老人的手停了一下，回头望向凌雨。她的双眼再次蒙上了大雾，面无表情，跟当初她刚刚醒来时一样，让人难以琢磨。“是啊，虽然……大火把整个房子都烧成了废墟，但是我们还是把它保护起来，给那个灾难做个纪念吧。没经过你的同意，很抱歉啊……”

“我要回家！”

凌孤老人有些吃惊地看向凌雨。

“明天，我要回家！”声音不大，但很坚定。

老人犹豫了。黑着脸继续收拾东西不再说话。

“爷爷，”凌雨又开口说道，“您一直都不跟我提家里的情况，也从不让我接近那片区域，是因为担心我，怕我承受不了吧？但是，我总有一天是要面对这个现实的……一瞬间，家破人亡的现实……”

“想去就去吧……但找一个没人的时候去，否则你的身份……”

“我知道了。”凌雨起身离开了房间。老人抬头望着紧闭的房门自言自语道：“是啊……总有一天都要面对的……”

我们不停地从现实中逃脱，又被它赶上。在这样没有尽头的追逐中，伤口依旧没有愈合。以为逃脱可以保护自己，但逃得越远，伤得却越重，最后还是一场噩梦。也许，我们本该站在原地，勇敢地面对那些。

凌雨沉默地走回了自己的房间，等待第二天的黎明。

第十章

晶蓝·歌·勇敢

也许，晶蓝和那首歌就是让我们勇敢的力量。

阳光一点点照亮整个房间，又一点点让黑暗渗入。漫长的光明后，黑暗总会到来，而黑暗之后，光明也会再度出现。世界就这样陷入一个个轮回中，永远没有止境。

凌雨静静地坐在床边，眼中蒙着大雾，一整天都没有说话。

“救我，救我……”

“你们两个快跑！不要回头！”

“雨弓，小心！”

“哥哥！”

“泉，到我身后来。”

被掩埋了很久的声音像亡灵一般从心底复活，一次一次挑战着凌雨的承受力。她看似平淡的表情下却在做着巨大的挣扎。那些不愿想起的事情，一个接着一个浮现。

“凌雨，你回来了。”伊月惊喜地站在门口，却见凌雨坐在那里一动不动，连头也不回，完全忽视了她的存在。“你……怎么了？”伊月有些担心起来。

“应该在想事情吧。”东卡出现在伊月的身后，“咱们先走吧。还是……先别打扰她了吧。”

“那……好吧……凌雨，再见。”

东卡和伊月走了许久之后，凌雨才机械地转过头来，凝视着刚才伊月站着的地方：“他们……怎么在这里?”她那仍带着些稚气的脸上似乎结满了霜，那样冰冷，让人心凉。

很快，房间里的最后一缕阳光也消失殆尽。凌雨站起身，掸了掸裙子，走了出去。她慢吞吞地挪动着脚步，穿过了一条又一条的街道。掩藏已久的记忆正在复苏，与眼前的景象重叠，依旧那样地清晰。她仿佛再次看到了那天的街道，驰与她疯狂地跑着，忍受着周围绝望的哀号，真的再也没有回头。

不知不觉，凌雨已经站在了大门前。时隔十年，这扇门还是一点都没变，她与驰那些幼稚难看的涂鸦仍然残存在上面。那大概是世界上最难看的画，但母亲却怎么都不肯擦掉。画上，一个男孩拉着女孩的手拼命地跑着，他们的脸上都带着笑容，像冬天里盛开的花朵，充满了希望。门的边缘仍留着一个血手印，那大概是父亲打开门时留下的……

凌雨的睫毛轻轻地抖了抖，一滴眼泪无声地流了下来。她呼了口气，推开了门。

原先平整的地面已经变得坑坑洼洼，几块腐烂的木头碎片散落在院子的各个角落。当初的房子也变得面目全非，找不到一块儿完整的墙面。残存的框架看起来摇摇欲坠，随时都有可能倒塌。星星点点的血斑仍然固执地留在院墙上、碎木上……一切都在向人们诠释着那场悲剧。

眼泪再也止不住地流下来，本已痊愈的伤口再一次被撕扯开。“爸，妈，你们当初一定很努力吧，还有文阿姨和东海叔叔……我回来了……回来看你们了……”凌雨紧紧地握着拳头，任泪水浸湿脸颊，在寒风中带来刀割一般的疼。

“你……还好吧？”

“谁？”凌雨警惕地向声音的方向望去，不禁瞪大了眼睛。她擦干了眼中的泪水，再次望了过去。微弱的光只留下了那个人的轮廓，那样的熟悉，却又陌生。

“哥哥……”凌雨小声地唤道，声音中带着一丝怀疑。

“你认识我？”那个人走近了几步。是个很好看的男孩子，比她稍大几岁。他的气息像极了雨弓驰，让凌雨有些回不过神来。但他的眼中却是迷茫，没有哥哥那样清澈如池水一般的瞳孔。

“唉，说话啊！”男孩不知什么时候已经走到面前，有些激动地摇着她。凌雨低着头，有些自嘲地笑了一下：“不认识。”

“那……你刚才为什么叫我‘哥哥’？”

“因为……你和他非常像……”凌雨背过身去，“假如他还活着的话，应该跟你一样大吧……”

男孩愣了一下，有些慌张：“对……对不起……”

凌雨转过身，看着眼前比自己高出快一头的男孩，轻轻一笑：“没关系。”说完，就走进了院子。

凌雨自顾自地往里走着，不打算再理会跟进来的男孩。那男孩子好像第一次来福瑞恩，一看到院子里的景象就吓了一跳：“这地方……

怎么了？”

“十年前在这里发生了一场惨烈的战斗，住在这个房子里的人全都死了。”凌雨的语气是那样的平淡，脸上也恢复了平静，仿佛在说着与自己毫不相关的事情。男孩本来还想问下去，可是见凌雨不太愿意说的样子，只好看着她走进那个危险的房子，然后不停地拉开一个个破旧的抽屉。

“你在找什么？”男孩忽然小心地问。

“很重要的东西……”凌雨嘟囔着，心想这人怎么那么闲，大晚上不回家在这儿瞎逛。

“什么东西？”

“不知道……”隔着夜色，男孩听见了那充满失落的声音，“我要找什么自己都不知道，很可笑吧……”他看着远处的那个浅浅的影子，心里划过一丝熟悉的凉意。这个女孩跟自己一样难受吗？虽然不知道她发生了什么，虽然不认识她，但好希望她能开心啊……

“没有啊。”男孩突然答道，声音中透着一丝喜悦，“我也在找一个东西，但我也不知道我要找的是什么。更糟的是，我连到哪儿去找都不知道。”借着夜晚昏暗的灯光，凌雨似乎看见男孩的嘴角正翘起一丝微妙的弧度。

凌雨感谢地笑了一笑，踱步到了院子的中央。她来回走了走，犹豫了一下，还是蹲了下去，将手指轻轻地触着地面。她刻意地控制着呼吸，让空气有节奏地一进一出。随着她的呼吸，一个青色的阵泛着幽幽的光出现在她的脚下，无数蓝色的游丝不断地穿过地层，顺着手指被吸进了她的体内。在光芒的笼罩下，她的长发和衣襟轻轻浮动着。忽然，她收回了魔法，一切又恢复了原样。

“你这是在干什么？”男孩看她停下来才开口问道。

“通过地下的水流，来判断地下有没有其他不属于那里的东西。”

“你怀疑你要找的东西在地下？”

“还不确定，但有这个可能。所以我才用这种方式探知一下。虽然不是很准确，不过也足够了。”

“那……你找到了？”

“只找到了几个可能的位置……所以，我必须把土挖开。”凌雨说着，开始赤手扒开泥土。男孩倚在门上，看着这个女孩拼命的样子，不禁笑了起来。她的脸上，身上已经沾满了泥土，活像一只小猫。看着看着，他真的笑出了声来。

凌雨手托一个荧光球，奇怪地望向他：“你笑什么？”

“没……没什么，只是你这个样子很……很可爱。”男孩稍微收敛了一下。

凌雨的心仿佛被揉了一下，刚才看到的笑容是那样的美好，似乎有着能让冰雪融化的力量，让人感到那样的温暖。已经好久没有人对自己这样笑了。那令人怀念的笑容如今又再一次出现，只是不再是那个人。

“可爱个鬼……”凌雨假装没好气地说，继续低头干活。

“好啦，我还是来帮你吧。这样，你好早点回家。”凌雨刚要阻止，男孩已经开始挖了起来。而他正在挖的位置，恰恰与凌雨刚才探知到的一模一样。我没有告诉他可能的位置，他却准确地找到了一个。巧合吧……凌雨摇了摇头，继续干自己的活。

就这样挖了很久，凌雨终于直起身来，揉了揉疼痛的双手，失神地望着眼前的坑。自己费力地挖了这么久，可还是什么都没找到。气温变得越来越低，土层也跟着变硬，继续挖的话会越来越困难。要不要先换个地方试试呢？

“找到了！”凌雨正不知所措，就听到了男孩欣喜的叫声。只见他捧着一个精致的小木盒爬了上来：“是这个吧？”凌雨犹豫地接了过来。她手一触到盒子，就感到有一股隐形的力量守护着这个不起眼的东西。凌雨轻轻一笑：“没错应该就是这个。”盒子被设下了一道独特的封印，那正是雨弓家独有的。而破解这个封印的方法，母亲早就教给了她和驰，也许就是为了这一天吧。

凌雨一手托着盒子，另一只手轻轻地盖在上面，嘴里开始小声地唱着记忆里的那首歌。悠扬的歌声飘荡在夜空，带着一丝悲伤和希望。随着旋律的起落，盒子也应和着发出五彩的光，忽明忽暗。她将全部的精力都放在了解开封印上，完全没有注意到，站在自己对面的男孩也在无声地唱着这首歌，神情有些悲伤。当最后一个音符落下时，盒子缓缓地打开了。一颗晶莹剔透的石头在黑暗中散发着蓝光。在石头的旁边还放有一张纸条。借着光芒，凌雨看到一行字迹：

置“晶蓝”于弓心，即可解开封印。

记忆又被拉回很久之前。还记得那天驰跟父亲一起将某样东西埋进了前院的花丛里，她问驰，那是什么。驰说，是晶蓝。她又问，晶蓝是什么。驰说，不知道，应该是很珍贵的东西，不然也不会用咱们家独有的封印来保护它，那首歌还记得吗？她天真地点点头，为什么爸爸妈妈有那么多秘密不让我们知道，我不喜欢什么也不知道的感觉。驰望着父亲匆匆离开的身影，说，我也是；但是，不要紧的，早晚我们会知道一切，因为他们会将一切交给我们，他们的爱，他们的恨，他们的本领，还有他们的使命……

凌雨苦笑了一下，合起了盖子："谢谢你，的确是这个。但是……为什么你一下就找到了？"

"不知道，"男孩耸耸肩，"直觉吧……"

不知道，直觉吧……

当时驰也是这样跟自己说的。他总会将她的玩具藏起来，然后在她急得要死的时候拿出来，假装是自己找到的。每当问到他为什么他一找就找到时，他就会微笑着说："不知道，直觉吧。"

"那……我先走了。"男孩的声音又将凌雨拉回了现实。凌雨点点头。"对了，"男孩刚要走，又说道，"虽然光线不太好，我没看得太清楚。不过，你笑起来肯定更好看吧。"凌雨呆呆地看着他。"所以，笑一笑吧。"说完，男孩就消失在了一片黑暗里。

所以，你也笑一笑吧。

第十一章

苦难·成长·情

苦难，不知不觉地让我们成长，又见证了我们的情感。

凌雨一个人慢慢地走在路上，一只手揣在大衣的兜里，紧紧地握着小盒子。她的目光洒在地面上，又恢复了冰冷的表情。她的大脑里一片空白，任凭双腿将她带向前方。街边的房屋里，温馨的灯光夹杂着笑声打在了她的脸上，却瞬间降了温度。有的时候，真希望能将自己关在内心深处的那个小黑屋里，这样才能不痛苦，不留恋，只知道义无反顾地向前走。

这个夜晚是那样地宁静，只听见落叶的骨骼在鞋子的压力下，一点一点地粉碎。虽然细微，却不停震撼着凌雨的心脏。

忽然，几声沉闷的“轰轰”声传进了耳朵。凌雨停下脚步，向森林中望去。她平静的双眼变得越来越明亮，在漆黑的夜里闪起了青色的微光。她在粗大的树干间不停地跳跃着，身体轻盈得如一只猫。神情凝聚起来，没有了刚才的涣散，敏锐地感觉着周围的情况。在这个森林里，有什么正在发生。她忽然站定，静止在了那里。片刻后，又将身体一倾，消失在了原地。

凌雨不停地加快着速度，一步不敢耽误。强烈的能量波动告诉她，前方正在进行着一场较量，而且参加战斗的两个人都毫不留情。另外她还感到了一股陌生能量，似乎还有第三个人。正想着，她就看见了前方的火光，周围的树木因为那些人的战斗已经燃烧起来。看来还有一个人拥有赤火因子。凌雨正想着，一种极为诡异的旋律就闯进了耳朵，不停敲击着耳鼓，让大脑感到一阵麻木。这声音很快侵蚀着她的意识，几乎要夺去她的自我控制力。凌雨紧锁着眉头，手臂使劲一挥，一阵光晕向外扩散开来，声音全部消失了。令人难受的旋律，树木燃烧的声音，一切都被阻隔在了空气断层之外。这个薄薄的断层围绕着凌雨，虽然使她失去了一种感官，但也只有这样才能摆脱那个声音的干扰，保持清醒。

凌雨躲在树后定睛望去。一个妖媚的女子正在吹着一支笛子，看来刚才的声音就是她发出来的。她有着一对又大又尖的耳朵，美丽的身段下却藏着一丝野兽的气息。她的笛子也有些不同寻常，笛子有些惨白，像森森白骨，两端还被削得很尖，看上去更像是一根刺。凌雨又将头瞥向另一边，不禁大惊失色。在火焰的另一边，女子的不远处，伊月和东卡正在对峙着。他们面目狰狞，眼中不断透出寒光，原来的温柔和善良已经消失得无影无踪。东卡的衣角有烧焦的痕迹，伊月的手臂也有不少血痕。

难道刚才的动荡就是他们弄出来的！不可能的……东卡和伊月不可能打成这样！一定是被那个声音弄得失去理智了！这笛子竟然能控制人的理智，叫两个好朋友自相残杀……这个女的到底是谁？凌雨警惕地看着那个女子。女子停下来，轻轻一笑，嘴边露出两个尖尖的獠牙。她缓了口气，薄薄的嘴唇再一次亲吻着笛子。那一刹那，东卡和伊月都疯狂地叫起来，然后向对方冲去，他们手中的银鞭和赤轮也失控了一般相互撕咬着对方。

“住手!”凌雨一下子破开了他们的攻击挡在了中间。两股水流瞬间缠住了东卡和伊月，将他们包在了里面。青色的光芒不断围绕着他们，浮动的水流慢慢地结成冰落在地上。凌雨看着他们逐渐平和下来的面容，轻轻地道了声“对不起”。

女子停下来，好奇地打量着凌雨。她什么都没说，只是妩媚地笑着。

凌雨将东卡他们安置在一边，站起身正视着女子，青色的雾气从瞳孔中溢了出来。

“你究竟是谁?为什么要害东卡和伊月?”凌雨锐利的目光直刺在女子身上，可她似乎并不在乎，依然微笑着。

“穆塔。”声音如幽灵一般飘了过来。

“穆塔……你叫穆塔?”凌雨疑惑道。

“穆塔，穆塔。”女子右手握住笛子的一端，仿佛拿着一把短剑。凌雨也紧张起来，一抬手，几根冰凌凝聚在手指之间。“穆塔……”女子继续重复着一个词，“穆塔饿了。”她的眼睛忽然闪烁着青色的光芒，饥渴地望着凌雨。

凌雨刚感到情况不妙，女子就朝她冲了过来，手里短剑一般的笛子不断地刺向她。她的肌肉随着她的每一个动作爆发着惊人的力量。虽然这个女子看起来娇瘦，但力量一点也不比成年的战士小。凌雨自知在力量的缺陷，只好凭借着速度抵挡着女子的攻击。手中的冰凌不断地与笛子发生碰撞，拦截着它，保护着自己。要用最少的力气去破解敌人的进攻，凌阴常跟自己这样说。这样想着，她便一个翻身与女子拉开了距离，又紧接着转了个身，顺手甩出了几根冰凌。那个女子刚要冲过来，却又连忙向后躲闪。可是她还是晚了一点，尖锐的冰凌不是划开她的皮肤，就是刺进了她的身体。女子使劲儿拔出了冰凌，一种绿色的液体从她的伤口中涌了出来。

"这家伙是人是鬼啊！"凌雨骂道。

女子开始低吼起来，那种从喉咙直接发出的声音像极了愤怒的野兽的叫声。她的瞳孔不断扩大，戮杀的欲望毫无掩饰地透露了出来。

"看来，你果然不是人啊。"凌雨眯起了眼睛，"那就，快点结束吧。妖女。"凌雨的右手在空中左右画了画，又像托起什么一样将手举了起来。几个巨大的魔法阵闪烁着冰冷的青色光芒在空中慢慢形成，将那个妖女包围起来。她试图冲破这个包围，但也是无济于事。凌雨的瞳孔早就被大雾填满，肩膀上的星痕也闪耀着灿烂的光芒。突然她瞳孔一紧，无数的冰凌从魔法阵中一齐射出，一个接着一个，刺穿女子的身体。

惨叫似乎是今晚的变奏曲，给这个平静如水的夜晚增添一些波澜。凌孤老人惊异地望向窗外，黑漆漆的玻璃上映出自己苍老的身影。就在这时，有人敲了敲门，柏西走了进来："老师，您找我？"

"你听见了吗？"

"嗯。"

"快去看一下吧。我不想让我的孩子出什么事。"

"是。"

“等一下。”柏西刚要走，就被凌孤叫住，“多带几个人，我也不想让你出什么事啊。”

柏西笑道：“您放心吧。”然后，轻轻关上了门。

突然，窗外传来了一声刺耳的叫声。这声音是那样的凄惨愤怒，在瞬间横穿大脑。凌孤呆呆地看着窗外，早已失去了平时的镇定。

凌雨僵硬地站着，那双瞳孔因恐惧而剧烈颤抖着。此时，她的脸上挂着无数条血痕。她勉强支撑着身体，脑海中仍充满了那恐怖的叫声。这是比那笛音还要可怕的声音，那种凄厉，绝望又叫人恶心的声响仿佛可以瞬间吞噬人的灵魂，让人感到无休止的恐惧。而那个妖女也随着那一声叫喊，瞬间长出了一个巨大的尾巴。她的尾巴无比粗壮，一圈一圈地摞在一起形成一个高台。此时她正站在她的尾巴上低吼着，尾巴的尖端在地上不停地扫来扫去。

凌雨的身体已经动不了了，刚才消耗了大量的因子，又是在这种被火包围的地方。此刻，胜利的天平似乎完全倒向了妖女那边。

凌雨的瞳孔突然收紧，还没待她反应过来，自己就已经被那条尾巴紧紧裹住，使劲儿朝树上撞去。一次……两次……伴随着骨骼断裂的声响，大树剧烈地颤抖着，似乎要抖掉身上那些温热的血。

凌雨勉强维持着意识，泪水早已同鲜血混成一片。整个身体被那个可恶的尾巴攥着，感觉会被挤碎一样。凌雨大口地喘息着，忘记了哭泣。她抬眼望着面前这个野兽一般的女子，看着她的脸渐渐模糊。

如果驰在的话……现在应该会挡在我面前吧……不对……如果他在，我就不可能变成这个样子……要死在这儿吗？还是……

凌雨尝试着动了动身体，忽然手指碰到了什么坚硬的东西。她愣了一下，眼中渐渐闪起了微光，又立刻暗了下去。没用的，就算有晶蓝也没用的，现在连动都动不了……

“穆塔饿了。”

女子被尾巴支撑着慢慢朝自己靠近，她的脸在凌雨的瞳孔中不断放大。她舔食着，舌头一遍又一遍地滑过凌雨的脖子和脸颊，留下了黏稠的液体。眼皮变得越来越沉，但是凌雨却不敢闭上眼睛。也许，闭上以后，就再也无法看到这个世界了。

突然，绿色的血液在眼前喷发，瞬间开出一个个绚丽的花朵。女子又发出了那刺耳的吼叫声，疯狂地扭动着身体，将凌雨甩了出去。凌雨眼前一花，意识一下子模糊了，只感到一双结实的臂膀紧紧地抱住了坠落的自己。

……是谁啊？

妖女的叫声依旧不停地刺穿着大脑，一遍又一遍地将意识打散。凌雨慢慢地睁开眼睛，发现自己正靠在一棵树上。旁边的东卡和伊月仍旧昏迷着，他们身上的冰晶已经全部融化。对面，妖女似乎正痛苦地挣扎着。她尖叫着，但声音早已不具备吞噬意识的能力。她不停地在她庞大的尾巴间躲藏着，一条又一条血痕在她的身上绽开，露出了血肉。原本完整的皮肤沾满了绿色的血液。忽然，她的尾巴向空中一阵乱甩，虚无的空中竟然溅出鲜红的血来。

难道，有人在那里？

凌雨使劲地捕捉着空中的变化，似乎隐约间看到了雨弓驰的影子。她愣了一会儿，突然想起了晶蓝，于是迅速掏出了那个盒子。不管怎样，先把这个妖女解决掉再说。她想着，释放出了长弓，将晶蓝放进了中间的凹槽。在晶蓝归位的一瞬间，一股冰冷的力量从弓中一涌而出，如海浪一般翻涌到四周。大火在刹那间熄灭了，只看见被光芒包围着的凌雨屹立在那里，如黑夜里的审判者一样，那样高贵。大量精纯的因子流入她的体内，随着血液走遍身体的每个角落。力量似乎恢复到了饱和，伤口也开始奇迹般地愈合，甚至能听到血肉生长的声音。

妖女那骇人的目光再一次落在了凌雨身上。她怒吼了一声，无数的能量瞬间爆炸开来，威胁着她身边的一切事物。她向凌雨扑了过去，手上的指甲变得又尖又长，指向凌雨的胸口。凌雨慢慢拉开弓弦，等待这妖女的靠近。她心念一动，一支箭便已经搭在了弓上。

“来了。”凌雨再一次眯起眼睛。她的手一松，箭毫无畏惧地脱离了长弓，卷着气流，不偏不倚地射进了妖女的左肩。妖女一下子掉在了地上痛苦地挣扎。就在这时，又一根箭飞了过去，直入她的胸膛。

冰凉，凝固了空气，凝固了血液。面前正躺着变回原形的女子。她已经无法动弹，只是平躺在地上流着眼泪，嘴里仍然不停地叫着：“穆塔……穆塔……”插在她身上的两根箭化成了粉末飘散在空中，绿色黏稠的血正从两个洞里缓缓流出，光芒全都消失了。凌雨跌坐在地上，无力地望着头顶上的那片夜空。手中的长弓一点一点破碎，飘向空中，又落回到她的身体里。

当柏西赶到时，他哭了。凌雨静静地靠在树上，双眼紧闭着。清冷的月光洒在她的脸上，感觉那样神圣，却带着一丝凄凉。在她身边不远的地方，是沉睡着的东卡和伊月，他们的表情是那样的安详，好像没有任何痛苦。另一个角落，是那个女子。柏西擦了擦眼泪，走过去仔细看了看，不禁吃惊道："袭击他们的究竟是什么东西?!"

"校长，现在怎么办?"

"把凌雨他们都带回医院，要好好看护他们。另外……也把这个东西带给凌孤老人看看。"柏西说着，指向地上的女子。

夙隗躲在树后，一只手捂住自己的伤口，悄悄地望着凌雨被抬走的身影，眼泪渐渐流了下来。

"找到了……终于找到了……"夙隗默默地想着，终于哭出了声来。

夜晚，总有那寂寞的哭声向虚空倾诉着，也总有那孤单的身影希望永远躲藏在阴影里面。黑暗，承载着多少人的悲伤、多少人的懦弱。它们躲藏着，它们逃避着，总有一天会变成世界上最神秘的黑洞。

第十二章

黄昏·轨迹·终点

黄昏之下，马车再一次踏上了路途，按着相同的轨迹，

在相同的起点与终点间往返着。

辽阔的草原上空，白云自由地飘着，轻柔的风卷动着青草，吹散了蒲公英的种子。一个男孩，穿着干净的白色衣衫，站在离自己不远的地方。看不太清他的脸，却知道他有一双明亮的眼睛，像一潭池水，像最透亮的蓝色宝石，没有一丝杂质。笑容在他的脸上慢慢展开，带着暖意缠绕着自己。那是世界上最纯洁最美好的笑容，仿佛拥有魔力，总能驱散你周围的阴影。男孩的碎发在风中轻轻摆动着，单薄的衬衫也灌满了风。他向自己伸出了手。

“泉儿!”空灵的声音。

一点一点，慢慢靠近，就在眼前，可摸到的确是一团虚影。

最后，就连虚影也破碎成了闪亮的碎片飞上天空……

凌雨猛地睁开眼睛。

阳光透过纯白的窗帘映在同样纯白的被单上，只剩下浅浅的一层。鼻腔里充斥着医院里独有的消毒剂味道。她有些艰难地撑起身体，好像有些虚弱，不过没有什么硬伤。整个房间只有自己一个人，很冷清。旁边的沙发有些凌乱，看来有人睡过。

刚才的梦已经不止出现过一次了，凌雨早已司空见惯。刚开始还会思索半天“那个男孩是谁?”“怎么会做这样的梦?”之类的问题，到后来也懒得去想了，因为总也想不清楚。

凌雨一转身坐到了床边，刚刚往起一站，立刻感到一阵眩晕，只能跌坐回床上。这时，东卡正抱着一束花走了进来，看到刚才的一幕，轻声一笑："别瞎动，你的身体根本没有完全恢复。我去叫医生。"说着，把花往前一递。也许是刚刚醒来的缘故，凌雨整个人的反应似乎都慢不止一拍。当她伸出手要接花时，东卡已经转身将花放进了床头的花瓶里。"别乱动。"他又强调了一句，就走了出去。

和往日一样温柔，和往日一样彬彬有礼，和往日一样爱笑。可是，总感觉哪里不对劲……是哪里呢？不知道。凌雨胡乱地抓抓头发，躺回了床上。

东卡陪凌雨做了检查，又按照医生的嘱咐帮她上好药，再重新把她扶上了床。这个男生的体贴与细心，凌雨早就见识过了，只不过她一直以为那只是对伊月的特殊关怀。没想到今天，东卡也会用他的温柔来对待自己。

凌雨凝视着东卡，不禁又陷入了沉思。

"怎么了？"男生垂下视线，刚好对上女生的目光。

"没……伊月呢？怎么没和你一起？"

东卡听了，表情一僵，有些不自然地答道："伊月她……可以先不用管她。她没事的……没事……"说着说着，他跌坐在了身后的沙发上。

许久，东卡都没有说话，只是不时地咬着大拇指的指甲。凌雨静静地看着他，似乎现在能做的，只有等待。

“那个……谢谢你……” 很突兀的一句。

“为什么?” 凌雨有些迷糊。

“谢谢你，救了我和伊月。”

“哦。那……你要怎么谢我?” 凌雨一挑眉毛，有些得意的感觉。

“怎么都行。你为了救我们，差点把自己的命搭进去，我应该为你做些事……”

“那你如实回答我两个问题。”

“……”

“第一，那个人为什么会要杀你们?第二，伊月到底怎么了，为什么她没有跟你一起?你们不是形影不离吗?”

东卡一只手扶住额头，无奈地看着凌雨，一副很头疼的样子。

“必须说哦!你说过怎么都行的，就当是感谢我了。”

东卡换了一个姿势，轻轻叹了口气:“那个人要杀我们应该是因为，我们在历练的时候发现了一个秘密入口。那下面有很多走廊，还有卫兵，简直就像一个基地，可能是某个地下组织的吧。至于伊月，你不用担心。她一切都好，只是我暂时不敢见到她，没告诉她我来这里，我……”

“你们在那个基地里看到了什么?” 凌雨打断了东卡的话，眼中闪烁着异样的光芒。东卡犹豫了一下:“很多房间，其余的什么都没有看见，应该没什么吧……”

这次轮到凌雨沉思了。秘密的入口，从没见过的基地，还派那个妖女追杀。这个“没什么” 显然是瞎说的。如果里面真的没什么，就不用费劲把地点隐藏得连凌孤老人都不知道，还不计后果地追杀两个孩子。说不定，有什么不为人知的秘密。想到这里，她的脑海中突然闪过了黯昈的身影。

这时，门“咚咚咚”地响了几声：“孩子，看看谁来了。”凌孤老人依旧满脸慈祥，身后跟着的是那个冷峻的王——金翮立。凌雨赶紧行礼，东卡一见有些不知所措，也站了起来。

“不用了。”翮立有些不满，“我说过不需要那样的。”

“翮立怕你再出什么事情就特意赶过来了，说要亲自接你回去。孩子，你可真是幸运啊！我还没听说过哪个守护者能得到王的保护呢！”凌孤老人笑盈盈地说着，显然他很高兴。不知道是因为听说凌雨康复，还是因为又见到了翮立。听说凌孤老人第一次见到翮立时，翮立还是个九岁的小孩儿。虽然小，但却给人很靠得住的感觉。于是老人就喜欢上了这个孩子，盼着他能早日长成一个男子汉。今天，老人终于看到了十九岁的他，开心是自然的。

可是凌雨完全没有心情去配合老人的笑。相反，她反而感到心头正有一团火焰在燃烧。“爷爷，东卡和伊月有那么大的事怎么不告诉我！”很强硬的口气，以前从没有过，老人吃了一惊，“他们发现了那个秘密入口怎么不告诉我！您料到了他们会有危险怎么还不保护好他们！”

老人的笑容渐渐消失，默默地望着床上那个瘦小的少女。她平日里光滑的手由于过度地用力而露出了青色的血管，显然她在努力控制着自己的情绪。翮立看了看异常激动的凌雨，同样将疑问的目光抛向了身边的老人。

“因为，那个入口连我也没有见到过。”老人缓缓地说着，每一字说得都很清楚，“东卡和伊月向我们报告后，我派了人去那边侦查，但并没有发现什么入口。接连几天都是同样的结果。所以我也不敢轻易向你汇报了。”

阳光透过窗帘间的缝隙，在翩立的脸上镀上了一层淡淡的光芒。

寂静，让屋中的灰尘都沉淀下来，就连人的心也重重地落进了深渊。虚假的快乐，伪装出的笑容，果然都不能维持太久。

“凌孤爷爷，我希望今天就能带凌雨回去。”翩立的金色刻纹随着他的动作在阳光下反射着金光，他的脸变得更加虚幻。

凌孤虽然有些不舍，却也只能点点头：“好吧，只要她的身体允许。”

“没问题的，只要再有两周就能完全恢复。”凌雨低着头，声音有些冰凉，长长的头发垂在前面遮住了半个脸颊。

“那就尽量早些走吧。”伴随着轻微的叹息，凌孤老人朝门口走去。

“等一下。”翩立道，“在走之前，我可不可以看一下那个打伤凌雨的怪物？”

“跟我来吧。”说完，老人就消失在了门口。

在医院地下不透光的实验室里，几个研究人员穿着一身纯白的长衫，正围着昏迷的妖女进行着一系列研究。这些研究狂人们看了一辈子人体，却从未见过尖耳朵，还长着獠牙的。其中一个人伸了伸手，一根针便被递了过来。他将细长的针头小心地插进妖女的肌肤，抽出了她的血液，然后交给另一个人拿去分析。

这时候，实验室的门突然打开了，凌孤走了进来：“你们有什么进展？”紧随其后的还有翮立。

“大人您来了。这位是……”刚说到这里，那个人就注意到了那条藏匿在金发中的刻纹，“王……王子殿下！”

“叫我翮立就行。”翮立果断说道。

“不用紧张，他只是来看看这个妖女的。你们进行得怎么样了？”

“一切还在进行。我们刚刚把这个怪物的血液送去检验，目前的调查结果显示，她的骨骼、器官都与人类一致，也就是说基本特征都跟人类一样。但是她的尾骨部位却含有特别活跃的能量感应。她的语言功能大部分缺失，自我意识极差……啊，化验报告来了……她的血液的主要成分跟人的相差程度很大，有一种特殊的变异因子。”

“叫什么知道吗？”

“不知道，从来没有见过这种因子。”

翮立盯着床上女子看了许久，记忆中的某一部分被不停地刺激着。他不禁皱起了眉头。凌孤注意到了他脸上的异样，奇怪地问：“怎么了？”

“……我想我认识她。”犹豫了一会儿，翮立说出了这句足够惊人的话，“她是不是只会说‘穆塔’？”

其中一个研究员点了点头。

“那就没错了。”

“那么，她到底是谁?”

“您只需要知道，她叫穆塔。”

再回来时，凌雨已经收拾好了东西站在门口，东卡静静地站在她的旁边。

“走吧。”

一行人沉默着走出了医院。落日的余晖静谧地洒在少年少女的肩上，为即将远行的他们披上了金色的霓裳。这时候，在他们身旁奔跑的温热气流已经散失了不少，带给指尖一丝冰凉。

凌雨刚刚将行李递给车夫，就听见了一个亲切的叫声。还没来得及回头，伊月就已经扑了过来，紧紧地抱着自己不放:“凌雨，你怎么又要走了！我们都还没有好好地说过话呢！我有很多很多事要和你说！我甚至还没有谢谢你呢！你能不能再留一天？就一天……”说着她的声音就带出一丝哭腔。

凌雨轻轻地抱住伊月:“没事的，我还会再回来的。你跟东卡要好好的。”说完，凌雨就要上车。“那个，需要帮忙的话尽管说，不要和我客气……”东卡在后面说道。凌雨笑着点了点头，关上了车门。翮立向老人稍稍鞠了个躬，也转身跨进了车厢。

黄昏之下，马车再一次踏上了路途，按着同样的轨迹，在同样的起点与终点间往返着。看着马车消失的方向，凌孤落下了一行泪，默默地离开了原地。

“走吧。”东卡低着头朝家的方向走去，突然右手腕传来一阵钻心的疼痛，他痛苦地转过身，正好撞上伊月的目光。她正固执地抓着自己受伤的地方，瞳孔中透出了一团小小的火焰。他久久地望着那双眼睛，忘记了伤口带来的疼痛，轻松的微笑忽然爬上了脸颊。男孩反手抓住了女孩，顺势一拉，将她拥进了怀里。

世间万物皆可失去，除了你不行。

第十三章

鬼人·灵魂·毁灭

“鬼人”，毁灭的不仅仅是灵魂。

十一年前……

纯白的云朵填满了整个天空，在寒风中缓慢地翻滚着。雪，恋上了这座城市，在这一年中的最后一个月里，不停地亲吻着这里的每一个角落。

宫殿附近的雪地上，一个金发男孩正凝视着前方。雪花落在他的身上，便立刻融化成了水滴。在他的身旁，一个披着厚实披风，同样长着一头金发的男人正看着那个男孩。他双手背在身后，屹立着，似乎象征着一切权威。这个人正是弗洛威王国的国王——金琛。

“翩立，准备好了就开始吧。”金琛声音不高，却字字震撼着男孩的心，让他肃然起敬。

翩立深吸一口气，慢慢地抬起了自己的右手。他的瞳孔开始闪烁着金光，一股气旋在他周围形成，吸引着片片雪花。他细细的手臂轻微地颤抖着，五根手指有规律地一上一下，似乎在控制着什么。他眯上了眼睛，死死地盯着前方，不敢松懈。突然地面剧烈地抖动起来，棕色的沙粒瞬间从白雪中喷了出来，混着下降的雪花落下，纯白的雪地立刻变得斑斑点点。翩立放下手，轻轻呼了口气，高兴地望向金琛：“哈，爸爸！”看到自己的父亲赞许地点了点头，男孩笑得更加开心。

“国王殿下，古阔博士想见您。”金琛刚要开口，就被一个稚嫩的声音打断了。回头一看，萧守正笔直地站在那里。

金琛温柔地笑了：“哟，怎么是小萧守啊？你爸爸呢？”

“他临时回家了，我就来替他干活了。”

“好好好，那咱们就去见见那个古阔博士。翮立，走了！”说着，金琛的手凭空一抹，千万颗沙粒都悬了起来，向一个深坑飞去。雪地又变得跟之前一样纯白、平整，看不出任何痕迹。

在父亲的书房紧闭的大门前，翮立和萧守都将耳朵紧紧地贴在了门上。厚厚的墙壁几乎隔绝了里面的一切声音，但通过木门的轻微震动，翮立还是能听到一些模糊的对话。听着听着，他的脸上渐渐露出了些不可思议的神色。

“翮立，他们在说什么啊？”萧守在一旁急切地问。

“‘死人的灵魂’，‘重生’，‘实验’，‘鬼人计划’……听不太清，断断续续的……”

“这些……都是什么意思啊？”

“不知道。”翮立的脸上也写满了疑惑。

就在这时，房门被打开了。只见一个矮瘦的老爷爷手中拿着一份文案，兴奋地走了出来。显然古阔博士得到了国王的许可去干某件事情。金琛也从里面走了出来，望着古阔离去的方向许久，眼中的期待是难以掩饰的。

“爸爸，他要去干什么？”翮立拽了拽金琛的衣角。

“去干某件说不定能造福弗洛威的事情。”

“为什么……会是‘造福’？又有‘死人’，又有‘鬼’，怎么会是‘造福’？”翮立天真地望着金琛。金琛一惊，他没有想到一个七八岁的孩子能隔着门板听到这些关键的信息。要知道，当金琛做到这一点时，他已经二十岁了，而且是在经受了长期训练之后。

“看来不告诉你还不行喽？”金琛说着，瞥了眼一旁不动声色的萧守，“那你们两个进来，我慢慢跟你们说。”

金琛关上了房间的大门，又在周围的墙壁上下布了一层牢固的屏障，才开始讲述这个“说不定”能造福弗洛威的事情。这么多年，翮立早已忘了父亲同意实施了这个计划的原因，也忘记了父亲当年那种兴奋的表情。但他仍清晰地记着，父亲说那是一个将死人复活的计划，被称为“鬼人计划”。“如果一切顺利，我们就能将死者的灵魂提取出来，通过某种技术，让灵魂本身再形成一个新的本体，并使他们拥有超出常人的能力。这样一来，一定会给弗洛威带来不小的好处。而且，金渊叔叔会亲自参加这次计划。”父亲说这段话的时候，眼中闪烁着光芒。不知道是因为这个计划本身，还是因为他聪慧的双胞胎弟弟——金渊终于可以通过这个计划发挥他的才能了。

后来，正如翮立料到的一样，在靠近陵园的地方，一个新的研究所拔地而起，之后被人们称为GHP研究所。每天，他都能看到几辆装着木棺的马车向研究所的方向驶去。父亲陪翮立练习的时间也变少了，每周他都会去研究所视察。说是视察，还不如说是对某种东西的期待，就像翮立总会在女仆做蛋糕时在厨房里转来转去一样。翮立一直是这样想的。

也是从那以后，父亲养成了一个习惯。每次从研究所回来，他都会在一个本子上记下几个名字，并在名字的后面写了很多很多字。翩立曾问过那些名字和一串串的字都是干什么用的，父亲说："这些是逝者的名字，他们为了王国奉献了他们的灵魂，我们应该记住他们。"接着，父亲就会给他讲发生在那些人身上的故事。

父亲一直很重视这个计划，也非常重视那些奉献出来的灵魂。他依然常常跑去研究所，依然在本子上写着那些人的名字，依然给翩立讲着别人的故事。但翩立一直都没有注意到，父亲当初的兴奋正在一点点减退，取而代之的是越来越浓的悲伤。

终于有一天，当古阔博士再一次申请调用更多的尸体时，父亲冷冷地说了一句："计划终止吧。"淡淡的几个字，却没有留给古阔博士任何反对的余地，甚至还追加了一条禁令：弗洛威禁止进行与灵魂有关的研究。命令下得是那样地干脆，似乎在释放着某种压抑已久的情绪。当天下午，翩立就跟着父亲去了GHP研究所。那天对于研究所里的人来讲是一场噩梦，国王强行终止了计划。仅仅一个下午的时间，所有研究人员都被撤出了实验室，实验的资料也被锁进了白金宫的某个地方。这个研究所一下子变成了一栋空楼。

那天，有许多人往王宫的地下传送着资料、样本，其中也包括一具女孩的尸体。听说，她是最后一个接受实验的人——穆塔。父亲在本子上记下她的名字后，又不停地在后面写着她的故事。父亲一直在写，一直在写，写得比哪一次都长。不知不觉，一滴眼泪从他的脸上滑落。

第二天，翩立就听见了金渊和父亲的争吵声。他们吵得很凶，一向镇定的父亲也开始有些失控地吼起来。翩立躲进了自己的房间，死死地关上了门。当再次打开门时，看到的只是金渊愤怒离去的背影。

让翩立没想到的是，那是他，也是王宫中的所有人最后一次看到金渊……

可是，穆塔为什么会出现在这里？

为什么……她不应该在白金宫的地下吗？

难道说是……金渊？!

"麻烦你加快一下速度！"翩立突然向车夫喊道，不顾凌雨一旁惊讶的表情，将身体向椅背上一摔，继续他的思考。

马车匆忙地在王宫前停住。翩立跳下车："去绝域学院，凌阴会在那儿等你。"话音刚落，就听见"砰"的一声，翩立便没了踪影。

空荡的王宫中传来一阵脚步声。翩立几步跨上了楼梯，望向了金坤的书房。光亮从门缝中钻了出来，很显然他还没有睡。翩立大步走过去，猛地打开了门。一阵风瞬间卷进了屋子，吹散了桌上的纸张。"叔叔，当初金渊是不是参与了鬼人计划？"金坤还没反应过来是怎么回事，就听见翩立这样问自己。他满脸疑惑地答道："是啊，他可是古阔博士的重要研究员啊。"

"重要研究员？"翩立重复道，"那就没错了。我要告诉你，金渊他好像在私自继续鬼人计划，并且应该已经研究成功了。袭击凌雨的人正是他的杰作之一。”

金坤先是一愣，却又问：“你凭什么这么说？”

“因为袭击凌雨的人就是穆塔——计划终止时最后一个接受实验的人。在那次实验开始前，父亲及时终止了计划，才留下了她的灵魂和肉体。她明明应该在地下的密室里的，可现在却出现在福瑞恩。唯一的可能就是有人开了密室偷偷将她带走了，而能做到这点的人很有可能就是金渊。就算不是他，这事跟他也有不小的关系。”

“怎么可能？”金坤有些难以置信。

“你为什么不去密室查一下呢？假如真像我说的这样，再加上福瑞恩的地下迷宫和你的这些资料，凌孤老人又曾在历练的时候遇到黯昈，说不定就能证明他和D党有着某种关系，也能更快地找到他。”翩立说着，从地上捡起几张纸，朝金坤晃了晃。

金坤看着翩立深邃的瞳孔，站起了身：“走。”

两个人一起来到了藏在王宫最深层的房间。他们已经很久没有来过这里了，上次来也不知是什么时候，只能用“很久很久以前”来描述。一步步靠近那个紧锁的门，一点点触动遥远的过往。门口的卫兵看到两人，恭敬地行了个礼。金坤向他们点头一下，准备解开门上的封印。

当他封印解到一半时，手忽然停住了。

“怎么了？”

“封印好像被人打开过。”

翩立听了又眯起了眼睛，似乎这样能看清更多的事情。

金坤迅速地解开了剩下的封印，冲进了房间，径直走向了一个雕像。十年前，金琛就是以这个雕像作为石棺，将穆塔的身体保存在了里面。可是，当金坤再次开启这个雕像的时候里面却空空如也。“怎么可能……”一阵强烈的恐惧感笼罩了他。

翮立环顾了一下整个房间，目光又停留在了书架上。书架上排着密密麻麻的研究资料，却唯独一处是空的。翮立走近一看，下面的标签写着“鬼人计划”四个字。

“这原先放的是鬼人计划的研究资料吧。你把它拿去了？”翮立问道。

金坤走了过来，看到空空的书架，脸上的阴影又加深一层。“没有啊……”

“难道真是金渊那家伙拿走了？”

“现在看来，只有这种可能。知道封印解法的只有我和你父亲，但依照金渊对我们的了解和他的智商，他是有可能自己破开封印的。你别看他有时候还犯小孩儿脾气，法术没有你父亲好，但他可是天才，否则古阔博士也不会选他去帮忙研究。现在，他把计划的核心资料拿走了，你的推测也就完全可以成立了。”金坤苦涩地一笑，显然他还无法接受这个事实，更何况自己还没有保护好那些重要的资料。

“那……现在怎么办？”

金坤有些痛苦地摇了摇头：“不知道……先让我静一静……”说完，他就勉强装着没事的样子走了出去。翮立看着金坤离去的背影，什么都没有说。此时此刻，谁的心情也无法平静。自己父亲的孪生兄弟在失踪后偷偷进行着当初被严令禁止的实验。而且，他和 D 党似乎还有着某种关系。翮立突然感到有些害怕，现在似乎可以确定是金渊偷走了研究资料，万一再证明了他和 D 党勾结，那该如何处置他？翮立和金坤应该怎么对待这个人？

翮立关上了房间的大门，又下了一个截然不同的封印才离开。他回到自己的房间，一下子摔在床上。金色的瞳孔褪去了鲜艳的颜色，变得更加深邃、神秘。目光向某一个方向散去，没有焦点。这时候他才意识到，王宫是这样的安静，似乎失去了白天的生机。除了几盏彻夜明亮的灯，还有什么能证明这里是弗洛威最高贵的地方。

翮立艰难地移了移身子，刚好够到了放在床边的那本厚厚的日记。这是父亲留下的，最富有他气息的东西。翮立熟练地翻开了本子：

天琛十八年冬二十三日

今天鬼人计划开始实施。假如真的能将人的灵魂进行改造来给我们服役的话，那真是太好了。而且，古阔博士选择了金渊做他的研究员，对金渊来讲也是个大好事。他的才华终于有地方施展了……

天琛十八年冬八十一日

这些天，我总是会去研究所看他们实验。那真是叫人震撼的实验。在将灵魂剥离原本的肉体时，那种来自灵魂的惨叫是足以让人不寒而栗的。想必那些灵魂正经受着不小的痛苦，这些愿意捐献遗体的人也真是伟大。他们死后本应得到安息，却还要为我们的这项研究承受这样的折磨。实验要是没有成功的话，他们的灵魂也会跟着一样毁掉。我决定要把他们的名字记下，来表达对他们的谢意……

天琛十九年夏六十九日

今天他们成功地将灵魂复活成了一个新的人，可是他们完全控制不住这些鬼人。被改造后的灵魂似乎发疯了一样，失去了以前的记忆，听不懂别人的话，把研究所大闹了一番。之后，他们就破碎成了粉末消失了，又一批灵魂以他们不情愿的方式毁灭了。我开始怀疑这个计划了，不是怀疑它能否成功，而是怀疑我们的做法值不值。为了完成这个计划，究竟会有多少无辜的灵魂要以这样的方式毁灭？人的灵魂应在死后得到安息，可是我们却把他们拿来做这种残酷的实验。但是金渊似乎不这么想。他很兴奋，这代表着他的研究得到了新的进展，虽然不完美，却很重要……这样，真的可以吗？

天琛十九年秋十三日

我想终止鬼人计划了。他们对尸体的需求量越来越大，照这样下去，全国的尸体都不一定够他们用的。而且，我越来越不能忍受这项实验了。该停止了。

翮立合起日记，将它藏回了柜子里，拿着衣服就出了房间。他悄悄地推开萧守的房门，将他推醒。

“萧守，起来！”翮立小声地说。

“啊……翮立？这么晚，出什么事了？”萧守一睁开眼睛，就看到翮立金色的瞳孔在黑暗中闪着微光。

“愿意和我到外面‘玩玩’吗？”

“啊？”

第十四章

一扇门·两个·世界

一扇门，却隔开了两个世界。

夜，太过漆黑，就连雾气也被染成了墨色。

两个模糊的影子不动声色地穿过街道，顺势藏进了路过的货车上。车夫仍旧紧拽着马缰，没有注意到身后的动静。车子驶出了金都，摇摇晃晃地走了段小路，又拐进了另一条街道。一切都悄无声息，没有人发现那两个一闪即过的暗影。

翮立和萧守穿过了茂密的树林。当来到福瑞恩时，已经快是天亮的时候，一缕微光正从地平线上伸展开来，与四周的黑暗一点点融合。

“按我说的去做吧。”

“嗯……”

“唉……”翮立刚要向尼塞森林深处走去，又被萧守叫住，“你说的那些，不会是真的吧？”

“只是猜测……但愿我没有办法证明它。”

“好吧……你小心些。虽然你的法术比我强，但是毕竟你经验有限。”

“知道了，你也一样。快点行动吧。”

萧守默默地点了下头，化作一道亮光消失在了原地。

翮立在树林间飞驰着，看树木如流水一般向后倒去，脚尖刚一落地就再一次弹开，双臂在身旁有规律地摆动，眼睛敏捷地捕捉着一切变化。他毫不费力地以超出常人的速度穿梭在树木之间，冲开了满天飞落的碎叶。

山脚下，枯叶凋零，几乎只剩下光秃秃的石壁。地上，潮湿的土壤混合着腐烂的植被，散发出独特的香气。昏暗柔和的光线下，根本看不清任何细节。要在几千米长的石壁上找到一个隐蔽的石门，也许不是一件容易的事情，但是在翮立眼里似乎根本不值得一提。他只向整个墙面扫了一眼，就将注意力转移到了手上，五指张开，轻轻地触着地面，一道道涟漪似的波纹立刻向四周荡开，一圈一圈，探知着陌生的地方。模糊的影像在脑海中汇聚，形成一个最基本的印象。

翮立重新站了起来，走到某一块长满赤裸树枝的岩石前，抚摸了一下。

就是这里了——那个石门。

翮立的脑海中又想起了凌孤说的话："听说当时伊月正在释放赤轮，就在她刚刚完成后，旁边的岩壁就裂成了碎块，石门就显露出来了。"

"要用赤火解封吗？"翮立自言自语着，后退了几步。他抬起手，在空中不停地画着圆。随着手指的动作，一点点火苗按照凭空的轨迹形成了一个火轮，不停地旋转着。暗红的火焰如丝绸一般在空中翻卷着，连接着，将周围铺上了淡淡的红纱。

突然，翮立的手向前一推，面前的枯枝瞬间向外炸开，夹杂着大块儿的碎石迎面扑来。而他却淡然地站在那里，看着石门一点点显现。厚重的大门，雕刻着简单却又难懂的字符。翮立轻轻笑了一下，靠近过去。就在他刚迈出一步时，两个火球突然破门而出，一撞到地面，便燃起了一圈烈焰，将他困在了中间。

“什么人！”

翮立不屑地抬起睫毛，眼中的冰冷被月色衬得更加叫人心寒。

突然，周围熊熊燃烧的火焰破碎成了晶莹的冰珠，那两人也被几道晶莹剔透的冰柱完全困了起来。翮立脚一蹬穿过了石门。

一扇门，却隔开了两个世界。

一明，一暗；一生，一死。

阴冷的气息愈来愈浓，顺着皮肤上的空隙，凉到了每一根骨头。门这边的世界一片漆黑，除了那些似有似无的光晕，就再也没有明亮的东西了。翮立一打响指，一团光便在头顶亮了起来，身边的一切被蒙上了薄薄的金色。

墙壁只是由简单的铁板构成，银灰色，没有一点装饰。除此之外，就是每隔一段距离都会出现的壁灯。地板也由单色的瓷砖拼成，没有别样的花纹。一切都在往最简洁的方向发展，甚至有些乏味，让翮立心情一阵低落。好长一段时间没有看到过这样的景象了，时间长到连自己都不愿去想。

翮立照着自己刚刚获得的印象往前走着，一边走，手指一边在墙上跳跃，每一个触点都会留下一个金色的印记。神经早已绷到了最紧，头脑却处于完全放空的状态。不知道自己在想什么，又或者，什么都没有想。周围没有任何生命的迹象，唯一能听到的是自己的呼吸声，唯一能感到的是自己沉重的心跳。

忽然，手指感到了不一样的纹理，翮立微微扭过头去。

一扇门。

一扇厚重的铁门紧闭着。翮立尝试地扭动了把手，听见锁芯微微地转动，紧接着一声轻响，宣告了他的失败。翮立皱了下眉，暂时放弃了这里。按着印象，这里应该是一个极小的房间，但是这样一个小房间有什么必要锁上吗？他心里一阵迷惑。

再往前走就会有一个向右的走廊，拐过去就可以通往几个较大的房间，那里应该能找到一些重要的线索。他想着，将身体贴在了墙上，沿着墙根靠近走廊的交点。

“唉……”

翮立顿了一下。

“唉……”

谨慎地回过头，却什么都没有。翮立心里不由得一紧，那虚无缥缈的呼唤仍旧回响在耳畔，有些虚弱，有些悲凉。

“是谁？”

“来不及了……”

突然，一股巨大的气压控制住了翮立的身体，让他有些喘不过气来，瞬间的眩晕，眼前也变得模糊一片。当缓过神来时，自己已经在一个狭小的房间里。一张桌子，一个板凳，一张床。一点烛光，摇摆着，填满了狭小的空间。面前站着一个瘦瘦的男孩，单薄的身板，细细的手腕，略带成熟却又稚气未脱的脸庞显得清纯又美好，宝蓝色的瞳孔在烛火的映衬下散发着幽幽的光。他仿佛是一个不可玷污的天使，默然地站在翮立面前，准备传达神灵的讯息。翮立怔住了，忘记了原有的骄傲。不过很快，他又强迫自己保持了冷静。一圈圈涟漪再一次从手心荡开，印象在脑海中重新汇聚。

这里是……刚才的小房间？

“你来这里干什么？这不是你该来的地方。”男孩严肃地望着翮立，声音无比轻柔，却又不缺乏力量。

翮立站起来，正眼望向男孩：“这不是你要关心的问题。如果不想死的话，就麻烦你让开。”说着，他就径直朝铁门走去。

“不行！”男孩冰冷的五指紧紧地抓住了翮立，使他不禁一抖。“现在外面都是卫兵在换岗。刚才要不是我强行把你带进来，还不知道你现在能不能活着。他们很快就会发现石门那儿的情况，然后对你展开搜索。所以先不要乱跑了。稍等一会儿，我会帮你出去。”

翮立猛地回头望向男孩，脸上写满了惊讶：“这么说来，我干的一切你都知道。”

男孩点点头。

“你究竟是什么人？”

“囚犯而已，这里就是我的牢房。”

“你是怎么把我弄进来的？”

“将你同化成空气，然后从铁门的缝隙带进来的啊。”

翩立的眼神变得极为复杂。以前曾在书中看过，法师的最高境界就是能将自己本身与所蕴含的元素同化。历史上，除了一个隐居的法师，还没有人达到过这样的境界。而这个和自己差不多大的男孩不仅做到了这一点，还能将其他物体也同化成他的元素。这真是个可怕的世界，一切似乎都没有尽头，总会有人超越那些所谓的“最高”。在“最远”的地方之外，还有更远。

“你都已经到这种程度了，他们怎么还拿这破屋子关着你？就不怕你逃了？”

男孩听了，嘴角轻轻一翘，眼睛也弯成了一条弧线：“他们根本不知道我会法术，他们以为我跟普通人没有什么两样。”

翩立这才注意到男孩体内蕴藏着大海一般的力量，但却像死亡了一样毫无波澜。他完美地压制住了自己，这应该就是别人忽略他能力的原因。翩立谨慎审视着眼前的男孩，想把他看穿，却又什么都看不到。

“为什么不逃掉？”

男孩一愣。

“他们现在完全束缚不了你，为什么不逃掉？”尖锐的目光直射进男孩的瞳孔，仿佛一双手探入了内心的无底洞。

“不知道……只是觉得……我还是暂时待在这里比较好……”

医院下的实验室……

一片黑暗中，应急灯的绿光映在墙面上，又被洒向四周。萧守环顾了一下，很容易就注意到了墙角边的一个巨大的箱体，靠近过去，看到了穆塔。她果然像翮立说的一样，有着尖尖的耳朵和一对獠牙，杂乱的长发相互纠缠着散在身旁，手脚都被固定着，微微皱着眉头，胸口一起一伏。

其实，直到现在萧守都不太明白翮立的这条命令。他说："到实验室去，看看穆塔还在不在。"一个受了重伤的人被牢牢地固定在这里，怎么会不见呢？萧守无奈地摇摇头，就要转身离开。

他刚刚迈出一步，就听见了身后痛苦的呻吟声。女子的身体开始不停地扭动，试图挣脱束缚，无数条曲折的裂纹一晃，一晃，瓜分着她的皮肤，呼吸变得更加急促，夹杂着一丝模糊的哭腔。萧守惊恐地看着刺眼的裂痕一明一暗，却不敢轻举妄动。

穆塔微微睁开的眼睛在黑暗中找到了萧守的影子，立刻变得兴奋起来："穆塔……穆塔……"她努力地叫着，双手不停地抓向萧守的方向。

"穆塔……穆塔……"那一声声乞求一般的呼唤，在萧守看来似乎是求救的信号。

萧守的手颤抖地伸了过去，试图回应着穆塔。他看到一滴泪刚刚流出她的眼角，就如水晶一般破碎成粉末。密密麻麻的裂痕已经布满了她的每一寸肌肤，依旧一明一暗，将她沉浸在了泡沫般的光芒中。就在萧守的指尖将要触到她的一刹那，晶莹的碎屑无声地炸向了空中，带着微弱的亮光迷失在了黑暗的角落。

什么都没有剩下。

就像当初。

什么也没有剩下。

“我是不会离开的，除非我找到了我想要的东西！”

在翮立一声怒吼下，两个人的对话又陷入了僵局。

男孩沉默地望着翮立，眼中也生出了几丝不耐烦的情绪，但最终还是无奈地扶住翮立的肩膀：“好吧，我现在就带你去。”翮立还来不及反应，又是一阵眩晕，眼前的景象一晃而过。

空气中一阵不易察觉的扭曲，两个人已经到了另一个大门前。这个门明显要厚重了很多，旁边还上有密码锁。

“这是什么地方？”

“主研究室。你要找的东西也许会在这里，而且好不容易来了，就不想参观一下？”男孩说着，就要去解锁。

突然，他又撤回到了翮立身旁，挡在他前面。大门随即就打开了，两个卫兵从里面走了出来。翮立一见，就要动手，却被男孩拦了下来：“不要动！他们看不见咱们。”翮立仍旧警惕地站在那里，却见那两个人径直从他们身旁掠了过去，似乎自己根本就不存在。

“说过了，他们看不见咱们的，不用这么紧张。”男孩微笑着，溜进了房间。

翮立收了架势，脸上依旧是冷酷的表情。

刚一打开门，各色明亮的光芒就刺进了瞳孔，花了眼睛。许久后，两个人的视线才逐渐清晰。一大排木架，就这样摆放在正对大门的地方，没有遮拦，没有掩饰，上面大大小小的玻璃瓶闪着眩晕诡谲的光芒，如同调皮的仙子在眼前变幻着。翩立痴痴地看着，嘴角浮起一丝笑容，眼睛眯了起来，从未有过的享受。男孩站在自己前面一动不动，也被深深地吸引着。

一点一点失去了自我的色彩，只剩那些五彩斑斓。

突然，脑海中的极昼吞噬了一切璀璨，悬起的嘴角如断了线一般掉了下来，翩立猛地用手挡住了一切光线，一把将男孩拉进了某个黑暗的角落。

“可恶！这都是什么啊！”翩立心里暗骂着，回想着刚才的场景。炫目的光，莫名的快感，似乎被夺走了一切的负面情绪。

这时，男孩才清醒过来，似乎也感到了一些不对头，极力回想着什么。

“我问你，那是什么？”

“应该是各种优良的因子，那就是我想带你看的东西。可是……”

“可是那不是！”翩立瞥向身后的绚烂的光，“那肯定不是。”

“……他们好像换了木架的位置，原来那个东西是在最里面的地方啊……难道他们动过什么手脚……”

翩立已经完全忽视了男孩的话，自顾自地朝木架走去，他渐远的背影镀上了一层白光，整个人被淹没在了其中。当他再一次回来时，脸上依旧是那副冰雪般的神情，微皱着眉头，带着与生俱来的高傲：“是荧光水晶。你们的头儿可真是聪明啊，发明出这么高级的方法来保护这里。”

男孩一脸茫然地看着翩立。

翮立继续说："荧光水晶的光本身就能对人的大脑造成一定影响，不同的光色会产生不同的效果，而他却用了不知道是什么的方法将这些乱七八糟的光线结合了起来，给人带来了强烈的快感，连我都差点陷进去呢。说吧，这一切是怎么回事？虽然你法术厉害，但我还是有能力杀了你的。"

男孩略带惊恐地望着翮立："我不知道这是怎么回事，我只是想带你来看一下那些稀有因子，因为，你有能力解决这里的问题，你有必要知道。"

翮立瞳孔中翻滚着金色的浓雾，他已经将一只手伸向男孩的胸前："那么那些稀有因子呢？在哪里？"不带一丝感情，即使面对那样的美好面容。

男孩缓缓地转过身，走向一面空白的墙壁，不停地寻找着，不停地摸索着："相信我，应该还在这里，只不过被藏了起来。"他依旧不停地抚摸这墙面，原本叫人听着安心的声音也变得没了生机。

"我凭什么相信你？"翮立依旧没有放松，能量已经悄悄地汇集在了双手。

男孩沉默，目光游走在眼前的空间里。忽然，他好像注意到了什么："唉，你应该认识这个吧。"顺着男孩的手指，翮立也注意到了地上的那几个小小的斑点，还有一些细小的流线型纹理，作为从小在王宫中长大的孩子，不可能连这个都辨别不出来——那正是青水因子会留下的斑痕。痕迹的样子好像水滴滴落在地上，不像是人打斗时造成的。

翩立这才将手放了下来："难道他们收集到了这种因子的样本？"

"不只是这种，是每一种。"男孩冷漠地说道。翩立却一直盯着那些斑痕，沉浸思考着什么："每一种吗……"

突然走廊里传来了急速的脚步声，明显是朝这里过来的。男孩立刻警觉地拉住翩立："快走！没时间了！"话音未落，两个人影就四散在了空气中，只留下一两点星星似的晶莹飘落在地上，没了痕迹。

黎明的朝阳已经露出了一点边际，浅红的海洋渐渐褪去了暮色。两个男孩坐在树下，一个冷峻孤傲，一个寂静美好。

翩立瞥向身旁的男孩，才发现他的皮肤有些苍白，仍旧是那副干净的面容，像与世隔绝的圣灵。他静静地靠在那里，半眯着眼睛，深深地呼吸着每一丝氧气。初晨的阳光落在他长长的睫毛上，又被轻轻抖落。这也许是翩立见过的最安详的画面。

"谢谢你。"翩立有些别扭地开了口，这辈子似乎还没跟人说过这句话。

男孩随意地歪过头，目光却久久地停在了翩立的金发上："你是……王子殿下？"

"唉？"翩立摸了摸自己的头发，恍然大悟，"还是被发现了。"

男孩立刻站了起来，单膝落地，郑重地行了个礼："我终于见到您了。"

"不要这么……"翩立很不自然地站了起来，"话说，我还从来没有问过你的名字。"说着将男孩扶了起来。他的眼里充满了苦涩的期待。

男孩扯开了领口，左肩上靠近脖颈的位置，一小块弓形的印记与肌肤几乎混在了一起。

翮立不可置信地睁大了眼睛："你是……雨弓驰？"

男孩微笑着点点头。

"你不是已经……"

"这说来就话长了，回头有机会跟您慢慢讲吧……"

"跟我回去，我们还没有结定契约。"翮立走近了一些。

"恐怕不行……我还要留在这里，假如我身上有星痕，很容易就会被发现……"翮立沉默了下来，他的确需要有一个人待在那个诡异的地方，但是不结定契约还是不放心。

"没关系，就算没有契约，我也永远都是这里的守护者，永远服从于殿下。"

翮立依旧沉默，低头沉思着。

驰无奈地笑了笑："殿下，您相信我吗？假如，您相信的话，就请相信我的全部。"

翮立望着眼前的男孩，此刻他的眼睛像一潭清澈的湖水，在粉红的朝阳下闪烁着星星点点的光芒。

"好吧。"翮立最终答道。

笑容在驰的脸上再次舒展开来，连冰凉的空气都变暖了很多。他望了望渐渐明朗的天空，说道："恐怕必须要走了。很高兴见到您，殿下。另外，请先不要跟泉说我的事……"

"你知道泉现在在我这儿？"翮立有些惊讶。

“是啊，我一直都在看着她……那么……我妹妹就麻烦您了。”话音刚落，驰就已经消失了，飞舞的树叶，带着少年笑容的温度，飘荡而下。

假如。

你相信的话。

第十五章

幻觉·厄运·藏匿

如幻觉一般的厄运，藏匿在美好的点滴中，

渐渐侵蚀着，直到腐烂。

一切都像是幻觉。

翮立似乎仍能看见那个名叫驰的男孩，站在金灿灿的、泛着阳光的枫树下朝自己笑着。树叶纯净的黄没有其他的杂色，无比明亮，衬着男孩的脸庞也多了几分血色。他的那份清俊与温柔，仿佛酿进这片浓浓的秋色，留在了这一瞬间，不是天使，却比天使还要美好。

“翮立。”萧守的声音突然闯进了耳朵，他焦虑地看着自己，又瞥向了已经大亮的天空。红色已经褪去，取而代之的是浅浅的蓝。

“我遇见了……”翮立忽然顿住。

“什么啊？”

“没什么……快回去吧。”

两个人刚一离开，一个身影就从树后走了出来。扎眼的金发在脑后松松地绑在一起，与他的黑色长风衣极不搭调。他望着翮立远去的方向，淡淡一笑，成熟的脸庞似乎隐藏着另一个人的模样。片刻后，他踱步缓缓离开，嘴角依旧保持着那个微妙的弧度，叨念着什么。

男人踏进了石门，金黄的长发抹上了浓浓的黑色，黯淡了光彩。幽暗的走廊里不断传来人们的嘈杂声，几十人堆在了通道里，互相表达着愤怒与不满。刚才所有人都在追逐入侵者，却谁都没有想到他们的领袖会拦下他们，这让他们着实无法理解。男人的轮廓在混沌的光线下逐渐清晰，所有人都充满敬意地肃立着，一切再一次恢复了沉寂。

“祖鲁大人，”黯昈将右手放在左肩上，稍稍鞠躬，“您找到他们了吗？”

祖鲁面容紧绷，审视着下面的每一个人，锐利的目光如千万根细针一般射了出去，让人感到一阵危机。

“你们都各回各的岗位，等我命令。”祖鲁低沉的声音有力地回荡在这不宽的走廊里，传进那片狭小的空间。驰深深地吸了口气，勉强让自己平静下来。

很快，人群都散了，只剩下黯昈和祖鲁两个人。他们漫步着，前往那个只属于祖鲁的地方。

“父亲，难道您真的没有抓到他们？”黯昈谨慎地问，心里一阵疑虑。

祖鲁神秘的目光投向了他，忽然又意味深长地笑起来：“我找到了。但是，我把他们放了。”

黯昈一惊，心里掠过一丝喜悦：“这可真不像您的做事风格啊。”

“知道侵入者是谁吗？是金琛的儿子。他简直和金琛一模一样啊……”说着他苦笑了一下，“还有另一个人，也就是帮金翮立找到主研究室又帮他逃走的人……雨弓驰。”

黯昈故意睁大了眼睛：“夙隗吗？他不是记忆……”

“记忆恢复了吧……要是这样就没什么办法了。‘迷乱之绿’作为消除记忆的魔药，并不是真的将记忆一点不剩地删除，只不过是将它们掩盖起来，让人意识不到罢了。也就是说，如果人发现了记忆的缺失，让它们复苏并不是没有可能的事情，虽然很难，但只要他愿意，就有可能发生。假如雨弓驰完全靠自己重新挖掘出了记忆，那他的潜在意识就不会让药物再起作用，‘迷乱之绿’也就对他失效了。看来他对之前的记忆还真是留恋啊，居然在那么多次用药后还能想起之前的事情。”

“也就是说，我们已经没有办法控制他了？”

“也不是。他应该早就恢复记忆了吧，只是一直没有表现出来。那就说明他想藏在我们当中揭发秘密。既然这样，咱们为什么不好好利用一下他呢？”

祖鲁关上了房门，将一切杂音都隔在了外面。偌大的房间只留了一个光源，笼罩着中央的一个长桌。黯瞳习惯性地站在房间的一边，祖鲁则朝中央走去。厚实的鞋底踏在光滑的大理石地面上，清脆空旷的声响在空中旋绕，让人心里感到一阵空落。

祖鲁从桌上拿起一打厚厚的资料，快速地翻阅了一下：“黯瞳，让大家都撤到西区迷宫去。”

绝域学院的清晨格外宁静，没有人们的喧闹，没有来来去去忙碌的马车。也许这地方有些偏僻，但也有可能是自己起得太早。原先树叶间“沙沙”的摩擦声，也随着一场狂风消失了。冰一般的寒风挤过树枝，擦过房屋时的哀号占领了这里，甚至盖过了清澈婉转的鸟鸣。凌雨坐在学院楼前的高台上，摇晃着双腿，原先轻便宽松的帽衫已经换成了学院的深蓝色制服。她冷不丁地打了个寒战，虽然上身的风衣非常保暖，但还不到膝盖的短裙让她深刻体会到了冬天的温度。

凌阴从远处走来，穿着同样款式的制服，显得更是精神。他朝凌雨打了个招呼，顺手接过递来的早餐，站到了她的身旁，刚好挡住了不断吹来的寒风。凌雨从背面看向凌阴，感激地一笑。认识他这么多年，这点事情早就不需要用言语来表达。他总能发现她的不快，她也总能发现他的异端。两个人默默地吃着同样一份早餐，眼神游离在斑斓的云彩之间，谁都没有说话，甚至没有只言片语，没有交流的交流在萧瑟的秋日里缓缓流淌。此刻，无声就是最和谐的音调。

突然，凌雨飞速地甩手出去，一把短剑“锵”的一声被打了出去，摔在十几米开外的一方。凌阴的神情立刻凝聚起来，有些吃惊地望向凌雨。顺着短剑射来的方向，他们发现一个野性十足的男孩站在不远的地方。他身材高出凌阴不少，肩膀很宽，显得格外的强壮。酒红色的短发猖狂地伸向空中，让人看了就感到一丝不安。已经棱角分明的脸上，浓浓的两道剑眉向一起簇拥着，好像充满了怒火。凌雨在A组的课上见过他。那是全学院的最高组，所有人都是即将毕业的学长，凌阴和凌雨则是唯一两个未成年的人。因为年龄的差距，再加上两个人都比较安静，一直没跟组里的其他人有太多的交流。那个男孩两只手随意地插在兜里，走了过来：“你们就是守护者候选人？”

“嗯。”凌阴淡淡地答道，没有多余的表情。

那个男孩的目光不断地在两个人身上扫来扫去，让人感到很不自在：“除了长得秀气了一些，也没什么了不起的嘛。”

“请问你找我们究竟什么事？”凌阴说着，喝了口牛奶，一脸漫不经心的样子。男生的怒气顿时又添了几分。

“你应该知道吧。我来找你们‘热热身’！”

“你是这一周第十九个这么说的人。”凌雨歪过头，头发轻轻地贴在脸边，让人感到一种无法抵挡的美丽与可爱。

“那又怎样？”

“总共A组就二十二个人，十九个都被我们打败过。你还要单挑？”

“废话！”男生咬着牙说，语气充满了愤怒与鄙视，“快开始吧！哦，顺便告诉你们，我的名字叫闫尽。”他特意加重了名字的读音。

凌雨吃惊地望着他，不由地警惕起来。以前听说过一个法师世家，整个家族里的每一个人都是很卓越的法师，无论是老人小孩儿，还是娶进来的女人。孩子学会走路的时候就接受家里自定的训练，体能、格斗、法术，每天都不间断。这样一直到把他们送进绝域学院，然后成为神徒。而那一个家族的姓氏就是“闫”。

“你是还有个妹妹叫闫欣吗？”

“小姑娘还算有见识，不错！”

凌雨确认了他的家世，不禁为凌阴担心起来。

凌阴依旧一副不屑的样子。他自信地笑着，走到闫尽的面前：“那又怎样？你的身世能说明什么问题？不论你是谁，都是我一个人对付你。来啊，我尽量让你在半分钟以后输掉。”

“切，少废话。”

无数的火苗瞬间围绕着闫尽，时隐时现，在闪耀与蒸发间不停循环着。他的愤怒已经被凌阴的不屑与冷漠激发到了顶点，疯狂旋转的能量风暴卷起了阵阵尘埃。凌阴虽然看起来毫不在意，但是深邃的瞳孔已经逐渐填满了奇异而美丽的青色浓雾。凌雨不禁为他捏了把汗，身体的因子也都活动了起来，打算随时出手帮忙。

“你们不知道在学院里私下战斗是被禁止的吗！”

萧守的声音突然打断了这里紧张的气氛。闫尽愤怒地转过头，却发现了来人胸前的绝域徽章，只能单膝下跪。那是只有作为指导员才有的徽章，只要拥有那枚徽章，就应该得到学员的尊重。

“你们都是A组的吧？A组的人还不懂这点规矩吗？”萧守的厉声斥责，与他本身的性格完全不配，不禁让凌雨有些慌乱，“假如下次再让我抓到你们私下战斗，无论是蓄意还是闹着玩，一律取消毕业资格！”

闫尽有些惊恐地望向萧守，只好低头答应：“是。”

“赶紧走吧。”

闫尽走后，凌阴立刻调侃道：“真没看出来你能这么霸气，看来我看错你了啊。”

“你还说，你们两个也不收敛点。A组里的人都不好惹，你们又不是不知道。”

“哦……事实上，A组的所有人都挑战过我们，但都认输了……”凌雨小心地说，眼神不断地揣测着萧守的心理。只见他的脸一沉：“说不定只是在试探你们呢？他们根本没打算赢你们，不要小看他们。这个世界上比你们强的人一点都不少。不过这样一来，你们倒是能很快适应体内的星流了。”

凌阴和凌雨交换了个眼神。

“好吧……话说你怎么出现在这里，还戴着指导员的徽章？”

萧守微笑着，似乎又回到了一贯的温柔与开朗：“从今天开始 A 组将由翮立来训练，而我是 A 组的助教。”他略带得意地看着眼前的两个人极为相似的惊讶表情，感到格外好笑，恶作剧一般挑了一下眉毛。

果然，早上的第一堂课就看见了金翮立。一个星期没有见到他，好像变得瘦了一些，却又挺拔了不少，神情中流露着一丝疲倦。他站在教室的最前方，不断地审视着下面的每一个人。目光缓缓地从人群中扫过去，却唯独跳过了凌雨，不禁让她感到一丝诧异。

“各位，我叫翮立，从今天开始做你们的指导员。”故意忽略了姓氏，头发也染成了黑色，还没打算公开身份吗？凌雨想着，突然听到凌阴幸灾乐祸地笑了一声，“怎么了？”

“这下有好戏看了。”凌阴偷偷地指了指远处的学长们，凌雨便立刻领会了他的意思。面对和自己年龄不相上下的指导员，几乎所有的前辈都表现出了不服的姿态。可他们却偏偏不知道这个看似轻狂的少年正是这个王国的守护之王。

“是啊，不知道他们会被整成什么样子呢。”

教室中悄无声息，却似乎卷着寂静的风暴。无形的能量在房间中膨胀、相撞，摩擦着火花。凌雨被这种紧张的气氛压得喘不过气来，不停地深呼吸着，让自己平静下来。而翮立仍旧站在讲台的中央，面色冷酷，对那些无声的威胁视而不见。

“我们原来的指导员呢?”终于有人打破了这可怕的寂静。

“学院紧急召集大会，具体情况我也没有权利知道了，说不定他要执行什么任务呢。”凌雨抬起睫毛，眼神都聚集在了翮立身上。

“那也不应该派你这种没有经验的人来代替吧！我们可是A组，这样怎么完成毕业任务啊！”不愧是A组，大家家里多多少少都有背景，连说话都大胆了不少。

“最后的毕业任务吗？这个你们不用担心，我会帮你们高质量完成的。”翮立依旧一副孤傲的姿态，微昂着头，“现在大家要做的就是到训练场集合。今天的任务是完成一百组双人配合练习。”说完，他就朝门外走去，走到门口，又回头看了眼这批仍然懒散的毕业生，自顾自地离开了。过了许久，学长们才零零散散地站起来，向外离去。“快走。”凌雨和凌阴迅速地穿过人群，终于在快到达训练场的时候追上了翮立，凌雨看着他一个人走进那硕大的训练场空地，忽然感到一阵莫名的忧伤和寂寞。

“唉，翮立，发生什么事情了吗?”

翮立的目光没有偏移，只是散落在这偌大的空间里：“等会儿再解释。”凌雨和凌阴迷惑地互相看了一下，也不敢再多问。

人群终于都汇集在了一起。翮立点了点人数，严肃地宣布：“除了前五个来的人，其余的人都增至做三百组练习!”

人群一片哗然，咒骂声清晰地传了过来，不带任何掩饰。

“都给我闭嘴。”翮立的声音依旧平静，却充满了力度，“难道上一位指导员就没有教过你们要迅速执行每一个命令吗？你们就这样也想毕业？”

说话间，一个身影冲出了人群，伴随着一声呐喊，将被电光包裹的手横切向翮立的颈部，却又被他轻松地挡住，一个抬手，摔出去很远。接着，又有几个人冲了上去，接二连三地对翮立发起进攻。所有人的动作都很快，却没有一个伤害得到翮立，只能看见他的虚影在五彩的能量间闪烁着。凌雨睁大了眼睛，一只手捂住了嘴。忽然，翮立一个转身，便凭空掀起了一圈强劲的巨浪向周围卷去，几个人瞬间都被打翻在地。

大家都惊恐地看着翮立。地上留下了无数道明显的凹痕向外放射着，浓浓的雾气不断向外扩散，淹没了凌雨，淹没了那些学长，也淹没了翮立。他眼中依旧闪着寒光，屹立在茫茫的迷雾中显得更加神秘：“现在服了吧。”毫无波澜的音调，仿佛来自另一个遥远的世界。

人们终于开始了认真练习，没有人敢再向新的指导员挑衅。凌雨的嘴一直半张着，脑海中不断重复着刚才的画面，身体只是机械地配合着，思维完全浮游在另一个地方。干净利落的转身，不加任何多余的手势来帮助启动法术，好像心念一动就在陆地上掀起了巨浪。要完成这样的法术就必须在不到一秒的时间里从周围的环境汇集大量的水分，可谁都知道要在干旱的陆地中收集足以形成海潮的水量是难上加难的事情。

“凌阴！凌雨！”

两个人同时朝翮立的方向望去，见他向远处走，便立刻跟了过去。

三个人不知不觉走到了训练场的某一个角落，远离了其他的人。“我昨天晚上进了福瑞恩的那道石门。”翮立终于开口说道。

凌雨的瞳孔立刻闪烁起光芒：“你发现了什么？”

“那里面像是一个研究所，一切装饰都非常简洁。光线很暗，也没有看清太多的东西，但我可以确定有人在那里进行秘密实验，无论是那些可疑的设备，还是萧守带来的情况都可以说明这一点。”

“你有没有看到一个扎着小辫子的男人和那些稀有因子？”

“扎小辫的男人？没有。”翮立脑海中又瞬间闪过雨弓驰的影子，“我连稀有因子都没有看到，但是，找到了‘青水’留下的痕迹。看来他们应该提前把重要的东西都藏起来了。现在金坤已经召集了学院所有的高层指导员来商讨这件事，所以我就必须来代课了。更何况，我必须要提前给你们进行特训了，这样你们也好早些帮忙。”

清冷的风玩弄着翮立的衣领，将他的头发拨到眼前，又挑到另一边。他有些凝重的表情完全不像是一个十九岁的少年，倒像极了一位一家之长，承担着重担。已经入冬了，又是一个连阳光都温暖不了的季节，甚至让人对周围的一切变化都变得麻木。许多之前没有察觉的事情，也都在这一刻蒙上了特殊的意味。虽然绝域学院位置有些偏僻，但城市里的一切多多少少还是能感到一些，无论是通过顶楼的高台，还是每天放在布告栏里的消息。这一个星期里，白金宫的守卫似乎多了不少，奇怪的是翮立也没有反对。指导员三三两两地走出学院，然后就没见他们再回来，代课的老师也越来越多。还有……凌阴在脑海中整理着种种迹象。

忽然，一片卷曲的枯叶撞在了翮立的脸上——这大概是今年最后的一片叶子。他轻轻地拾起那片落叶，把玩着："还有，你们两个要随时做好执行任务的准备。"他的目光停留在了树叶上，专注地看着什么，终于，瞬间的火焰将它烧成了灰烬，"弗洛威估计要动荡一段时间了。"

将凌雨送回宿舍后，凌阴一个人来到了学院的图书馆。硕大的图书馆里摆满了高至屋顶的书架，整齐排列着各色各样的书，每一本都又厚又重。接近闭馆的时间，里面已经空无一人，除了一位老爷爷在整理着被拿乱的书籍。

"请问……关于王国历史的书在哪里？要最新的那版。"

老人缓慢地伸出一只手，指向另一个角落："你在 124 行 L 组找找看吧。"

凌阴谢过老人，就在茫茫书海中寻找起来。他的视线在大大小小的标题间跳跃着，终于在某个不起眼的地方找到了。两本书，哪一本都比其他的要厚很多，已经落上了灰尘，一定有一段时间没有人碰过了。凌阴直接搬下了下半册书，翻到了靠后的位置。眼睛又快速地移动了起来，寻找着什么。

凌阴总觉得翮立故意隐瞒着什么。他总觉得这一系列的事情里面少了些什么，翮立的话里面也有某个断点，是他故意没说的。只要知道了，一切应该明了很多。国王为什么对这个怪物的出现那么重视了？是什么能让翮立亲自冒险去调查？他可是唯一的王位继承人啊。是什么事情让整个王国又重新紧张了起来？太多疑问在凌阴的脑海中拥挤着。他思索着，不断地翻着书页。忽然，他的手停了下来，眼睛似乎捕捉到了什么。

“鬼人计划”？

第十六章

野墓园·福铃·紫红

隐蔽的野墓园沐浴着福铃的歌声，却忘记了天边的紫红。

小心祖鲁。

小心祖鲁……

祖鲁……

“到底怎么小心啊！连见都没有见过！雨弓驰怎么不多传点信息啊！”

翮立越想越心烦，不禁皱起眉头。面前的女生却以为自己做错了什么动作，吓得忘记了下面的招式，停滞在了那里。一周来，大家都已经领略过了翮立的严厉，所有人都收敛了不少，变得小心起来。

“动作不够干净利落，太拖泥带水了。假如敌人比你快零点一秒，就有可能彻底将你打进深渊。练习得还不够，心理素质也不够好。扫腿的时候，重心再降低一点……你再下去把这套动作做一百遍，要熟到像条件反射一样！”翮立训斥着，看这个女生慌乱地跑开，又上来另一个人，能量的光芒再一次倒映在瞳孔中。

一个多星期了，一切都风平浪静，让人感到更加的不得安宁。金坤派了一批人包围迷宫，但他们传信回来说里面什么人都没有。虽然金坤叫他们继续追查，但也什么都没有发现。越来越多的神徒被派了出去，想必是扩大了搜索范围，但是，仍然一无所获。

正想着，又有几个人穿着绝域特有的制服，朝大门匆匆走去。不光翮立，所有人的目光都聚集了过去，随着他们的离开飘到了铁门外的世界。

“好了，集合！”翮立深深地吸了口气，“明天，两个人一组为搭档，两组对抗练习。虽然是练习，但是要像在真正的战场上一样，不能留情。规则就是……没有规则。任何手段都可以使用，只要能帮自己赢得胜利。”

下面议论声一片。对于A组的优秀生们来讲，对抗赛早已再熟悉不过了，但是那条“没有规则”的规则却颠覆了所有人的观念。

“没有规则，那不就不公平了吗？”终于有人问道。

“本来也没有想要公平。真正的战场从来都不存在公平。”翮立顿了顿，“再说了，有规则，就一定公平吗？散了吧。”说完，他不再做任何解释，一个人离开了训练场，留下不知所措的人群。人们三三两两地散了，只有凌阴和凌雨仍站在原地，望着翮立消失的背影，似乎都在放空，又好像都在沉思着什么。

“唉，”闫尽忽然出现在他们面前，“明天对抗赛上见。”然后，也离开了。

这似乎友好，却略带挑衅的话并没有引起凌阴的注意。凌雨不禁感到有些奇怪，看向他。

凌阴回过头，刚好与凌雨的目光撞上：“怎么了？”

“没事……”凌雨赶紧低下头，“唉……你不觉得……翮立最近怪怪的吗？好像有心事一样。”

“有吗？他不一直都这样吗？”男生不屑地答道，“就算有心事也正常，最近似乎出了点事情，而且好像还不小呢。”

“你怎么知道？”

“笨死你算了。看看天天往外走的神徒就知道了。”

凌雨若有所思地点点头，也不再多问，似乎她不想再了解更多的事情。她浓密的长睫毛遮住了那双时明时暗的眼睛，像悄然绽放的花朵，无声的美丽。凌阴的脸不禁有些发热了。

训练场上，人都已经散了，只剩两三个其他组的人还在练习。他们两个人刚想离开，就被翮立叫住：“你们打算去哪里？守护者的训练还没有结束呢！”凌阴和凌雨一脸苦笑地回过头。

“练习一秒钟凝结漩涡一百组，然后单人和我练习！”

“今天晚上陪我去主教堂吧。”凌雨一边挥手卷起庞大的水流一边说道。风将她的长发吹得四处飞舞。

“你去那里干什么啊？”凌阴诧异道。

“传说那有一个‘福铃’，我想去看看。”

“福铃？”

“就是一个带有神奇力量的风铃。据说它能传达祝福，无论那个人在哪里，有多远，哪怕他已经死了，它也能将祝福传到那个人的灵魂那里。这个风铃，应该能将消息送到任何人的心里，甚至是亡灵。只可惜不能接受信息。”凌雨的目光闪烁着，似乎看到了某种久违的希望。

凌阴默默地点点头。

傍晚，凌阴和凌雨悄悄出了学院的高墙，向不远处山顶的那个纯白色教堂走去。柔和的光晕彻夜笼罩着主教堂洁白无瑕的汉白玉屋顶，与远处的白金宫的灯光遥相呼应。这两座弗洛威最高的建筑就这样没日没夜地守护着这里。

主教堂离学院不远，只是要从山后的一条小道上穿过去，与上次的路截然不同。这时凌雨才发现，原来主教堂的后面是一大片野墓园。无数的墓碑倾斜着，如漆黑的幽灵散落在错杂的林木之间，乞求着过路人倾听他们的故事。凌阴和凌雨穿梭在墓陵中间，全身都包裹着一层淡淡的青色的光芒，映得幽深的树林更加阴森怪异。

“看来，金都的居民都葬在这里了。”凌阴边看着墓碑上的生平边说。

“不光是这样。这边还有摩尼市的，荷普、波特克的也都有……还有福瑞恩的人也被葬在这里了。而且，死亡时间都一样……”

“死亡时间一样……”凌阴隐约感到了什么，却又摸不到头绪，“凌雨，他们都是哪年死亡的？凌雨？”他忽然发现凌雨没了动静，回过头，才发现她正望着几块墓碑发呆。走过去，那是这所有墓碑中最新最精致的四块，排列得也很整齐，中间两个较大的墓碑旁紧靠着两个较小的，似乎是一家四口。再仔细看看，凌阴一愣，不禁变了脸色，四个墓碑上都用繁杂典雅的字体赫然刻着——雨弓。

林中如石沉大海一般的沉寂，似乎永远不会再听见回声，任身体在未知的黑暗中自由下落，不知道什么时候才能再触碰到地面。

“都差点忘了……你其实叫雨弓泉的……”凌阴低声说着，极为小心，害怕刺激到凌雨。

“早就不重要了。”凌雨蹲了下来，轻轻抚摸着哥哥的名字，又摸了摸自己的墓碑，“雨弓泉……早就和她哥哥死在十年前的尼塞森林里了。现在代替她成为守护者的，是凌雨。”她的声音听不出情感，不知有没有在哭。凌阴静静地看着凌雨，眼中充满了怜惜。她略长的头发软软地垂下来，遮住了脸的一部分，也遮住了她的内心。凌阴不禁感到心里酸酸的。他多想在这个时候给她个拥抱，告诉她还有自己在，还有自己可以依靠。可是，他知道，她是不会接受的，就像自己不会接受别人的怜爱一样。

“他们似乎被安顿得不错，至少有一片可以安息的地方。”凌阴勉强回应着。

凌雨听了，苦笑道：“爸爸和妈妈的尸体早就失踪了。那天我和哥哥回家时，家里已经着了大火，有一群陌生人闯入了家里。我们连大门都没有进，就被爸爸赶走了。他叫我们快跑，不要回头。”凌雨的声音有些颤抖起来，她赶紧调整了呼吸：“那个时候，情况应该已经很糟糕了，爸爸受了伤，也能频繁听到东卡的爸爸和伊月的妈妈的惨叫声。后来，一切都结束了，我才听说爸妈走了的事情，而且连尸体都没有找到，就连哥哥也……后来凌孤老人将哥哥的遗体送到了金都，应该就埋葬在这里了……”

凌阴沉默，真的不知道该说些什么了。

“其实，在我面前，你没必要装得那么坚强。”

风，从细密的树枝间吹过，发出萧萧的声响，如千万个亡灵的哀嚎。两个人仍旧沉默着。凌雨伤感的目光洒落在墓碑上，不断抚摸着，似乎想从那冰冷的石头上找到些熟悉的温度。那些遥远却又触手可及的记忆，如精致的油画，一幅一幅，从眼前晃过。凌阴耐心地等待着，就像几年前那样。

“假如，我再次陷入那些事情里，请你不要安慰我，我想自己从阴影中走出来。”几年前，凌雨就是这样倔强地拒绝了凌阴的好意。那些伤痛，有时就像一片沼泽，一旦陷进去，再挣扎也没用，只会越陷越深。除非有个人，可以拉你出来。至少在凌阴看来一直是这样。但是，他还是无端地相信了凌雨似乎不成立的话，让她自己走出来。从那以后，每当凌雨陷入那些模糊却痛苦的记忆时，凌阴就在她旁边静静地坐着，等她成功地逃脱沼泽。

“走吧。”凌雨忽然微笑着昂起头，黑漆漆的眸子中闪烁着一种新生的希望。凌阴也温柔地一笑，带头向林子外走去。

夜幕时分，只有蜡烛彻夜守候在主教堂里。黄晕如柔软的丝绸，轻轻撑起不大的礼堂，那个威严的雕像似乎也露出了几分慈祥的模样。厚重的大门被推开了一个缝隙，凌雨从外面挤进来，环视了一下，便带着凌阴朝侧边的楼梯走去：“应该在上面。”

“等一下。”凌阴从桌台上重新点了一支蜡烛，“走吧。”他轻轻推了下自己的手，将那一点火光举在两个人的眼前。

暖暖的光芒沿着光滑的墙壁爬向阶梯的另一端，却意外的与另一股光芒融合。一阵阵清脆悦耳的铃声空灵地旋绕在身边，如晶莹的星光在空中点点闪亮。在氤氲的光芒后，殷红的荷包在木片的牵动下摇晃着，不时碰到一双细腻有力的手。男孩轻轻合十手掌，垂着双眼，面容平静，少了不少平时的锐气。

风铃又叮叮当当地将音符顽皮地扔向四周。男孩睁开眼，用他独有的方式望向一旁诧异的两个人："嗨。"

"翮立？你怎么在这里啊？"凌阴问道。

"我在这里没什么奇怪的吧。再说了，我也有想要祝福的人啊。"翮立白皙的脸颊映上淡淡的红光，右眼周围那个标志性的刻纹随着他头的晃动一闪一闪，却不再那样扎眼。"你们呢？从学院里逃出来干什么？"翮立继续问道。

凌雨笑着从一旁的桌上挑了一个蓝色的荷包，在翮立眼前晃了晃，那个蓝是那样的干净透亮："今天是哥哥的生日。不，应该说最近是哥哥的生日。"

"最近？"翮立心里一颤，不自然地重复了一句。

"嗯，最近。准确的日期早就记不住了，只记得是一个树叶消失的季节。"说着，凌雨挂好了荷包，拉了一下，一连串清澈如泉水般的叮咚声响起。

"话说，这个风铃真的有那么神奇吗？"站在一旁的凌阴望着不停摇晃的木片问道，"连一点魔法的反应都没有，它真的能传达祝福吗？"

"谁知道。福铃的力量没有人考证过，也没有人知道怎么考证。有的人说福铃的确传达了祝福，他们还通过其他的方法收到了回复。也有人说，它根本就是只普通的风铃，没有任何魔力。曾经还有人因为这个争议差点发动骚乱，还好父亲及时平息了这件事情。”

“你父亲怎么做的？”凌阴和凌雨都感到好奇。

“他说，福铃是因为人们的希望和幸福才存在的，所以只有相信它力量的人才能用福铃传达祝福。”

“所以，你相信了？”

翩立沉默着低下了头，许久后才说：“我需要去试着相信了。”

忽然一声炸雷，一阵寒风撞开了窗户，几乎吹灭了桌台上的蜡烛。雨开始止不住地下起来，连成线，外面瞬间变成雾蒙蒙的世界。凌雨爬到窗口，深深地吸了口潮湿的空气，看雨滴划过窗边时的闪光。忽然，她发现本应昏暗的天空却呈现一种淡淡的紫红色，而那种颜色似乎在不断扩散。凌雨的表情渐渐凝重起来。

“快回去吧。”翩立走过去，关上了窗户，“明天的对抗赛看你们的了。”

紫红色光芒下的天空，少年少女不停息的脚步。

飞溅的雨点，与随风飘荡的清脆铃声。

什么是命运齿轮的钥匙？

什么又使它改变了转动的方向？

我看到的，跟我所忽视的。

也许将会成为我们身上的永远的伤。

第十七章

娇艳·火焰·存在

美丽娇艳的火焰，总有一天将被神圣之水征服，不再存在。

没有意外。

像每一个灿烂的黎明一样，橙色的光芒霸道地占据了天空，毫不犹豫地淹没了天际，就连那道如伤疤一般的紫红也只剩下了淡淡的印记。前夜的雨还没有干透，阳光一照，浮起一层薄薄的雾，如白色的巨龙一般盘踞在地上，透着阳光，人一走便翻滚起来。

按照常规的时间，凌阴和凌雨朝训练场跑去。

“还是老规矩，比赛时我在前面。”凌阴一边跑一边跟凌雨强调着。

“知道了。”有些不耐烦的语气。

训练场上已经聚满了人，两两一组站着，却有几个陌生的面孔，有些明显是从低级组拉来的学弟学妹。

“跟低级组的人参赛不会减弱实力吗？”凌雨小声问道。

“配合的问题吧。”凌阴一边将袖子挽高一边说着，“他们可能是亲戚或是早就认识的朋友，所以彼此比较熟悉一些，配合就会更好。翩立虽说两两一组，但没说两个人必须都是A组的，而且还没有规则限制，拉来自己最默契的搭档当然最好，实力也能完全发挥出来。”凌阴说着，目光突然停滞了几秒：“唉，那是闫尽的妹妹吧？”

凌雨顺着凌阴的目光望去，看到一个留着酒红色中长发的女孩紧紧地靠在闫尽身边，明明和自己差不多高，甚至比自己高一些，却被闫尽强壮挺拔的身材衬得又瘦又小。可是，她的眼睛里闪烁的分明是与他哥哥一样的好战的火焰。她斜眼看向凌雨，眉宇间透露着嘲弄的笑意。

凌雨将目光移开："跟她哥一样。"

早上的浓雾依旧没有散去，凝固一般悬在空中，仿佛挥之不去的白色幽灵。

忽然，地面剧烈地抖动起来，所有人都险些摔倒。无数根巨大的柱子拔地而起，将所有人托向高空，紧接着缓慢机械地移动起来。凌雨站在高高的柱子上，看脚下的纱一般的浓雾被搅动着旋转，耳边灌满了地面摩擦时发出的沉闷的"轰隆隆"的声响。凌阴站在自己身边，紧紧地握着自己的手，嘴里小声嘟囔着："搞什么啊？"

紧接着，石柱毫无征兆地停止了上升。所有人都在不知所措地东张西望。

"看好你对面的人，他将是你的比赛对手。"翮立不知什么时候出现在了石柱之间，有些兴奋地朝上面望着。

凌雨赶紧看向正对着自己的石柱。在浓雾的后面，两对烈焰一般的闪烁的瞳孔显得格外的扎眼。

"哟，还真的遇上你们了。没办法，这就是天命。"女生特地加重了最后两个字。

"闫欣，别这样说。给他们点信心嘛，省得他们自暴自弃。"闫尽在一旁补充着。

凌雨半眯起眼睛，不再看那对兄妹，站到离凌阴更近的地方："唉，这次对我们还真有点挑战啊，水对火，从因子属性上就是相克的。"

"没关系的。"凌阴注视着那两个人戏弄一般的表情，冷冷地说。虽然看不到他的脸，但凌雨猜也能猜到，凌阴的瞳孔中一定在飘着零星的雪花，很安静，却叫人害怕。他自言自语道："赛场上见吧。"

"齐云，凉廷，从你们开始。其余的人都到看台上。"翮立的声音不轻不重地响在耳边。

凌阴瞥了眼场上的四个人，不禁皱了下眉头："'紫电'齐云对'青木'凉廷？这优势明显偏向了齐云嘛。先不比别的，凉廷在因子的性质上就先输了一截。"

"不过，他们也不一定会输哟。"凌雨突然摆出一副专家的姿态，"凉廷的搭档是她的双胞胎姐姐凉青，据说是被家族一手栽培的法师，不知道会出现什么奇迹呢？齐云的表弟齐镜，虽然听说蛮厉害的，但是，毕竟只是B组的学员，经验也比不上A组，多少还是会拖些后腿吧。"

"怎么这么清楚？"

"不告诉你。"凌雨有些调皮地做了个鬼脸，惹得凌阴不停无奈地摇头。

场上的四个人早已跃跃欲试的样子。翮立站在看台的最边缘，以一种万众之神的姿态俯视着他的战士："你们要记住，你们是作为团队来对抗的，明白了吗?”

“明白!”

“那么就开始吧!”

翮立的话音刚落下，就看两道虚影交织在一起，闪烁的电光间不时传出树木爆裂的声响。齐云快速地发出每一个招式，试图利用自己因子的优势先给凉廷一次打击，不过情况好像没他想的那样简单。齐云每一次看似准确无误的出拳，总会在最后一瞬间与凉廷擦过，凉廷好像泥鳅一样，一扭身便从齐云的攻击中逃脱。

“这两个人也太心急了吧，竟然同时在开始时展开攻势。”

“可能齐云觉得自己胜算很大，所以想早点结束吧。”凌阴狡猾地一笑，微俯下身去，“要不要打赌谁会赢?我赌齐云他们。”

凌雨翻了个白眼:“谁要跟你赌啊……咴，齐云好像出状况了。”

凌阴赶紧回过头去。只是一眨眼的时间，刚刚还占上风的齐云已经被荆棘限制住了手脚。时间仿佛定格，只有凉廷的长发从密集的荆棘间飘落。两个人都目不转睛地盯着对方，仿佛他们的视线在空中凝成了一根无形的细线。那个B组的齐镜明显开始紧张起来，本来想出手，却又好像看到了什么，停了下来。

下一个瞬间，齐云反手死死抓住荆棘，闪电在他身边猛烈地跳跃着。

“不好!快松手!”凉青的叫声突然响彻整个训练场，但是，已经晚了。

下一个瞬间，一道电光划破了白雾，沿荆棘贯穿了凉廷全身。只见一个焦灼的身影重重地摔在了地上，接连翻滚了几圈才停了下来。

“还是不行啊。”凌雨担心地望着处于半昏迷状态的凉廷，担心地说道，“青木因子果然还是不能对付紫电，力量悬殊太大了。”

齐云整理了一下自己被戳破的衣服，走到陪着妹妹的凉青面前：“放弃吧，胜负已经很明显了。假如我刚才用全力的话，她早就死了。”说着，瞥了一眼地上的凉廷。

“不可能！”女孩一口回绝道。

“你会后悔的。”齐云不再留余地，冷冷地向身后的齐镜挥挥手。那孩子如接到命令一般向空中射出一道闪电。天空中立刻传来了震耳欲聋的雷声，一道道闪电从黑压压的云中反射回地上，在如棉絮一般的浓雾中打穿了六个空洞。灼烧的炭黑色上，六面透亮的镜子悬在了半空，将凉廷和凉青围在了中间。

“那是……天云镜吗？”凌阴透过越发加重的雾气，仔细分辨着。

“那又是什么东西？”

“可以反射任何魔法攻击的镜子。”翮立突然说道，眼睛却仍紧张地盯着赛场，“这应该是齐镜家根据他们的因子特性开发的武器，最基本的作用就是防身。但是，没想到齐镜有六面这样的镜子。假如角度合适的话，就可以让雷电在这个密闭的空间里进行无休止的反射，造成巨大的伤害。被围在中间的人就必死无疑了。真亏他想得出来。”

“不叫停比赛吗？”一个女生有些恐惧地望向翮立。

齐氏兄弟抬在半空的手臂都被电蛇缠绕着。翮立犹豫了一下，就要宣布比赛结束。

“等一下!”翩立刚张开嘴，就被人打断，后头看见凌雨坚定地望着自己，“凉廷他们还没有输，拜托再等一下。”

翩立犹豫着望向场中央，只见凉青嘴唇不停地动着，不知道在念些什么。与此同时，似乎有什么东西在齐云的衣服里鼓动着。两道霹雳从镜子的缝隙间闪了进去，迅速地在那六边形的牢房中撞来撞去。凉青也移动起来，躲避着接连而至的攻击。

“省省吧，再等一会儿，那里就会变成雷电的天堂，看你还怎么躲。”齐云笑着，一副“我赢定了”的姿态。

“你还是先担心一下自己吧!”凉青叫道。

这时齐云才发现，无数暗红的荆棘正从自己的伤口中钻了出来。它们快速地生长着，不一会儿就盖过了整个手臂，最可怕的是，他感到自己浑身的血液正向伤口处迅速汇聚，细细的荆棘根部泛着微微的红色。

难不成，荆棘的养料正是自己的血!

齐云的瞳孔瞬间缩小，脸色变得煞白。他愤怒地拔出一根荆棘，却带下一块儿肉来。他声音颤抖地拼命叫喊着，刚才的神气已经毫不存在。一道白光从场外直射进来，打歪了其中一面镜子，雷电瞬间都被反射到了云中。“比赛结束!”翩立一个翻身，跳到场上，“医生!”几个戴口罩的人匆忙地从身后跑了过来，慌乱地想抑制住肆意蔓延的荆棘。

“没用的。”凉青说着掏出一个小药瓶，“只有这个能杀死他体内的种子。”

一阵紧急的救助后，凉廷和齐云都被抬去了学院的休息室。所有人都长长地舒了口气。“你们还真是手下不留情啊！”翻立感慨着重新回到看台上，“第一场，平局。因为没有哪个组是彻底打败对方的。下一场，闫尽闫欣对凌阴凌雨。”

闫尽和闫欣毫不犹豫地跳到了场地中央，等着仍站在原地发愣的凌阴和凌雨。两个人似乎还在回味上一场比赛。

“凌阴！凌雨！”翻立厉声叫道。凌阴如梦初醒一般地抬起头，又立刻叹了口气：“唉……真是的……走了，凌雨。”

“哦。”

一站到场上，凌阴就看见女生微侧着身子将双臂交叉在胸前，勾起一边的嘴角轻轻地笑着，用娇媚的目光望向自己。他顿时感到浑身不自在，有意看向了别处，却又发现那令人作呕的眼神还是不停地缠着自己，搞得人心烦意乱，不禁皱起了眉头。

“你敢不敢不用那样的眼神看人，小姑娘卖什么风姿。”凌阴刚想说话，就听见凌雨淡漠的声音从后面传了过来，不强烈，却能听出明显的厌恶。闫欣慢慢地正过身，直视着凌雨，眉头紧锁着，却又立刻雨后天晴一般地笑起来：“哈哈，放心，我不会把他怎么样的。倒是你自己要小心哟。我可不会对你手下留情的。”

翻立看了看场上的四个人，带着一丝期待的神情，下达开始的命令。

凌阴将手向身边弹开，闪亮的冰晶迂回着形成了一把长剑，晶莹剔透，在浓雾中闪烁着清冷的光芒。“冰羽吗？你可真是待我不薄啊，上来就用武器。”闫尽边说边将双拳狠狠地撞在一起，一团火焰立刻从指缝间燃起，包裹了双拳，“那……我也不客气了！”话音刚落，闫尽就冲了过来，每挥一拳都有脸盘般大小的火球飞过来。凌阴刚开始还一一将火球劈碎，后来发现数量太多，就紧接着一个转身。剑锋在身前画出一个完美的弧线，伴随着一道青蓝的光芒，几十个火球瞬间破灭。凌阴抬头看向闫尽，发现清晰得毫无阻碍，才突然意识到雾气早已因为过高的温度而蒸发干净。闫尽酒红色的瞳孔中倒映着水晶一般的宝剑，诡异地一笑，再次挥出几十个火球。

连一步都靠近不了吗……我也该行动了。

凌雨刚向前迈出一步，双脚就不由自主地跃了起来。只见闫欣从身体下方滑了过去，紧接着反弹回来，却又再次扑空。凌雨身手矫健地跳到了远处，刚刚落稳，就被两条火蛇捉住了双手。“想去哪里呀？找你的情郎吗？”闫欣狡黠地笑着，“可不能因为担心情人就忽略我的存在啊。”

感受着炽热的火焰，凌雨的脑中却在不断寻找着词语来形容眼前的女生。

傲慢，妩媚，狡猾……

作为一个女生……

“你这样的存在，还有什么意义吗？”寒冰从凌雨的皮肤沿火蛇迅速蔓延，一下爆裂开来，飞溅的碎冰砸在身上带来一阵麻木，“还有，他不是我的情人。”

两个女生的战斗也毫不犹豫地展开了。凌雨的指间夹着冰凌，双手在身前一挥便一齐射向闫欣。闫欣则打开了火的屏障，平时充满威力的冰凌撞在上面，便立刻碎成冰花。两种能量不断相撞，互相撕咬，征服，不断闪烁着灿烂的光芒。突然，闫欣从身后甩出一条长长的绳子，一下缠住凌雨的手腕，将她拽向自己，轻轻一提，凌雨就像一个纸片一样被甩向空中。

这个女生的力量真大啊。凌雨心里想着，一边挣脱手上的绳子。紧接着听见“轰”的一声，整条绳子在地上砸出一条深深的印记。所有人都将注意力移到了这里，就连凌阴和闫尽也不由地望了过来。凌雨不禁虚惊一场，稳稳地落在地上，略带得意地看着闫欣一脸吃惊的样子。

“怎么可能？我绑得那么紧，怎么还是让你跑了！”

“你不知道吗？”凌阴站回到凌雨前面，“凌雨最擅长的事情之一就是：挣脱束缚。”凌阴好像一个寸步不离的守护神一般，只要在那里，就能撑起周围的世界；又像一个骄傲的王者，眼中无法掩饰的自豪，不是因为自己，却是因为自己的朋友，或者，所爱的人。

闫尽有些气愤地看着眼前默契的两个人。明明不一样的两个人，却带着相似的笑容，正以同样柔和却孤傲的目光挑战着自己。当看到凌雨向前跨了一步，与凌阴肩并肩站着时，心中的厌恶感再一次升起。

闫尽低声叫过闫欣：“听着，先打倒较弱的那个。”

凌雨不自觉地向前迈了一步，站在能与凌阴肩并肩的地方。凌阴有些诧异地瞥了眼凌雨，浅浅地笑起来：“怎么？要跟我抢位置啊？”

“跟你一起不好吗?”

“这样啊……”凌阴的眼中飘过一丝温柔，却又立刻消失在漆黑的瞳孔中。他看见闫尽的袖子里长出一根红线，像是脉搏一般有节奏地跳动着。他的手开始膨胀，手背上的血管明显凸起，似乎增加了百倍的力量。两把铜锤眨眼间在空中成形，被他紧紧地握在手中。

凌阴抿了抿干燥的嘴唇。空气中的水分已经不多了，照这样下去，也许根本没办法及时启动法术，说不定连这把剑也坚持不到最后。他这样想着，再一次将长剑挡在了身前，千万根如羽毛一般纤细的冰针相互碰撞，发出一阵清脆的“叮当”声。

“凌雨听好，我去拖住闫尽和闫欣，你趁机凝结高空的水汽，最好能招来些雨，剩下的交给我就好了，知道了吗?”

凌雨犹豫了一下:“我知道了。”她轻轻地闭上眼睛，深吸了一口气，内心波涛般翻滚着，却又在自己的意念下渐渐地变得风平浪静，像一潭静水。散落的感知都被凝聚了起来，顺着血流走遍身体的每个角落。星痕早已跟体内的脉络完美融合，现在正随着心脏的跳动闪耀着，忽明忽暗地从衣服的缝隙间透出来。

闫尽看着那灿烂的金光，表情立刻狰狞了起来，握着铜锤的双手甚至因为用力过度而微微颤抖着。凌阴更加警惕地护在凌雨前面。唤雨需要一定的时间，而在这段时间里她没有任何的抵抗力，所有的因子都被用来凝聚更多的水分。所以，她的安全彻底放在了自己的身上。凌阴想着，将冰羽握得更紧了些。

突然，闫欣的面孔在视线中迅速放大，直逼凌阴而来。凌阴刚要举剑反击，却又见她身形一闪，与自己擦肩而过。凌阴赶紧一个回身，扫腿，伸手抓住闫欣的胳膊然后用力一拉，将她摔回了闫尽脚边。他的动作是那样的干净利落，潇洒自如，还没等人意识到发生了什么，他就已经稳稳地站定，脸上尽是从容。看台上传来一阵女生的喝彩声。

闫欣苦着脸爬起来：“哎呀，对女生有必要这么凶吗！一点绅士风度都没有！”依旧是妩媚的语调，听得凌阴反胃。他蔑视地瞥了一眼那个女生，就再一次将注意力移到了闫尽身上。这样的女生真的不想再多看一眼，凌阴默默地想着。

闫尽似乎看透了凌阴的心思，嘲笑似的哼了一声，就举起了双锤。

“轰——”

地面在一声巨响后，迅速崩裂开一道深深的裂缝朝凌阴直逼过来。凌阴有些措手不及，赶紧造出一道冰墙来抵挡迎面飞来的碎石，和不断向前延伸的裂痕。石块接二连三地撞在冰面上，不断听见冰面断裂的声音，无数的白色裂纹延伸到墙里，相互交织，形成一道道美丽却危险的纹路。凌阴死死地咬紧牙，心惊胆战地看着不断增多的裂痕，那一刻他也不自觉地像凌雨一样在心里祈祷起来。但是，似乎都没有用。

不可能的事情，就算祈祷了，也不可能实现。要让自己匆忙之下制造的冰墙挡住闫尽那样爆发性的持久攻击，本来就是不可能的吧。凌阴自嘲地笑了笑，右臂已经因为聚集了过多的能量而变得麻木无力。

“凌雨!”

……

终于，还是崩塌了。

闭上了眼睛，就什么也看不见，只有耳朵还能感受到外面世界的嘈杂。

当凌雨睁开眼睛时，看到凌阴伏在自己身上，紧紧地抱着自己，而在他背后是飞溅的石块与冰碴，他的衣服已经被划得破烂不堪。

“对不起，我失算了。”凌阴低声说道，将凌雨放开。凌雨的脸不禁开始发烫。她这才意识到两个人离得有多近，不需要任何动作就能感受到他的温度，那种暖暖的温度。

可是，比赛还没有结束。下一个瞬间，闫尽咆哮着扑向了凌阴，与此同时，几条火蛇再一次缠上了凌雨。凌雨恼怒地将火蛇劈成了几段，那破碎的部分又形成新的火蛇向她冲来。五条……十条……照这样下去会越来越多。她不敢再攻击了，只得一边躲闪着一边想办法支援凌阴。但是，要怎么样才能脱身呢？火蛇的速度远远超出了自己想象。

整个赛场似乎被火焰统治了起来，天空都被他们映成了紫红色。闫尽一手拽着凌阴的衣领，表情扭曲到极致，左手不断将铜锤转来转去，好像在思考要怎么处置他才更有意思。而另一边似乎在玩着一场追逐游戏，凌雨拼命地逃着，闫欣则依旧以她招牌式的妖娆姿态站在中央，仅凭着一只手操控着十几条火蛇。翮立无奈地看着场上狼狈的两个人，心里一阵愤怒，但俊朗的脸上仍然没有一丝表情。他薄薄头帘后的幽深的瞳孔此时似乎成了最大的谜题。无论是在看台上，还是在更广阔的领土里，都有不少人想要知道这位不沾世尘的王子的内心。他们揣测着，推理着，希望从每一个细节中找出端倪，可是他们从未真正达到过目的。假如不是守护者，谁又能知道翮立现在正在凭空传递着信息呢？

“白痴，你是忘了这个比赛没有规则吗？你的第二种因子呢？”

脑海中响起翮立有些恼怒的声音。凌雨立刻看向看台，刚好与翮立冰冷尖锐的目光相撞。“看来真是他……”凌雨默默地想着，“第二种因子……可是……”

“笨蛋，还在犹豫什么！”翮立的声音再一次传来。

凌雨无奈地闭上眼睛，心念移动，身形一下子飞了起来，如轻盈的风一般，轻轻一迈步就到了几十米开外的地方。火蛇明显停滞了一下，他们身上的火焰依旧剧烈地燃烧着，但却失去了攻击对象。很明显，闫欣还没有发现自己已经到了她的身后。

凌雨稍稍喘息了一下，看了看被闫尽抓在手里的凌阴，又看了看天空中浮动的云，脚一蹬，整个人就如羽毛一般飘上了天空。

“她……她怎么能飞的?!”闫尽突然注意到了悬浮在半空的凌雨，吃惊地瞪大了眼睛。难道说，她有蓝风因子吗？突然一拳飞来狠狠地打在了他的脸上，紧接着肚子也挨了几下。闫尽吃疼地向后退了几步，发现凌阴已经拿剑指向了自己。

"追上她!"闫欣一抬手，十几条火蛇盘旋而上，紧追在凌雨身后。在无数条烈焰要再一次缠上她时，她的手掌在空中划出一道白光，突然爆发的强劲气流将火蛇绞得粉碎，变成零星的火点消失在空中。

"怎……怎么会这样……"闫欣声音颤抖着，再次放出一批火蛇，依旧带着滚烫的火苗，凶猛地窜上红得骇人的天空。而这一次还没等接近凌雨，几千根冰针就洞穿了它们的身体，让它们支离破碎。

凌雨被无形却强劲的风包裹着，再一次闭上了眼睛。空中的云彩明显移动起来，越来越快，向训练场上聚集，相互碰撞，纠缠，不时闪着隐隐的亮紫色光芒。沉闷雷声轰隆隆地响彻天际，像沉睡多年的庞大怪物在苏醒前的低鸣。翮立不动声色地为看台上的人制造了一层保护盾。他的目光沉浸在空中，但却没有落在凌雨身上，而是她身后……

在一声炸雷后，倾盆的大雨从天而降。凌阴挥舞起冰羽，雨滴立刻如洪水一般全向闫欣和闫尽涌去。一切就在几秒钟内逆转，一直处于优势的闫氏兄妹此刻却像任人宰割的小羊一般胆怯地站在原地。这样庞大的水流早已超出了两个人的抵抗能力，只能眼看着从天而降的洪水将自己吞没。

突然，时间仿佛被按了暂停键，千万颗透明的水珠悬在半空，像水晶球一般折射着阳光，淡淡的水纹不停地扭转着，掀起一层红色粉末在水中缓慢漂浮。凶猛的水流也停滞在空中，如一个张牙舞爪欲吞掉猎物的怪物，即使被控制住，还是看着叫人心颤。

“发生什么了？液态水竟然就这样停止在空中了！”有人惊呼了起来。

凌阴诧异地看向翮立。他瞳孔中正闪烁着灿烂的金光，一只手手掌摊开，好像正在用力托着天空。所有的水滴都在一瞬间结成惨白的冰，从空中坠落，冰花夹杂着气浪涌向了四周……

“比赛结束。”

第十八章

赤络·末日·涅槃

赤络，有些人的末日，有些人的涅槃。

整个天空，都变成了红色，红得那么鲜艳，那么透彻，好像墨水一点点晕染进清澈的水中。刚刚明明还是紫红如朝霞一般的光线，却在短暂的几秒里映成了大片的赤红，眼看着就要铺满整个天空。

翮立神情凝重地捡起一个冰碴，看着里面分布得并不均匀的红色颗粒，有些摸不到头绪。天空应该就是被这些小颗粒染红的，但是他们又是从哪里来的呢？

“喂，你干什么喊停啊！我和闫欣还能反击，还没到分出胜负的时候呢！快点让开！我要重新开始比赛！”耳边不停地传来闫尽近乎疯狂的叫喊声。

“没那个必要。”

“什么？没有必要？那你可真小瞧我了。要不是你喊暂停我就……”

“你够了没有！”翮立突然训斥道，心里充满着一腔怒火，“你真的以为你对抗得了那股水流？太自不量力了。你知道刚才那股水流的破坏力有多大吗？假如没有凌雨的限制，它可以摧毁你后面的这段看台！如果我刚才没有强行阻止，你现在估计早就粉身碎骨了吧。”

所有人都震惊了。连凌雨和凌阴都没有意识到自己制造出了这么大的力量。更让人震撼的是，这样大的力量，竟然就被翮立用一只手控制了。凌雨顿时感到这个男孩的深不可测，无论是心里，还是他的力量。

翮立缓了口气，语气又恢复了冷静："而且，现在也不是时候。这样的天空真叫人不安心……"他说着，目光便消散在一片红尘当中。几个人顺着翮立的目光望去。没错，整个世界都变成了如鲜血一般的红色，无论是云彩、阳光，还是身边的人，都被蒙上了一层红纱。

一声凄厉的尖叫突然从看台上传来，几个人惊恐地回过头，赶紧赶了过去。女生痛苦地呻吟着，一只手紧紧地抓着自己的手腕，指甲深深地嵌进了白皙的皮肤，而她手掌的下方正钻出几根细细的红线，向外曲折地延伸着。翮立奋力地拉开女生的手，无数的细线同时在成长着，仿佛有生命一般从某一点蜿蜒交错，织成一个密集的赤色网络，"咕咚，咕咚"有力地跳着。女生惊恐地看着那个像心脏一般跳动的印痕，不停地哭喊着，眼泪大滴大滴地掉下来。

"这……这是什么呀？"凌雨一脸复杂的表情。而这一次，没有人能回答她。翮立和凌阴同时摇了摇头，没有说话。忽然，翮立感到手臂一阵疼痛，低头一看，一块儿皮肤已经开始发红，几根赤红的印痕正渐渐地浮现出来，然后相互交织蔓延。

"糟糕……"翮立呆呆地看着自己的手臂，有一种说不出的感觉。

凌阴连忙问道："怎么了？"

"我好像……也染上了……"

周围一片寂静，所有人都直直地看着翮立，脸色有些苍白，没有说话。凌阴和凌雨的脑中更是一片空白，好像心被挖走了一块儿一样。

“谁都不要碰我们！都离我们远一点！”凌雨刚要去碰翮立的手臂，就被他喝止了，所有人都无奈地向后退了两步，“你们听好，任何人不许触摸身上有这个痕迹的人，否则你们也有可能被传染。作为新一代神徒，你们必须保护好自己。”

这时，一道电光落在翮立面前。萧守单膝跪地，抬头望向翮立，却第一眼就注意到了那个红色的印记：“什么……”

“发生什么了？”

萧守瞥了眼翮立染成黑色的头发，回答道：“报告指导员，现在城市里许多人都染上了跟您手臂上同样的东西，学院里也有少数学生染上了。”

翮立的脸色变得更加阴沉：“你知道这是什么吗？”

“不知道。但是根据目前观察的情况看，这个印痕会带来剧痛，吸收人体中的养分，消耗人的体能。对于法师来讲，它还会吸收因子，导致战斗力下降。人会出现间歇性休克，时间长了足以致命。已经有几个体弱的老人和孩子死亡了。现在，‘他’叫您赶紧回去呢。”

翮立晃了晃面前的女生，见她果然已经昏了过去，就转向了凌阴和凌雨：“你们两个，把大家安全地带回教室，不能有一个人再感染。同时随时待命，你们自己也要小心。”他柔和的目光中带着一丝忧虑与鼓励，说完后轻轻地笑了下，就抱起女生跟萧守一起离开了。

繁荣金都的北边就是连绵的山脉，起起落落，上下交错，树木并不是很多。山脚处还有成片的树林，到了山顶，就只有些依稀的灌木和幼小的树苗，星星点点地散落在岩石之间。有一个小镇，远没有金都的繁华，福瑞恩的美丽，摩尼的富贵和波特克的亲切。零零散散的房屋坐落在山坡上，虽然不破陋，但是简单至极。本身人不多的地方，在这赤色的浩荡天空下变得更加寂静，只能听到人们痛苦的叫声偶尔回荡在山谷。

雨弓驰站在人群当中，周围都是D党的爪牙。像其他人一样，他身上披着个黑色的披风，只是那并不属于自己。在这个陌生的地方，看着陌生的人，顿时感到一阵茫然，不知道下一步应该做什么。悲凉的叫声不时刺穿耳鼓，一次次掀起心里的浪潮。

哥哥……哥哥……生日快乐……虽然已经过了时间，但还是想跟你说……

驰不禁睁大了眼睛。刚才听到的……是泉的声音！他看了看周围的人，并没有什么反应，看来只有自己听到了。他轻轻地闭上眼睛，静静地等待了一会儿，没再听见任何声音。但是，他敢肯定那是泉，是她从遥远的地方传来的。他抬头望向天空最远的边际线，试图找到那个影子，可是，哪里找得到呢？在看似为边际的线后，总有另外一个空间，一个没有自己的空间。血色已经笼罩了一大半天空，再过不久，也许会将这个世界严丝合缝地笼罩起来。泉所在的地方应该已经被波及了吧……她……应该没事吧……

雨弓驰有些焦虑地低下头，才发现黯昈已经凑到了自己身边。

“不用着急，再过不久红色就会主宰这个王国了。”黯昈说着，眼睛自豪地瞄到一旁巨大的岩石上。只见祖鲁被零星的红尘围绕着半悬在空中，面前一条条经线凭空交织成一个扭曲的不规则网络，期间穿梭着无限能量。网络沉重有力地搏动着，每一次跳动都激起一层沸腾的泡沫。它们撒着赤红的光芒升上天空，然后炸成碎片，慢慢消散，增添几分颜色。那一片红，就这样，从星星点点如风景一般的紫红，变成了现在骇人的世界。

“那究竟是什么？”驰紧锁着眉头问道。

“那可是祖鲁大人用十年时间研究的病毒，被他称为‘赤络’。这种病毒一旦在身体里扎根，便会形成一个红色的脉络，从身体吸取养分来生长。一旦脉络遍及全身，也就是死亡降临的时候……”黯昈说着，脸上露出邪恶的笑容，仿佛很期待看到这样的死亡一般，“法术越高的人，就对赤络有越高的抵抗力，但同时也给了它更好的成长环境。这究竟是幸运，还是不幸呢？还记得离开东区迷宫时给你们每个人吃的药吗？”

驰默默地点点头。

“那可是唯一能对抗这个病毒的药，吃了就根本不会染上这个病毒。否则……”黯昈背对着驰目光随着滚滚泡沫飘到空中，“死是早晚的事……”

驰摸了摸自己的口袋，碰到一粒小小的药丸，使劲地抓了一下。

魔法已经被彻底地激活，一阵阵滚烫的气浪向四周翻涌开来。祖鲁奸笑着，表情变得更加恐怖。他的手指在不规则的交点间跳跃着，似乎是无序的动作，但又好像遵循某种不为人知的规律。片刻后，他终于停下，半眯着眼等待着。突然，脉络的跳动变得剧烈起来，每一次搏动都伴随着更大的搏动声。整张网络开始膨胀，膨胀，迅速地扩大，无规律地高低起伏着，像是有什么将要破网而出。

驰睁大了眼睛看着这景象，呼吸早已不知不觉地加快了。

紧接着，有什么东西一窝蜂地破网而出，伴随着巨大的鸣叫声冲向赤红的天空，然后朝不同的方向飞去。他们长着昆虫一般的脑袋，四肢干瘦得能清晰分辨出骨骼，一双近乎透明的翅膀高频率震动着，振翅声几乎淹没了其他声响。

驰的瞳孔止不住地颤抖着，眼里是前所未有的恐惧，不住地向后退去。

许久后，那些噪人的嗡鸣声已经逐渐向远处散去。黯疒凝视着驰惊骇的样子，低声说：“如果你想救她的话，千万不要把药丸给她。你的药丸可不是救命稻草，那只能让你们换一个方式接近死亡。”

驰听了，半信半疑地瞪着比自己高半头的黯疒。

黯疒没有避讳他的目光，反而更加坚定地盯着他的眼睛：“想走的话就走吧，我不会阻拦你的。”

在绝域学院，凌阴、凌雨和其他A组成员已经被隔离到了学校最大的教室里。看着满屋子的学员，凌阴默默地想，看来整个学院没有染上刻印的人都已经在这里了。城市一下子陷入了紧急状态，透过玻璃可以看到神徒们忙碌的身影。在这种情况下，保护学院，转移伤员，给金都中心提供支援都是他们的责任，就算有染上那个红色刻印的风险，也没有人会推辞。

凌阴倚在窗边，看着外面赤红的光线，心情格外沉重。又一个学员被送向学院医院的方向，而那个送他的神徒身上也有红色的印记。照这样下去，所有的神徒和学员都会染上刻印的，然后战斗力下降……假如到最后王国无法应付，我们就会……

“到最后，我们这些A组的都会被招去提前参加战斗吧。”凌雨靠到窗户的另一边，与凌阴相对，淡淡地说道。

凌阴看了她一眼，没有答话，还是继续望向外面。许久，他才说道：“现在学院三分之一的人应该都染上刻印了……”

他们就这样静静地看着，时间仿佛在他们这里停滞，带着忧郁，带着神秘，将他们永远地留在红色风景下的宽大飘窗前。

凌雨忽然回过头，发现所有A组的人都已经围了过来：“有事吗？”

“那个……翩立……他是王子殿下吧？”其中一个女孩犹豫地说道，“看他的魔法超群，又总跟你们单独说话，刚才还直接命令你们……他应该就是王子殿下吧？”

凌阴轻轻笑道：“不是王子，是王。不要忘了现在在位的国王只是替他执政罢了，早晚他会是一个真正的国王。”

“而且，他的确是我们的王者。”凌雨补充道。

其他人面面相觑。虽然已经猜到是这样，但仍旧有些不知所措。“你们怎么不早告诉我们他的真实身份？”闫尽刚才的怒气已经消减了许多，终于心平气和地说了句话。

凌雨冷笑了一声，闫尽的问题听起来就是个笑话："我们为什么要透露他的真实身份？王刻意隐藏他的身份总是有原因的，我们没有必要知道，也不能违背他的意愿。这是基本准则。"

"那你们现在又为什么承认他是王？"

"因为他已经不打算再藏下去了。对于现在这种严重局势，他必须以王的身份站在你们面前。"

正说着，教室的大门被轰然打开，翩立身穿一身战服屹立在门口，他精致的面孔如雕刻的艺术品，耀眼的金发有些凌乱地垂在耳朵两侧，刘海儿下伸出的金色刻纹直接宣告着他高贵的身份。而在他身旁的仍旧是萧守，同样帅气但少了些平时的温柔，他静静地陪在翩立身边，像是坚强的后盾一般默默支持着翩立。两个人傲然肃立着，用一股前所未有的气场震撼着每一个人。两人缓步进来，径直朝凌阴、凌雨的方向走去，其他人赶紧让开一条路。

凌阴和凌雨赶紧站正，稍稍欠身行了个礼。

翩立低声说道："凌阴，你现在马上前往摩尼市，收集有关这场灾难的情报。有很多情报商在那里做交易，一定能问出些情况。凌雨，你要和其他神徒一起，参加战斗。主要保护学院这一带。明白了吗？"

"明白。"两人齐声答道。

"那我们走吧。"

四个人在众人的惊讶的目光下走出了教室——这将是长期以来在战场上最年轻的一批守护者。

跟着翩立刚刚走出教学楼，就听见了极大的嗡鸣声，像是某种昆虫的鸣叫，却又比那更扰人耳鼓。凌雨抬头望去，看到远处成群飞来了不知名的怪物，直扑学校。“你们快看！”凌雨赶紧叫住其他人。凌阴，翮立和萧守一下都愣住了，还没等反应过来是怎么回事，巨大的怪物已经落到了面前。它咆哮着扑向三个人，就在快接近他们的一刹那，又被突如其来的飞箭击倒。紧接着，又有几根箭羽闪烁着蓝色的光芒深深地穿进怪物的身体，它就这样碎成了红色的泡沫。

“干得好，凌雨！”翮立回过神来，“凌阴，你快从这里出去！我们掩护你！到那边也要小心！八成所有的城市都被这死怪物侵占了！”说着，他放出了魔法阵，几道闪光后，四五只怪物从空中掉了下来，化成了泡沫。

凌阴点了点头，跑了几步，翻身跃出校门。

萧守的眼睛倒映着冰冷的光芒，好像经岁月锤炼千年的紫水晶。那些电光转瞬即逝，明灭在他的瞳孔中，切割着他的黑眸。几道闪电横空劈下，随着一声嘶鸣，又一个怪物应声倒地。翮立刚刚从空中落下，身后是还未来得及消失的红色泡沫。他面带笑意地问萧守：“还行吗？”

萧守举起了大拇指。

“那你留在这里帮一下凌雨，我必须回白金宫一趟。”

“好！”话音刚落，翮立的身影就消失在大门的地方。

闫尽透过模糊的玻璃窗，看着外面混乱中几个人矫健的身影，默默地转过头来：“各位，我们也差不多该准备战斗了。”

第十九章

紫衫·琴音·暗寂

翩翩紫衫，缭缭琴音，脱俗之美，始于暗寂之地。

弥漫着红尘的天空突然被破开一道波光，仿佛清水即将从天而降。蓝色守护在空中飞速旋转着，划了道弧线回到凌雨手上。不着边际的浓烟里，凌雨再次撑开双臂放出一箭，最后一个怪物也从空中坠落。

“很好。”萧守笑道。

凌雨略带得意地昂头一笑，说道：“应该结束了吧。”

萧守摇摇头，目光向主教学楼的屋顶上瞥去。

“唉，出来吧！你打算看到什么时候啊！”

只见一个黑发男子从柱子后面站了出来，搭在脑后的小辫子再次让凌雨心惊胆战。

“可恶……”凌雨立马架起了弓箭，却又被萧守拦住。

“你认识他？”萧守问道。

“嗯，当年就是他追杀的我和哥哥。”凌雨怒视着屋顶上的那双眼睛，身体不住地颤抖着。十年了，虽然记不太清当时他的样子，但是那双漆黑狡黠的眼睛依旧没有变，反而比当时更加恐怖，像个无底洞。

萧守看了一眼有些失控的凌雨，安慰道：“别冲动，我们的目标不是他。”

黯旷走到了屋顶的边缘，看着下面的两个人，顿时觉得好笑：“萧守，你有什么资格安慰她。现在，你的心里不也像她一样波涛起伏吗？”萧守锁紧了眉头。

“怎么样？你们还享受这场游戏吗？这可是祖鲁大人特地为你们发明的病毒‘赤络’哟。慢慢地，所有人都会染上，然后变成美丽赤色的俘虏——包括你们。”黯旷微微昂起下巴，“听上去是不是很有趣啊？”

凌雨的双手已经拉满了弓弦，萧守周围也出现了浮游的电光。

“你究竟是来干什么的？要是来杀人的就别那么多废话，我迫不及待地要和你打一场呢。”萧守的语气冷到了极点，却又被突如其来的狂笑声打破在空气中。

“哈哈……你真的以为你现在能打过我吗？要是我放出那些‘鬼人虫’……哦，对了，就是那些怪物……我要是放出他们来，估计你们都靠近不了我。还有，我好心告诉你们：就算你们不接触感染人群，最后也都会患上赤络的，只要你们在外面待够七十二小时。到时候，就请尽情享受那种力量被一点一点抽空，无助，绝望，濒临死亡的感觉吧。”

一道烈焰瞬间燎过屋顶，留下一道浓浓的黑色印记。闫尽带着几个 A 组的人站到了萧守和凌雨身前。

浓烟后，黯旷坐在一只鬼人虫上，有些鄙夷地扫过眼前这群将成为王国主力的少年，最终将目光停留在了凌雨身上。

“萧守，麻烦转告翮立：他忠实的属下正在回来的路上。”片刻后，黯晔留下了这句话便消失在一片红尘中。

闫尽等人一看，立刻就要追上去。刚一动身就被萧守喝止住：“我看你们敢追！”大家有些诧异地回过头。

“一群自不量力的人……你们既然都出来了，就保护好这里。再有什么鬼人虫出现就交给你们处理！听见了吗！”

“是！”

萧守点点头：“注意安全。凌雨咱们回白金宫。”

正像黯晔所说的一样，所有地方都被这该死的红尘笼罩了。天空已经彻底失去了自由的颜色。不过，这并不是最可怕的，更可怕的是随处可见的鬼人虫。看着他们那副丑陋的模样，就算再厉害的人也会在短时间内不知所措吧，更何况是雨弓泉……驰想到这里，心情不禁格外沉重，身形敏捷地在空中穿梭着。他如一阵风一般无声无息地穿过层层枝杈，轻巧到如一只飞鸟掠过。只是无意地一瞥，他看到了那个身影。他看到有个少年匆匆跑进摩尼市的街道，只身一人。

那不是……跟泉一起的少年吗？怎么一个人在这里？

心里想着，驰奋力在树上一蹬，朝摩尼市的方向飞去。

摩尼市作为弗洛威王国的经济中心，拥有最发达的贸易渠道。无数的商人小贩，有名的富人都聚集在这座城市。在凌阴的印象里，只有摩尼市的街道才能算得上真正的车水马龙。可是现在却也是一片狼藉。

凌阴大口地喘息着，满眼依旧是赤红色，口中还残留着冬日剧烈运动后的血腥味，不禁让他感到一阵恶心。现在的感觉，就跟掉进了血池里没什么区别。地上横着的都是已经感染死去的人，或者垂死挣扎的法师。街上还有几个忙碌的神徒，阻止着怪物的攻击，转移着人群。他们的胳膊上无一例外的都有赤色网络的痕迹，不加掩饰地暴露在外面。

“抱歉。”凌阴拦住一个神徒，神徒立刻向后退了一步，保持距离，“请问您知道情报商的交易地点在哪里吗？”

那个神徒用很奇怪的眼光打量了一下凌阴，说：“那种地下组织我怎么可能知道。”

“那您知道些什么就告诉我什么吧。”

“我什么也不知道。”那个人有些不耐烦，刚要走却又被凌阴拦住。只见他将袖子挽到了最高处，露出一角金色的刻印。神徒不禁睁大了眼睛。

“看你的打扮应该已经在这里生活了一段时间了吧，多少你也会知道些什么。告诉我吧。”

神徒有些无奈，只好说：“找到摩尼市最高的建筑，就等于找到了他们。”

“他们在那里面？”

“嗯，再详细的我真的不知道了。祝你好运。”说完，神徒行了个礼，匆匆走掉。

凌阴环顾了四周，不禁有些伤脑筋。这里的建筑比起福瑞恩的确高了不少，但最高的几座楼房都是五层。除此之外就没有再高的了。

凌阴在街道上慢慢地走着，渐渐陷入沉思，对耳边呼啸而过的风声也不再在乎。按照神徒的说法，应该可以找到独一无二高的楼啊，可是这里怎么……

一声尖叫猛地将凌阴拉出了自己的思维之海。他一抬眼就看到一个怪物的影子，便快步走了过去，一挥手将怪物冰封了起来。他来回扫了几眼，终于在怪物脚下发现一个吓得脸色苍白的女孩。

“喂，你还好吧？”凌阴叫道，“快站起来！冰要崩塌了！”

见女孩依旧愣愣的没有一丝反应，凌阴只好抱起她向后撤去。他边跑边默数着：三、二、一！

“咔咔——”身后立刻传来了冰面断裂的声音。整个冰块开始断裂开来，那个怪物也随之被分成了碎块儿。凌阴看着那堆残骸，心里舒了口气。

“那个……你可以放我下来了吧。”那个女孩回过了神来，娇柔地说道。凌阴赶紧把她放在地上。这时凌阴才发现，这女孩穿着一身淡紫色落地纱裙，披在外面的上衣也是同样的颜色。乌黑的头发编成一个又粗又长的麻花辫，松松地垂在脑后。齐整的刘海儿刚好遮住眉毛，额前挂着一颗闪亮的紫色钻石。整个人有一种淡雅脱俗的感觉，不像是一般人家的孩子。而且，为什么好像似曾相识？

凌阴看向别处：“你快去找家人，或者找地方躲起来吧。这里不安全。”

这时女孩犹豫地问道：“凌阴？是你吗？”凌阴奇怪地再次打量起这个女孩子，心想：难道我们真的见过？

女孩此时已经按捺不住，迫切地叫道："我是容琴啊！在医院时候我们见过！"

"容琴？"凌阴又仔细看了看这个身穿华丽丝绸裙装的女孩，终于惊喜地笑起来，"真的是你啊！你变化好大啊！"

"你也变化很大啊！更好看了……"女孩有些害羞，偷偷瞥了眼凌阴挺拔的身姿，"而且，这才是我平时的样子。我家就在这边上。上次在医院……"

"不好意思，打断一下。"笑容突然在凌阴的脸上消失殆尽，他原本剔透的双瞳此刻又聚满了凝重的雾，"你先回家吧，越快越好。外面不安全。"

"你的手……怎么那么凉啊……"女孩说着摸了摸刚才被凌阴碰到的白色肌肤。

"哦，我手上有一层冰。防止被感染。"凌阴看着女孩，更加严肃地说："容琴，回家去。我有事先走了。"

"唉，等一下。你去哪里呀？"

"这不关你的事。"

"我……能跟你一起吗？"

"一起？你找死啊。"凌阴忽然意识到这话似乎不太对，又柔和了一些说，"我是去执行任务，跟着我会死的。"说着，他头也不回地走了。

凌阴继续向前走着，完全将容琴抛在了脑后。忽然他加速向前冲去，纵身翻上了屋顶。他傲然屹立在楼房的最高处，整个摩尼市尽收眼底。依旧没有找到那个传说中的“最高建筑”，有不少楼都和自己在同一高度上。

就没有这种楼吧。凌阴想着，跃到另一个屋顶上。忽然，他感到某处的景象有些扭曲，不禁怀疑自己的眼睛出问题了。使劲眨了眨眼睛再看，结果还是一样。那个屋顶上的景象在轻微地扭动，好像在缓慢上升，但实际上又没有任何变化。瞬间，一排冰凌从凌阴手中飞了来出去，撞在了那个扭曲的空间里，凭空产生一片涟漪。

“嗯，我想的没错。”凌阴自言自语道。这个看似只有五层高的楼实际应该更高。中间支撑的部分被很好地隐藏了起来，不仔细看的话根本不会发现破绽，更何况一般人根本注意不到这点不协调的地方。所以，在这栋楼上应该还有楼层，在很高的地方。

凌阴向前倾去，整个身体从空中自然落下，又紧接着几个翻身，稳稳地落在了地上。向楼门口望去，很简单的装饰，没有什么特别的地方，大门紧闭。凌阴靠近过去，顺手摁响旁边的通话器。话筒那边，一个低沉的男声从那边传来：“你找谁？”

“我来找点情报。”凌阴低声说道。

“现在不交换情报。”那边的男子一口回绝道。

“我必须现在就得到它，这对我很重要。”

“都说了现在不交换情报，没有商量的余地！”那个男子暴躁起来。

这时，一个妖娆缠绵的声音传了过来。“咦？这声音听着好像不大嘛？”门里面八成有个风情万种的女人，“你多大啊？”

“十六岁。有问题吗?”凌阴如实回答。

“可恶！现在的人都让这么点的孩子来交换情报了!”里面的人开始骂道,“小弟弟，如果你还要活命的话就赶紧回去吧。你能顺利地过来不代表你能顺利地回去。我们现在肯定不会交换任何情报的……”

“你不给我情报叫我怎么回去啊?我必须要拿到情报才能走。”

“你这小孩儿怎么那么倔呢！赶紧给我回去！情报?你想都别想!”最初说话的男子似乎已经没有了耐心。但凌阴也没有退缩的意思:“那你也别指望我回去。”语气虽不强烈，但足以听出背后的力量。

许久，两边都没有人说话。很长时间后，才从里面传来一阵高跟鞋清脆的响声:“小弟弟，你究竟要什么情报啊?”

凌阴的身体又靠近了话筒一些:“我要关于这次灾难的情报。”

“谁让你来的?”那女人的语气立刻变得紧张起来。

“是……”

突然耳边一阵剧烈的嗡鸣，身体被狠狠地撞了出去。当凌阴回过神来时，发现自己已经被怪物长而细的舌头高高举起，动弹不得。

“可恶……”凌阴刚要调动身上的因子，又因为剧烈的疼痛而无法正常启动法术。浑身就像要被碾碎了一般的疼，他能感到有黏液正在一点点渗入体内，附着在血管上，每当充满能量的血液流过时，里面的因子就会被吞食得一点不剩。这都是怎样的病毒啊。他们这样贪婪，这样饥饿，好像永远也喂不饱他们一样。身体已经开始麻木，连反抗的力量也没有，身体里除了恐惧，就只剩下空洞。

这就是死亡吧。看着自己一点一点脱离现实，沉向一个未知的,望不到底的地方。就那样越沉越深，越沉越深，离爱的人也越来越远。凌阴甚至可以看到凌雨穿着一身雪白的长裙，站在冰天雪地之间。她依旧微笑着看向处在冰渊当中的自己，然后伸出手。可是，自己却总也抓不到她，只能看她渐渐变远，变小，最终只剩一个点……

耳边忽然传来一阵琴弦的声音，清澈而空灵，仿佛从遥远的天空传来的圣歌。好久没有听到过这样纯洁无瑕的音乐了，曲调虽然简单，但却优柔美妙，给人心带来一丝平静。

大概天使都已经来迎接我了吧……对不起了凌雨……

凌阴这样想着，一行泪水划过了脸颊，完全没有意识到怪物疯狂的叫声。一切都麻木了。

忽然，他的身体开始加速向下坠去，“砰”的一声……结束了一切。

当凌阴再醒来时，自己已经躺在了一个陌生的房间里，空荡荡的，只有他一个人。整个房间简单至极，没有装饰，没有桌椅，甚至墙面也没有被仔细地粉刷过，还裸露着灰色的水泥，落满了细细的灰尘。除了这张床以外，就只有角落里堆着的几个木箱。但是，这样破旧简陋的屋子里，却映着明朗的白光。没有污迹的光芒从两边的窗户洒了进来，填满了整个屋子，也让人看着心情好了不少。

这时又是一阵高跟鞋清脆的声响，凌阴立刻警惕地看向这个房间唯一的门。

“哟，这小孩儿还不错，现在就醒了！”一个身穿红色旗袍的女人惊喜道。她手上端着一个托盘，臀部摇摆着走了进来，坐在了凌阴的床边。随后又跟进来两个男人。一个明显年纪不小，嘴边长满了胡茬，正值中年。另一个虽然比自己年长不少，却也明显还是个年轻人，一副年少轻狂的模样。

“你们都是什么人？”凌阴丝毫不放松警惕。

女人妩媚地一笑：“小弟弟，你可真逗。刚才是谁赖着我们要情报来着？”说着，在凌阴的额前宠溺地点了一下。

“谁赖着你们了！”凌阴愤怒地拨开女人的手。

“哟，别这样。我不捉弄你了还不行吗？来，胳膊给我。”女人说着从托盘上拿起一个药瓶，用食指在里面蘸了一下，见凌阴还没有反应，又说道：“守护者大人，咱不用这么紧张吧？”

凌阴的瞳孔瞬间缩小：“你怎么知道我是守护者？！”

女人指了指他的胳膊，凌阴这才发现自己一边的袖子已经被割开了一道口子，露出金灿灿的星痕。再撩开袖子一看，整个胳膊都布满了密密麻麻的经线，好像整个皮肤下的血管都暴露出来一样。

“看吧，再不听话就真的必死无疑了哟。”女人拽过凌阴的胳膊，在他星痕周围画了个圈，嘴里不停地念着咒语。凌阴瞬间感到一阵清凉，身体也觉得轻松了不少。

“喂，你这大难不死的小子，金翩立就没给你讲我们的来头吗？”这时坐在木箱上的年轻人开口了。

“你们什么来头？”

“唉，情况已经紧急到没时间告诉他这个了吗？大哥，你告诉他吧。”

凌阴随之望向了一直倚在窗口的中年男子。

“欢迎来到云峰之巅。这里可是弗洛威秘密收集情报的地方。虽然只有我们三个人，但王国各地的情报我们都有。”

“那你们不是情报商？”

中年男子轻笑道：“说是情报商，但最重要的目的还是给王国提供情报。要不然也不用藏个小房间在这么高的地方。你当这里是哪里啊？这可是云朵之上，要走上万级楼梯才能上得来。”

男人顿了顿：“当然，这样的法楼肯定不是翮立那小子造的。他虽然很厉害，法力超群，但还不够支持这样持久坚固的法术。”

“那是谁？他父亲金琛？”凌阴提起了一丝兴趣。

“没错。当年我们三个都是被选拔出来的 A 组成员，有希望成为神徒的。但由于我们在最后的测试中没能通过，落选了。但是金琛似乎很欣赏我们的能力，让我们作为云峰之巅的主人给王国效力，也许是看中我们的速度吧。”

“你们的速度？”

“我们三个都拥有‘蓝风’因子，速度自然会很快。”年轻人插嘴道。

“所以，你们现在也就算是翮立的属下？”凌阴问道。

“也可以这么说。现在你知道我们是自己人了？”中年男子微笑道。

凌阴低下头，有些无话可说。刚才面对这些长辈，实在是有点失礼。这时候，女人也给他疗完了伤，将凌阴的袖子重新整理好，说：

“行了，至少现在可以保证你多活一段时间。”

“那还不是必死无疑……”凌阴小声嘟囔着。

“小子，你就知足吧！没人能像你这样，几乎全身感染还能这么快醒来。”

这一句话又提醒了凌阴，他立马问道：“所以这次的灾难究竟是怎么来的你们知道吗？”

男人轻笑道：“总算回归正题了。这次灾难是由一种叫‘赤络’的病毒引起的。发病症状正如你所见。染上它的普通人会立刻死亡，而拥有因子的人则先会被抽空能量，然后慢慢在无力与绝望中死去。越是法力高强的人到最后就越痛苦。”

凌阴听得睁大了眼睛。

“更可怕的是，并不是不接触感染人群就可以幸免于难的。只要在外面待够 72 小时就会感染。”

“什么……”

年轻人不以为然地走过来，拍了拍凌阴的肩膀：“知足吧！至少你死的时候还有女朋友陪着，我死的时候却只有这个骚女人在边上。”说着，他就摆出了一脸痛苦的表情，紧接着就被穿旗袍的女人狠狠地瞪了一眼。

“女朋友？”凌阴感到一头雾水。

“就是那个穿着一身紫色丝绸的女孩。刚才如果不是她，你应该已经没命了。而且……”女人调皮地眨了眨眼睛，“她也感染了赤络，现在应该昏倒在外面了。”

“什么!”凌阴一听就从床上翻了下来,“你们为什么不救她?”

“他不是王室的人,这里又是重要据点,怎么可能随意让她进来!小子你就理解一下吧。要是真心疼就赶紧下去救她!”中年男子说着,把凌阴向楼梯口推了一把。

凌阴无奈地看了那三个人一眼,迈开了稳重的步伐:“顺便说一句,她不是我女朋友。”

第二十章

守护者·王·命运之轮

守护者，王，究竟谁才是命运之轮?

一路奔跑着，毫不停歇，到处都是神徒与鬼人虫搏斗的身影。身体敏捷到了前所未有的状态，自由地在纷乱的街道上穿梭。满眼的混沌，耳边却清静万分，除了自己和萧守的呼吸声外，什么都听不到，那噪耳的虫鸣声也不知了去向。

呼……又是在奔跑，又是成片的红色，又是家破人亡的景象。就像十年前那样，只不过当时在身边的人是哥哥，虽然很害怕，但很踏实。

“小心！”

萧守突然挡在了自己身前，深紫色的雷电立刻在眼前炸开，一个鬼人虫刺耳地鸣叫着，向高处退去。凌雨刚刚明白发生了什么，就又被萧守拽着跑了起来。“注意力集中！我们要抓紧时间。”凌雨闻声，使劲摆了下臂，紧跟了过去。

到了白金宫，两个人不等士兵接好桥梁就翻过了栅栏，沿着长长的甬道直奔大门，风风火火地跑上楼梯，还未等敲门，房门就自己打开了。金坤正端坐在那里望着气喘吁吁的萧守和凌雨。翮立站在一旁，一副嘲笑的表情，但随即又紧张起来：“发生什么了？外面情况怎么样？”

“很多……很多鬼人虫……接连不断。”

“鬼人虫？你们知道那种怪物的名字了？”翩立疑惑道。

“嗯……”凌雨还没有缓过气来。本以为自己的速度已经无可匹敌，跟上萧守是小菜一碟，谁知道萧守的速度已经大大超出了自己的预想。而且，这应该还不是他的上限，很有可能为了迁就自己而没有使出全力。

趁自己走神的工夫，萧守已经在给翩立讲了遇到黯曱的事情。金坤和翩立本就神情严肃，这时脸上更像是结了一层霜。黯曱的出现直接把灾难的源头指向了D党。十年前危害整个王国的组织，在完成一次大捷后就瞬间消失，金坤始终未能找到他们。本想做好防御，在他们下一次行动前抓获他们，可是没想到时隔十年的袭击还这样致命。金坤可真是失策。

“你要怎么办？不会再放过他们吧？”翩立双眉紧皱，将他迷人的脸庞扭向了金坤。

不愧是大哥金琛的儿子，翩立完全继承了他父亲的英气与容貌，以及叫人猜不透的实力。金坤每次都要这样自己默默感叹一番。从自己执掌王宫事务以来，这孩子就一直行动自由。他每天都独来独往，从不和别人有过多的交流，唯一能和他聊上几句的人只有萧守。也许他根本就没有把自己这个叔叔放在眼里，有的也只是感恩之情罢了。不过，现在不是想这个的时候。

“刚才你说，只要人在外面红色的空气中待够72小时就会感染‘赤络’？”金坤抬起目光望向萧守，见萧守点点头，“也就是说所有人早晚都会死……叫人在外面抵抗会死，躲在屋里早晚也会被鬼人虫袭击，选择哪条路似乎都是一样的结果。他们究竟想要什么……”

房间里空寂得叫人窒息。没有人出一声，没有人动一步，仿佛房间斜拉着无数条锁链，禁锢着每一个人，只要动一下，就死定了。

这时，凌雨忽然想到了什么，张了张嘴，又闭上不说了。

“十年前，也是黯皉袭击了白金宫。”翩立突然说道。

凌雨有些诧异。

“你不是对我刚才那句话很疑惑吗？我现在告诉你。十年前，黯皉在杀了你和你哥哥后又到了白金宫，杀了我的父母。”

凌雨瞬间觉得有什么正在记忆深处翻滚，让她感到一阵头疼。有些似曾相识的景象开始在眼前清晰……这是翩立的记忆。

“那天一群人闯进了家里，开始肆意杀戮，所有的仆人都没能逃过一劫。本来刚开始神徒还能抵挡一会儿，可谁知道那帮人疯了一般地在屋子里展开了杀戮，即使受了重伤都会死命地扑向别人，简直就像是只知道前进的杀人机器……而带领那些人的正是黯皉……”翩立回忆着，瞳孔微微缩小，声音中隐藏着怒火。

“国王呢？”凌雨问道，“国王不是很厉害吗？他为什么没阻止这场灾难？既然黯皉也伤害了你，为什么你们还没有抓住他？明明知道他的名字，明明知道他的样子，而且有那么多优秀的神徒和他在一起，要找的话应该很好找的啊……”凌雨也哽咽起来，有些责备地看向翩立。

翩立费解地抬起眼睛，刚好对上凌雨的目光：“你怎么知道他没有出面？当时父亲他已经非常虚弱了，因为你父母都牺牲了的缘故——你父母可是国王的守护者啊！他们死了也就意味着我父亲必然死亡！就算自己的实力再强大，生命也会一点一点地随守护者的死亡而消失，更何况在受了重伤的情况下……有句话你听说过吗？没有了其他守护者的王就像没了水的鱼。即使再强大，也只有等死。当时黯栌就是这样形容在地上垂死挣扎的父亲的！王室什么时候会让人这样子羞辱过！而且……”

突然，翮立不住地颤抖起来，整个人轰然倒下。

“翮立！”萧守吓得赶紧凑上前去。

他刚伸出手要扶起翮立，就被金坤制止了：“别动他！否则你们也……”

萧守和凌雨不好违抗，只能担心地看着。只见那赤红色的网络已经蔓延到了全身，从手臂，到胸口，再到脚踝，而且还在变得更加密集。最初感染的地方在不停地搏动着，咕咚，咕咚，看得人惊心动魄。

“到底发生什么了？怎么会突然一下长得这么快……”凌雨已经乱了手脚。

“凌阴……凌阴他也……”翮立微弱的声音传了过来。

“凌阴也感染了赤络吗？”

翮立轻轻地“嗯”了一声。

看着翮立痛苦的样子，萧守紧紧地抓住国王的衣襟哀求道：“国王殿下，求求您救救他！再这样下去翮立会死的！”

金坤轻轻叹了口气："谁都会死的。况且，现在我也无能为力。我只能让他稍稍减轻点痛苦罢了。来人！把翮立送去冰窖！"

"我不要……"翮立突然挣扎着起来，却又因为剧痛再次倒了下去。

"不行啊，"金坤俯下身子，"现在也只有这样了，也许可以暂时抑制你身体里的病毒。我会让凌雨快些找到解药的。"

翮立大口地喘着气，身体微微蜷缩在一起，依旧在不停地颤抖："哼……想不到我也会到这个地步……"

金坤不再回翮立的话，站起身，吩咐侍从将翮立用毯子裹起来，抬向屋外。他细细的刘海儿垂到一边，露出了那代表了王室的金色刻痕。好漂亮的男孩。即使在他那样痛苦与绝望的时候，他也显得那样的高贵。但是，他又是那么的无助。明明那么痛，他也会一个人硬撑，不愿与别人分担，甚至不愿意告诉别人他有多难受。凌雨望着翮立棱角分明的脸庞，一阵心痛。

翮立的目光慢慢抬起落到凌雨身上，又因为疼痛立刻落了下去。凌雨会意地走上前。

"你现在明白了吧……从我跟你们定下契约的时候起，我的命就在你们手里了……有些事情你根本不懂，就像你觉得没有人懂你一样……"

凌雨看着翮立被抬出了房间，问道："他会怎样？"

"只是会在低温中沉睡一段时间罢了，那样他就不会那么痛苦，病毒也不会生长得那么快。"金坤说着，拍了拍凌雨的肩膀，"那对抗病毒的方法就交给你了。现在看来，我们不把病毒解决掉，就没有办法反抗。请你务必快去快回。”

“我知道了。但我要先去找凌阴，我怕他会死在外面。”

“嗯，抓紧时间。”

凌雨点点头，一欠身，便随风消失在了门口。

“蓝风因子。”萧守小声惊叹道。

金坤轻笑着重新坐回靠椅上：“萧守啊，我觉得那孩子的法术正在复苏。”

萧守的目光瞥向金坤那边：“为什么这么说？”

“你不觉得她刚才的速度又加快了不少吗？也许，她把自己的部分能力给藏起来了，因为过于害怕或是其他什么原因。现在，她正在重新挖掘出那部分潜力。说不定，到时候我们会被她的实力震撼到呢。我看，就连她自己也不知道自己究竟有多大的能力……”金坤自顾自地说着，好像是在和萧守说话，却又根本不在乎他有没有在听。

长发在风中剧烈摆动着，感受着冰冷的风滑过肌肤。泪水早已被风干，紧紧地抓在眼角边，不肯离开那双闪烁的黑眸。凌雨凝视着摩尼市的方向，心里一阵焦虑。是在担心凌阴，还是翮立，她已经不知道了。

从我跟你们定下契约的时候起，我的命就在你们手里了。

翮立最后说的那句话仍在脑海中徘徊。的确啊……如果守护者受到创伤，王的力量也会相应受到影响，在守护者身上发生的事情都会在王身上得到印证，因为王聚集了所有守护者的力量。守护者意外身亡，王的生命也会被迫结束。所以从一开始起，能真正决定王国存亡，保护王国的人就不是王，而是其他守护者。王本身不是力量，而是把无数力量汇集起来的人。凌雨突然觉得自己好傻，刚才还在责怪翮立父王的无能……

转眼已经到摩尼市里。凌雨疯狂地挥舞着蓝色守护，长弓仿佛暴风雨前的流云一般围绕着凌雨，带着愤怒，在空中狠狠地划出一道明晃晃的界。在这层坚强的保护伞下，鬼人虫变得不堪一击，一个接着一个地幻化成泡沫，还来不及落下，就消失在空中。凌雨看着这满是红尘的陌生城市，不知道自己要去哪里——就算要找凌阴，也不知道到哪里找，完全感应不到他的方位。到处都在战斗，到处都是废墟与尸骸。

忽然，凌雨发现从远处正走来一个人，他满身发着红光，散发着恐怖的气息，一点一点地逼近。凌雨赶紧把长弓横在面前。

“喂，你这家伙还想攻击我啊。”

凌雨不禁吃了一惊，耳边响起的明明是凌阴的声音，虽然很微弱，但清晰至极。再仔细一看，在漆黑头发下的正是凌阴那张俊秀的脸，但此时显得有些狰狞，还能看到几条赤络如疤痕一般攀上他的半个侧脸。凌雨再瞥向他的手，都有赤络的痕迹。难道他是全身感染?!所以翮立才会突然……凌雨勉强让自己镇定下来，朝凌阴跑过去。

“别过来!”

凌雨赫然停住脚步:“可是……”

“没关系的，已经治疗过了。我们两个都感染了，你最好……不要离得太近。”微弱的声音伴随着更加难以察觉的呻吟声。

凌雨这时才注意到在凌阴身上还趴着一个女孩。她的整个头都搭在凌阴的肩上，显得那样地无力。整齐的刘海儿中，一颗闪亮透彻的紫色钻石摇晃在额间。粗粗的麻花辫从腰间垂下，一双如玉雕一般的臂膀环绕在凌阴的脖颈上。她的一只手还抓着一把小巧的只有四根弦的琴。那个琴是……

忽然女孩的手指轻轻地触了一下琴弦。

“小心！”

凌阴的声音突然冲破了脑际。凌雨猛地回过头去，一只鬼人虫已经到了眼前。

来不及了。

凌雨害怕地闭上了眼睛。当她在睁开眼时，鬼人虫好像受了重创一般向后摔去。凌雨怔怔地伸出手，突然感到指尖被无形的物体挤压着。

“是气盾。”

“我当然知道是气盾……”凌雨一回头就看见一个皮肤苍白的男孩正站在旁边。虽然第一次遇到他时天色已经很暗，看不太清样子，但凌雨依旧可以认出他来。

“啊，你居然认出我了。怎么做到的？”男孩一边注意着天空一边问道。

“气息……你气息很独特。”

“这样啊……”说话间，又有几只鬼人虫围了上来，“你还是先去看一下那个人，这堆家伙我来解决。”说着他站到凌雨身前。

凌雨点了点头跑到凌阴身边，再回头刚好看到男孩干净的微笑，顿时安心很多。

“那个人是谁?”凌阴放下背上的女孩，瞥向一人抵挡几十只鬼人虫的男孩，“他打算一个人解决这些怪物吗? 开玩笑。”话音刚落，只见那些鬼人虫忽然同时喷溅出赤色的泡沫消失在空中。天空又被盖上了一层血色。

“开……开玩笑吧!”

男孩转过身，朝凌雨他们走了过来：“你们都没事吧?”

“嗯，没事。你是谁?”凌阴疑惑道。

“我叫夙隗，只不过是个流浪者罢了。”

“而且是个在找东西的‘流浪者’。”凌雨补充道。

“嗯，没错。已经找到了。”夙隗微笑着看向凌雨，美好得叫人窒息。在这一片混沌中，望着他仿佛就看见了伊甸园，没有战争，没有恐惧，没有险恶人心。

“很谢谢你，但是我们要走了。”凌阴重新抱起了那个女孩，就要往前走。

“去哪里? 你全身都被感染了，几乎没有抵抗能力。你真以为凌雨能同时保护你们两个伤员? 她连那把蓝色守护究竟蕴藏着多少能量都不知道。”夙隗正色说道。

凌阴突然看向那个男孩，那眼神仿佛要掏空人心：“你也是云峰之巅的人吗? 怎么知道那么多?”凌雨也暗暗调动起全身的魔法力因子。

夙隗微微一笑："我算他们的半个人吧。都在干着同样的事情，却不受他们的限制。总之，不是坏人。"

"所以你的意思是？"

"至少让我送你们去吧。"

凌阴和凌雨的眼神再一次交织在一起，很久很久。就算没有对话，夙隗也能看出他们在干什么。光看他们的表情就知道现在的情况一定相当严峻。他们两个已经熟练掌握了精神交流的要点，只可惜还差一点。想到这里，夙隗的眼里闪过一丝忧伤。

"夙隗，我们要去福瑞恩，你能送我们去吗？"凌雨走上前，"那你要是敢骗我们，就叫你好看。"

夙隗笑道："看到蓝色守护上额的双狼刻纹了吗？心里想着它的名字，轻轻地抚摸过去，看看会发生什么。"

凌雨疑惑地用手抚过双狼刻纹，一瞬间，青蓝透彻的光芒随之展开。一股新鲜的力量沿指尖钻进血脉，让凌雨感到一阵热血沸腾。长弓释放出强大的生气缠绕着手指、臂膀，逐渐向外扩散，汇聚在一起。三个人纷纷向后撤去，目瞪口呆地看着一团白气的凝聚，好像有了形状。两只巨大的白色雪狼傲然屹立在眼前，两条粗壮的尾巴毛茸茸的，高大的身躯足以遮住半个天空。他们嚎一声，就吓退了不断飞来的鬼人虫。

"这……这是……"凌阴吃惊得有些语无伦次。

"是泽加双兽。一个是小泽，一个是小加。"凌雨怔怔地望着两个向她缓缓垂下头的庞然大物说。

“你知道他们？”

“何止是知道啊。我小时候常和他们玩在一起呢！”凌雨温柔地抚摸着两只雪狼的鼻子，眼里掩饰不住那份宠爱与惊喜，“他们一直是我和哥哥的玩伴，可是自从家里人死后就再也没见过他们，原来一直被封印在蓝色守护啊……”

夙隗稍稍别过脸去，不想让别人看见他心绪的变化。刚才，他分明地看到凌雨眼中隐约闪烁的泪珠，他的心也跟着一沉。那一次的灾难，让他们两个人的世界都塌了。

忽然，凌雨注意到小泽正悄悄向夙隗凑去，很乖巧地低声叫着。夙隗见了，则微笑着挠了挠他鼻子上面的短毛。“他很喜欢你呀。”凌雨说道，“小泽还是第一次允许外人摸他呢。”夙隗听了，只是笑笑，没说话。

“凌阴，上来吧。”凌雨说着，用冰一般凉的手抓住凌阴，将他甩到小加的背上，又向夙隗招了招手。

“去福瑞恩。”

两只雪狼在森林中驰骋着，一路扫开所有障碍。在两只神兽的保护下，三个少年终于不用担心四周的怪物，可以安下心来说话。凌阴讲了在云峰之巅发生的一切，包括从那里一出来就碰到了这个名叫容琴的女孩。因为当时看上去她已经处于昏迷状态，又知道她无家可归，凌阴就只好带上她来会凌雨。

凌雨不时地瞥向那把精致小巧的四弦琴，隐约看到琴弦在微微颤动。

“为什么……”

“什么?”凌阴反问道。

“没……没什么。你不把她的琴先收起来吗?也不怕风把它吹掉了。”凌阴听了，将琴小心翼翼地放进怀里。凌雨继续道:“翮立现在情况也不好。因为你全身感染，他的病情也一下加重了不少，已经被金坤强行关进冰窖了……”

“所以……都靠我们了是吗?”

凌雨点点头，眼睛扫过凌阴脸上的赤络，心想:只有都靠我了吧。

凌阴看着前方沉思着，眼睛忽明忽暗，看不出他在想些什么。夙隗轻松驾驭着其中一匹雪狼，带着昏迷了容琴走在前面。他很少说话，惜字如金，不是必要的时候，只是静静地听凌雨和凌阴交谈。有的时候，他更像是存在于自己的世界里无法自拔一般。头发被风吹得盖住了脸颊，遮住了眼睛，他从来不管不顾，就让它们那样随兴地飘着。而在两个男孩的中间是容琴。凌雨和凌阴骑着另一匹狼，跟在后面，顺便讨论着分开后发生的事情。

“你还记得咱们在尼塞森林遇到的那个女孩吗?”凌阴的声音顺风飘进耳朵。

“你说那个叫知秋的吗?”凌雨在自己记忆里摸索着，没有注意到此刻夙隗闪烁的双眸，“她怎么了?”

“云峰之巅居然知道她，让我们去找她，也许有些希望。”

凌雨听了，轻轻在雪狼的脖子上拍了一下，雪狼便扭头向森林深处跑去。

凌阴的目光再次落回了容琴的身上，一动不动地望着那个昏迷的女孩，异常平静。凌雨轻轻地叹了口气，心却在剧烈地颤抖着。凌阴那异常的平静让她感到害怕，害怕有一天会真的失去他。那平静不是来自自信，而是绝望。

他，已经准备好了。

可是我还没有。

凌雨不自觉地紧紧抱住雪狼的脖子。

“喂，你到底什么来头？怎么会知道那么多？连蓝色守护的秘密你都知道。”凌阴不知道什么时候已经跳到了夙隗的背后问道。夙隗这是在趁他最后的时间完成更多的事吗……

“我不是都说了，我是流浪者。”轻柔如丝绸一般的声音缠绕过来。凌雨忍不住回过头，发现夙隗仍旧轻轻地抚摸着雪狼，将注意力都放在眼前的路上。那样子，遥远得像神明，却又亲近得像……凌雨不敢往下想了。

夙隗没有回头，继续说道：“流浪者也就意味着能听到来自四面八方的消息，更何况民间传说也不是完全不可信。既然小姑娘手里拿着蓝色守护，她应该就是雨弓家族最小的女儿雨弓泉吧。”

凌雨的身体一颤，避开夙隗的目光：“请叫我凌雨。”

对不起……我只是太想叫你的名字了……

依旧是几个月前的树林，却早已没有了当时的生机。干枯的树枝赤裸裸地暴露在寒风里，没有一次遮掩。凌雨从雪狼身上跳下，焦急地寻找知秋的踪迹，可就算是在这样光秃秃的林子里，也没能找到。那个女孩像销声匿迹了一般。凌雨又翻上了更高的枝杈向远眺望。

“别找了，她要在这里早就自己出来了。”夙隗一边向四周观望，一边说道。

“她会出现的。”凌雨坚定地喊道，“她说过需要帮助的话就到这儿来找她。喂！知秋！”

夙隗盯着凌雨看了几秒，暗地里笑笑，一回身，注意到崖壁上一个白色的影子，惊叹道：“还真让你说对了。”

顺着夙隗的手望去，凌雨看见一条白影正从山岩上急速落下。她立刻迎了过去。

知秋掩饰不住心里的喜悦之情，再一看站在旁边的夙隗，脸上洋溢起了更美的笑容：“你来了？”

“你们认识？”凌雨问道。

“只是见过一面。”夙隗的语气有些冷漠，让知秋感到一丝尴尬。她心里一阵失落，只好笑笑说：“你们先进来吧。”

凌雨点点头，要去帮凌阴和容琴。夙隗立刻拦住了她：“我来吧。”他朝那两个人一招手，他们就悬在了空中，朝凌雨飘来。

知秋的小山洞并不大，刚好够她一个人的生活起居，除了一个平时吃饭睡觉的房间，就只有一个额外的房间供她储存、研究药物。棕色粗糙的墙壁，没有精致奢华，却很干净舒适。石头堆的桌台，木制的器皿，透着一股淡淡的自然的清香，让人的神经瞬间放松了下来。一个人住的房间，却一下塞下了那么多人。虽然很挤，却也很温馨。

“你应该是为了赤络的事吧？”知秋将洞口封上，端上了三杯茶。

“没错，请你无论如何都要帮这个忙。凌阴已经全身感染，金翮立也患病不轻，鬼人虫还在袭击城市。如果不想办法解决赤络，我们连对抗鬼人虫的力量都没有，而且早晚所有人都会染上病毒。”凌雨焦灼的目光把知秋吓到了，这可跟凌雨几个月前见到的充满雾气的眼睛完全不同。情况一定很糟糕，知秋的双眉也紧锁起来：“我很乐意帮忙，可是……我还没有研制出能治这病毒的药。我去采集了病毒样本，可是那些成分已经超出了我的知识范围……”

“怎么会这样……”凌雨看了一眼一直没有说话的凌阴，有些不知所措。他俊朗的五官微微挤在一起，有些变形。虽然他一声不吭，但一定忍受着很大的痛苦吧。

“也许我有办法。”夙隗的一句话好像洞穴中的一道光照亮人心。他从口袋里掏出一个药丸，交给知秋：“你把它分析一下吧，里面有些东西需要改良。这个药我只有一个，但也许你能做出更多的来。”

那天晚上，知秋一直研究到很晚。凌阴因为赤络的缘故不久就昏睡过去。凌雨独自一人走出岩洞，坐在刚刚的树杈上观赏夜色。今晚的月亮又圆又大，明亮得很，只可惜被染得通红。

夙隗在凌雨身旁坐下，不说话，只是静静地看着她。她就那样蜷缩在树枝上，清澈的瞳孔偶尔泛起微光。

“害怕吗？”

凌雨摇摇头。

一阵风吹来，掀起了凌雨的长发。夙隗不禁睁大了眼睛，那缕缕长发与自己记忆中妹妹跳跃的发梢重叠在了一起。那时她还留着刚好齐肩的短发，一跑起来就在她的小脸边跳来跳去。夙隗想着想着笑了起来。现在，长大了呢。

凌雨看向夙隗，“我听到人们尖叫的声音了。是从镇子那里传来的。一起去吧。”

“嗯，就知道你会这么说。”夙隗笑道，率先向城镇的方向飞去。

第二十一章

神明·一人·远望

那时候，他们像神明，而我只能一个人远望。

福瑞恩的镇子上，街道再一次变成了充满死亡陷阱的迷宫。无论跑到哪里，危险总在左右，无法知道转角后是无情的杀虐，还是另一双颤抖的手。对于那些在和平时期生活惯的年轻法师而言，这次浩劫可谓是大展身手的机会。每个人刚开始都跃跃欲试，指望毫无保留地展现他们的飒爽英姿。可是，当他们真的面对那些长着丑陋面孔的飞行怪物时，能做的也只是勉强抵挡两三下，然后节节败退。他们终于还是在现实中发现了战争的残酷。身为诺比斯魔法学院校长的柏西深知这群学生的实力，所以一开始就下了命令：高年级照顾低年级的学员隐蔽到安全的地方，年轻法师帮助镇上的人逃离，老法师和神徒负责抵抗并消灭怪物。

柏西手一挥，一根钢筋一般的藤条立刻冲破天空，洞穿了怪物的喉咙，一缕红尘还未落地就被旋转的气流冲散。这时，又有十几只鬼人虫向他们飞来。柏西一脸淡然地翻上一旁的墙壁，弹向天空，冲入了怪物们的包围圈。紧接着身体高速旋转，无数如刀锋般锐利的叶片如绽放的绿色花瓣般，瞬间将怪物们粉碎成了红色泡沫又稀释干净。虽然柏西的年纪根本称不上老，但他的经验与勇气早已超过了那些年近花甲的法师，不知什么时候已被当作老法师看待。

忽然，柏西身上的对讲机响了："柏西啊，我给你送去了两个帮手。"

"什么帮手？"柏西回手扔出叶片刀，问道。

"伊月和东卡就交给你了。"

"什么？您要他们两个作战？您疯了吗？"老爷子也太乱来了，柏西这样想着。

"没有，"老人显得出奇地镇定，"他们比你想象的要强。虽然只是诺比斯的两个学员，但是绝对算得上是好法师了。"

柏西边听凌孤老人说话，边看着两个在重重危险中穿梭的身影："您确定吗？"

"确定。"老人没有丝毫犹豫，"大胆地用他们吧，他们必须现在就成长起来。"

"我明白了。"

此刻伊月和东卡已经赶到了柏西面前，目光炯炯有神地望着他，等待着指令。

"尽你们最大的能力击退那群怪物吧。但是记住，我不许你们冒险。"

伊月和东卡郑重地点了下头，向鬼人虫聚集的地方跑去。柏西望着他们摩拳擦掌的样子，眼里充满着欣慰的柔光，却又立刻渗入一丝不安与恐惧，默不作声地拉了拉挽在手臂上的袖子，遮住了一块红色的印记。

东卡的银鞭在他周围不停地飞舞着，时而如铁链一般缠绕，时而如宝剑一般穿刺。自从他看到一位老法师倒在自己面前后，就更加卖力地战斗——尽管他一点也不喜欢。伊月也变得毫不留情。那赤轮已经变得像铁锤一样沉重，周围的火焰更是张牙舞爪地向一切侵略者示威。两个人都已经顾不上害怕，心里想的只有打败他们。

打败他们！

突然东卡的手一抖，将僵直的银鞭向天空抡了过去。同时，伊月也抛出了她的赤轮，一红一银两道弧线在暗红的天空中划开两道口子。无数赤红的烟花立刻在空中炸开，瞬间消失在空中。伊月和东卡气喘吁吁地看着空荡荡的天空，脸上一阵喜悦，一股强大的暖流在胸腔中不停地翻涌着，让他们感到一种前所未有的兴奋。

“小心！”

伊月只觉得被人推倒在一边，耳边“呼”的一阵风声，刚回过神来，就看见东卡被怪物带到了天上，然后迅速坠落。她惊叫着，看东卡在空中挣扎，眼睛紧跟着他下落的身体，却手足无措。

那一刻，似乎很漫长，足以让人类那些绝望与恐惧填满整个空间，然后只剩下空白一片。

忽然，这样明亮却空无的白色被另一种白色冲淡。一只巨大的白狼跃向空中，接住了东卡，然后落在自己面前。伊月呆呆地看着这匹巨狼，和狼背上有着平静面容的女孩，很久才反应过来那是凌雨。

“别碰他。”凌雨操控着气流将东卡送到伊月身前，“他全身都感染了赤络，碰了他，你也就没命了。”她看了看自己手心中崭新的赤红色网络，清楚地感觉到了血液流过印记时的那种虚弱的感觉，好像无数饥饿的猛虎正不断地撕扯着自己的身体，一口一口，直到只剩一具白骨。

“这里就交给我吧。”

那天晚上，几乎所有福瑞恩的居民都看到了两只巨狼。他们披着如雪一般纯净柔软的毛，跃向了血红的夜空，刹那间又幻化成了两个细长渺小的身影。隔着远远的距离，一个少年，一个少女，好像远古传说中的守护神一般，浑身包裹着圣洁的光晕，向一切威胁发起了挑战。

两只白狼，少年少女，这些似乎唤醒了伊月脑海深处的记忆。在那个记忆的碎片里，她看到了一个男孩和一个女孩带着两只小白狼快乐地奔跑在靠近树林的街道上。他们拥有世界上最清澈的瞳孔和清秀的面容，笑起来更像是来自浩瀚夜空的精灵一般好看——就像现在的少年少女。伊月每次都想加入他们的游戏，但每次都怕自己会打破他们两个的美好。于是，那两个孩子就变得越来越遥不可及……

就算十年都过去了……

依旧遥不可及……

当伊月再望向天空时，那纯净美好的光芒已经消失殆尽，取而代之的是成群拥挤在一起的鬼人虫。他们已经在空中抱紧成了一团，却仍然在不停地向里拥挤着，密密麻麻的翅膀，剧烈的虫鸣，让人不断作呕。

“凌雨……凌雨在里面……”东卡硬撑起身体，却立刻摔了下去。伊月面容僵硬，瞳孔不停地颤抖着，惊骇地注视着天上这一幕，心里不断地想着，她会死的，他会死的。

越来越多的鬼人虫从镇子的各个角落聚集过去，越来越多的人胆战心惊地望向夜空。柏西再次赶了回来，看到由怪物组成的庞大的球体正在不断缩小，心里暗骂一声，几步跳上了高高的枝丫。他只身立在高高的树顶，闭上眼睛。随着他嘴里咒语的不断变化，周围的树木如活了一般疯狂地生长，向鬼人虫们伸出枝条，逐渐形成了一个空中牢笼。在由树木围成的监牢里，那恶心的肉球依旧在不断紧缩，时不时蠕动几下，丝毫不在意外面的变化。突然，牢笼里乱箭齐射，百刀齐舞，无数尖锐的树枝和锋利的叶片毫不停歇地攻击着鬼人虫。只见一层赤红的雾充斥了柏西的牢笼，向外面扩散开来。可是鬼人虫的数量并没有明显地减少，一层化成了泡沫，还有下一层在疯狂地继续蠕动。

“没用的。”凌孤老人站在伊月的身边，默默注视着不断枯萎的柏西的枝条，心里有种说不出来的感觉。

“怎么办……”伊月绝望地说，“怎么办……我什么都帮不上，只能这样看着……凌孤爷爷，您快想想办法吧！”

凌孤微微转头，注视着她眼角的泪痕，说：“孩子，很遗憾，现在的我和你一样……”

——只能远远地看着。

就在这个时候，一缕奇异又澄澈无瑕的青色的光芒从鬼人虫间的缝隙里射了出来，照亮个夜空，紧接着第二缕，第三缕……瞬间，美丽的光芒爆炸开，吞噬了鬼人虫，也摧毁了绿色的牢笼。强劲的风暴掺杂着锋利的冰碴，疯狂撕扯着怪物，不一会儿就将他们绞碎成几点微红。在风暴的中心，少年和少女相背而立，彼此支持着，眼中填满了大雾。他们就那样平静地站在蓝色风暴的中间，仿佛两尊神像一般肃穆。

透过交错的枯枝，一双深邃的眼睛像无尽的黑洞，将这番景象默默吸入眼底，然后释放出一阵幽暗的光。凌阴深深地换了口气，拖着摇摇欲坠的身体，隐没回树林深处。

凌孤老人的双唇颤抖不停。他年迈的脸上因为眼睛过度用力呈现了更深的皱纹，瞳孔里只剩下了那个少年美好的面庞和关于他的回忆……

风暴逐渐地平息下来，只剩下几点晶莹如星星一般在他们周围闪烁。凌雨和夙隗缓缓从天空落下，仿佛从天而降的天使，出现在大家面前。众人怔怔地望着面前的少年少女，仍有一丝惊讶遗留在他们的脸上。大部分人都还没有从刚才的噩梦里苏醒过来。

“爷爷……”凌雨叫道。

凌孤有些蹒跚地走向他们，紧紧抱住凌雨，声音有些激动，说：“孩子，你干得真好！”然后又看向一旁的夙隗，嘴唇动了动，最终还是什么都没说。只是他颤抖的双手已经情不自禁地抚过他的脸颊，捧着他的清秀的脸，眼里是无声的泪水。夙隗有些不知所措，忍着泪水，稍稍垂下眼皮，避开老人的目光。

“孩子，你叫什么名字？”老人问。

“夙隗。”那一刻，夙隗看到了老人眼里忽然暗下的光芒。那种希望落空后的失望，他恐怕一辈子都忘不掉。

这时候，一个身披兽皮的女孩突然出现在树林的边缘：“我找到方法了。”

凌雨和夙隗听罢，向凌孤微微行礼，然后一眨眼，便与那个女孩一起消失了。

第二十二章

黑暗·虚无·光芒

在这片黑暗与虚无中，曾经拥抱你的光芒依旧在等着你，

即便你已经不愿再相信。

暗红的颜色逐渐褪去，呈现了深夜原本的漆黑。一个纤细的身子藏在赤裸冰凉的岩壁上，窥视着急速而来的三个人。

“夙隗给的样本非常有用，效果很强。我用凌阴的血液做了实验，病毒一遇到这药剂就会衰老死亡，速度非常惊人。只不过，这药物中含有特殊的物质，我还不太清楚那是什么，也不知道去哪里找。于是，我能做的只是调整一下分子结构，让药效更加稳定。”伊月一边带头穿过树林一边讲道。

“不能做出更多的来吗？只有一颗药丸，怎么救得了整个王国的人啊……”凌雨原本满怀的希望如同盛在破桶里的水不断流失，变成一场空。

“其实……也不是没有办法。”

凌雨站定，略带怀疑地看着知秋明亮的眼睛。头顶偶尔有一两只鬼人虫飞过，她也无暇顾及。这时，隐约间，她似乎感到空气正在有规律地波动着，像是有人轻挑了琴弦，将周围的气体震荡开来。表情没有一丝变化，依旧专注于知秋的话。

“方法就是唤雨。我可以将药丸里注入一种活性细菌，他们只要沾到水就会带着药物分子一起不断繁殖。在他们繁殖的过程中，药物也会被一起复制上千次上万次。只要水不断，他们就会一直繁殖下去，然后通过你的暴风雨送到全国。如果药性够强的话，人们只要浸在雨中，赤络就会逐渐消失。”

凌雨听着，点点头，两条浓密的眉毛却始终没有舒展开：“要把大量的雨水送到全国各处需要强劲的风，可是以我对蓝风因子的掌握，我没办法在唤雨的同时汇集强风。”知秋沉默下来，她从来没有想过两种并存的因子会带来一定障碍。是啊，怎么可能想到，我的血液里一个因子都没有。她想到这里，自嘲地笑了笑。

“如果我帮你呢？”忽然传来了轻柔的声音，每每听到，凌雨就觉得仿佛被温泉水包裹了全身一般，浑身的戒备立刻都放松了下来。她转过身，看到一直被自己忽视的夙隗，在他眼中荡漾着最深邃最清澈的目光。“如果我和你一起唤雨就没问题了。而且……”夙隗的目光移到了凌雨的手上，“你已经感染了赤络，能撑下来整个唤雨法术吗？有人和你一起比较好。”

凌雨的手渐渐握紧。他是什么时候看到的？

“你的因子是蓝风？”知秋确认道。

不是。凌雨默默看着夙隗轻轻低下的头，心里暗自想着，在他的身体里，还有另一种因子——青水。

“那你们两个就准备开始吧。”

“最后一个问题。”凌雨问道，“如果那种活性细菌过度繁殖怎么办？药性过大，不会有副作用吧？”

知秋听了，自信地笑道：“那种小事就交给我吧。”

夙隗已经在一处空地站好，没有树木的遮拦，仰头就能望到那轮诡异的明月。凌雨这时才发现，凌阴不知道什么时候已靠在了岩壁旁，仍然是虚弱的样子，一丝痛楚立刻攀上了心头，如化不开的苦水，让人一阵难受。她张开嘴，想对他说什么，但转而对知秋低语了几句，就面色凝重地走到夙隗身边。

夙隗和凌雨面对面站着，望着对方有些模糊的面孔，心里都在隐隐作痛。他们心照不宣地轻轻摊开掌心，似乎都在捧着什么珍贵的东西。能量在手掌间快速流动着，逐渐闪起寒冷却纯净的光芒，照亮了两个人的脸。他们缓慢地将手掌向彼此伸去，直到他们重叠在一起。在夙隗的双手触碰到凌雨的肌肤时，她似乎感到心脏被轻轻地揉了一下，很痛苦，却难以拒绝。她甚至想永远沉浸在这样的痛苦中也好。凌雨看着那双手很珍惜地捧起自己的手，瞬间感到一阵凄凉。这时她才注意到，那双手是多么苍白，细长却有力的手指，清晰的骨节，传来的也是忧郁和悲伤。她不禁闭上了眼睛，让睫毛抖落了泪珠。忽然，那双手握住了自己，听见哥哥温柔的声音说，别怕，精神集中。

我没有怕……

只是……

想起了你……

一缕一缕的光芒如同烟雾一般从手心向上伸展着，两点璀璨的光芒旋转在手掌之上，仿佛永不停息的星体，围绕着银河系的中心。紧接着，更多的星体诞生了。他们闪烁着，以不同的速度旋转着，或向中心移动，或炸开一朵花，留下点点星光。在这一片狭窄的天空中，活跃的能量组成了绚烂的小宇宙。

凌雨睁开眼睛，向知秋点点头。

当知秋把药丸放入他们手上那璀璨的宇宙中时，光芒开始更加剧烈地闪烁。夙隗和凌雨纷纷闭上眼睛，感受着能量的变化，被神圣光芒包裹的他们更像是来自另一片净土。两个人慢慢地升上了无尽的夜空，照亮了整个夜晚。

金坤一个人坐在办公室中，默默地望着满桌子的文案，眼中飘过一缕金丝。一旁的摆钟不知疲倦地摇动着沉重的钟摆，伴随着清脆的齿轮声，不关心世间万物的变化，只知道按它的轨迹行走。突然一缕明亮的光芒透过窗帘的缝隙照亮了房间。他微皱着眉头走到窗边，猛然推开厚重的窗帘。骤然的光亮将黑夜照得比白昼还明亮，使他睁不开眼睛。当光芒逐渐弱下时，他再望向窗外，目光聚集在了远处那悬在密林上空的荧光。周围的光晕如涟漪般荡开，笼罩着城市别致的景色。不知道什么时候，头顶卷动起了浓厚的云彩，翻滚着，流动着，向那点荧光聚集，形成一股旋涡。

“好庞大的力量！”金坤感叹道，任狂风吹乱了衣襟，眼里闪烁着金光。他欣喜地趴在窗口，仿佛孩童第一次看到下雪一般兴奋，不忍离去，嘴里不断叨念着，翩立，如果你能看到这个景象就好了。

此时此刻，在王宫底层的一个密闭房间里，守护者之王已经沉睡了下去。他从来没有睡得这样沉过，没有感觉，没有梦境，甚至连肉体的运作也慢到接近于停止。寒冷的冰霜覆盖在他俊美的脸上，好像他本身就是一尊由神的双手雕刻出的冰雕，精致到无可挑剔。他凝固的面容是那样平静，却夹杂着丝丝痛苦，让人不禁心疼。

又是突然的亮光，聚集的大朵白云瞬间爆炸开来，铺天盖地地奔向了四面八方，刹那间覆盖了整个弗洛威王国。狂风依旧翻卷着云朵，让它们不停地流动着。成群的鬼人虫突然就那样逆着滚滚的云河，顶着强风，向福瑞恩上空那闪烁的青色光芒飞驰而去。这时，伴随着一声炸雷，天空下起了暴雨。金坤望着眼前震撼人心的景象，心里默默为凌雨祈祷，关上了窗。

感受着鬼人虫带来的一次次冲击，夙隗将气墙又增厚了一层。正在专心唤雨的凌雨面容静谧又美好，仿佛不存在这纷乱的空间。但是，夙隗知道她正在忍受剧烈的痛苦。她手心的赤络正在急速蔓延，攀上手臂，密密麻麻地钻进袖口，不知道被袖子盖住的地方还有多少。虽然雨已经降下了，但是要维持这样庞大的雨量还需要一段时间。在这段时间里，她承受的痛苦又会增加多少倍呢？她究竟有多痛苦呢？驰的心情突然大落，周围的气墙随之加倍反弹了所有攻击，触发了大朵的烟花在四周炸开。他把妹妹的手握得更紧了些：加油啊，你一定可以坚持下来的。

雨水，冰凉刺骨，僵硬地打在人们的脸上、肩上。凌阴昂起头，感受着被密集的雨滴敲打时的疼痛，让每一缕发丝、每一块布料都紧紧地贴在了皮肤上。知秋伸出手，遥望着一帘又一帘的净雨洗刷着污秽的天空，带走那些扰人的粉尘。柏西睁大眼，看手臂上的赤红印记一点点消退，留下完好的肌肤。

“消失了……”凌阴惊讶地看着臂膀上逐渐褪去的细密网络，眼中充满了不可思议与欣喜。再看天上，鬼人虫也在狂风暴雨中瓦解成碎片，毁灭在青蓝的光芒之中。

“太好了，奏效了！”凌阴仰望着被光芒包裹的两个人，脸颊上的赤络也渐渐变淡，露出了原有的迷人模样。知秋瞥了眼有些欣喜若狂的凌阴，淡淡地说道：“还不行哟。要想救整个王国的人，这点雨是不够的。”她说着，踢了脚地上浅浅的水洼。

“你也去帮她吧。”知秋凝视着凌阴抛下这句话，便回了自己的岩洞，留下了他独自沉默。她心里想着凌阴踌躇的样子，默不作声地背起已经昏迷了一天一夜的容琴向洞外移去，奋力地向空中跃起。就在这时，大雨从天空倾倒而下，没有间隙地笼罩了大地，把她身上厚实的兽皮都浸湿了。将容琴安放好，知秋再次向天空眺望，嘴角勾勒出了一个无声的欣慰的笑。

白金宫前，翩立的双颊逐渐恢复了血色，没有了大片赤络的侵袭，他的皮肤依旧是那么白皙无瑕。他感到冷得刺骨，慢慢睁开眼睛，发现自己躺在狂风暴雨当中，身下是足以没过脚踝的水，身边是金坤和萧守，他们都在担心地望着自己。

“别用那种眼神看着我。”翩立一边撑起沉重的身体一边抱怨道。他再次打量了自己完好的肌肤，好像刚做了场噩梦一般，只是手心残留的赤络为他点明了现实。

“呀！怎么还有赤络呢！”金坤看着他手心的红印又紧张起来。

翩立却冷冷地瞥了一眼身旁的这位大人：“慌什么？这应该不是我的，是某个守护者的。是谁的呢……凌阴全身感染，应该已经没事了……否则……难道说是凌雨?”他望着遥远天空中明亮的散着青色光芒的星星，陷入了自己的思维。

明明已经睁开了眼睛，依旧什么也看不到，仿佛置身于一片无尽空寂的漆黑当中，没有其他人，只有自己。凌雨撑着疼得仿佛要裂开的身体，一动不动地屹立在一片黑暗中。她不敢放松，怕再也没有能力支起身体，所有的努力将前功尽弃。她也不敢做出进一步举动，因为，好可怕……

在这样一片漆黑中，好可怕……

“可以了，泉。”飘渺的声音后，黑暗中隐约出现一片蓝色的光，泉感觉有人轻轻扶住了自己。

“哥哥，是你吗?”

那片光逐渐聚集成了人形，哥哥的面容藏匿在光中，若隐若现。

“泉，已经可以了，你已经做得够好了。”

泉感觉好像突然回到了小时候，每次在自己自暴自弃时，哥哥都会蹲下身子，处在与自己相同的高度，告诉她，已经可以了，已经够好了。

“真的……已经可以了吗?”

哥哥温柔地笑起来，眼睛弯成了一条线，点点头。泉也咧开嘴笑了，好像单纯的小孩子，笑得那么开心，又是那么疲惫，只感觉身体不受控制地倒进了哥哥的怀中。

暴雨已经连成了片，就算没有法术的影响，也会持续降下。夙隗怀抱着浑身长满赤络的凌雨，温柔地看着她熟睡的样子，眼中充满了怜惜。

你已经做得很好了。夙隗默默地说道，随之宠溺地吻了她的额头，不惜自己的脸上也瞬间爬满了赤色印痕。气墙突然瓦解，将两人淹没在了浓浓的雨雾当中，那柔软的双唇依旧不肯离开这曾经思念过千百遍的可爱肌肤。

凌阴的身影迎风伫立在不远处的树顶，望着那个神秘的男孩拥抱凌雨的样子，显得有些孤单。忽然，一个轻盈苗条的身影轻悄悄地贴了过来，轻薄的淡紫色丝绸勾勒出了女孩的娇嫩的肩膀："唉，你在想什么？"凌阴不再看身边的妙龄少女，也不再看不远处正在慢慢落下的夙隗和凌雨，而是随便选了片没有障碍的天空向远望去。

"没想什么。"

第二十三章

谎言·秘密·自己

终有一天，谎言会暴露在白昼，秘密会沉淀在海底，

而你会认清当时幼稚的自己。

几周后，窗外的雨终于小了不少，随之而来的是低温。还未来得及泄走的积水变成了一层厚厚的冰，均匀地铺在街道上。摇晃的树影在眼前一明一暗，恍惚不定。同样摇晃不定的还有这辆马车，穿过起伏的林间小路，将凌雨和凌阴带往金都，只不过这次又多了三个人。

突然，马车剧烈地颠簸了一下。凌雨的头狠狠地撞在了墙上，疼得睁开了眼睛，看见的却只是模糊的光晕，耳朵里充斥着雨声。

“哦，终于醒了。”是凌阴有些傲慢的声音，从对面传来的。

“真的唉！喂，凌雨！”伊月银铃般的声音，夹着温暖的气息传进了耳朵。

“我们这是去哪里？”凌雨无力地问道。

“回金都，翮立召唤我们回去。”

“那为什么伊月在这里？”凌雨感到一阵莫名其妙。

“我决定去绝域学习，成为真正的法师，这样我就能帮你们了啊！”伊月流露出了难以掩饰的兴奋，不用看也知道她现在已经乐开了花。

“那东卡呢？”凌雨继续问，迎来的却是长久的沉默。

很久后，凌阴才说道：“他还是不想去金都，不想为那种原因战斗，所以就留在了福瑞恩。”

原来是这样。伊月和东卡就此分道扬镳了吗？凌雨想着，下意识地看了一眼伊月的方向，仿佛真的看见她有些沮丧地坐在旁边。一串银镯相碰发出的清脆声响再次吸引了凌雨，她望着空荡荡的前方，问：“谁在那里？”

“哦，是容琴啦。”凌阴笑着说。

“你好，我是容琴，摩尼市容氏家族的继承人。”一阵娇柔的声音，仿佛轻轻一揉就会枯萎的花朵。

凌雨不由得睁大了眼睛。她怎么也不敢相信，对面这个女孩来自容氏家族，那个几乎垄断了整个摩尼市贸易的家族，而且她还是继承人。那样有权有势的家族会选这样一个脆弱的女孩继承家业，那她一定有什么过人之处。

“你家人呢？”凌雨面对的又是一阵沉默，“这样啊……都死了呢……”

凌雨默默地望着窗外，感觉有个目光不断地在自己脸上扫来扫去，很不舒服。

“你看不见？”伊月问道。

凌雨瞥了眼声音的方向，微笑道：“啊，被发现了。”

“医生还真说对了，凌雨会因为消耗尽了体内因子昏睡很长时间，并且暂时失去五感中的一种。没想到，竟然是失明。那在她恢复之前应该怎么办啊？”

“不知道……要不然你一直陪着她，别让她走路撞墙？”

“我要去绝域考试，不可能每一秒都跟着她。而且，你自己的妹妹居然让我照顾！”

“我有事情要调查啊。”

“我看你是有美女要泡吧。”

“瞎说什么！”凌阴有些慌张地叫起来。

凌雨无奈地再次看向窗外，无心再听他们说话。凌阴的担心完全是多余的，凌雨这样想着。对她来讲，就算连一点光都感觉不到也没有关系，她还是可以像正常人一样活动。实际上，她早已学会了做一个盲人。凌雨的思绪又陷入了长长的时间隧道，眼前出现了她和哥哥一起玩瞎子摸人的画面。哥哥总是可以蒙着眼睛，奔跑自如。后来凌雨也学会了他的这一“绝技”——利用空气因子感受周围的事物，这是蓝风拥有者的特殊优势。当她能够不靠眼睛就看清周围的景象，判断谁在做什么时，她终于明白眼睛从来都不是看清世界的唯一途径。更何况，眼睛大部分时候是看不清世界的。

凌雨调动起血液里残留的蓝风因子，突然感到另一股风从车前向两旁飞溅出去。逐渐压缩的空气分子，勾勒出了夙隗的背影。那个人正在用他强劲的风为马车破开冰路。

他究竟是谁？为什么突然出现，又突然消失？为什么他要那么尽心地帮我们？为什么他好像知道很多我的事情？为什么他会有治疗赤络的药？为什么那药会……一连串的问题如火山一般在大脑里喷涌，让凌雨感到一阵头痛，脑海中想起了知秋最后说的话：“小心容琴的那把四弦琴，还有夙隗。”

此时的金都已变成银白色的世界。屋檐边，栅栏上，都倒挂着长长的冰柱，在阳光下泛着晶莹的光芒。整个城市如同几百年前的遗迹一般庄严肃立在寂静的冰雪当中。凌雨跟着众人走近白金宫，同样的路，同样的风景，但感觉比几个月前已经亲切了不少。

要上台阶了，凌阴扶住了凌雨的手，可她却下意识地将手收了回来。

当五个人走进翩立的房间时，他正坐在飘窗下，出神地向外眺望。萧守则恭敬地站在一旁。一切就如凌雨离开时一样，仿佛那场赤红色的浩劫只存在时空的罅隙之间。五个人纷纷行礼，向翩立问好："王，我们回来了。"

"我们也带回来了三个朋友。这位是伊月，希望在绝域学院学习。这位是容琴，暂时无家可归。这位是夙隗……"

翩立转过头，目光扫过了凌阴、凌雨和伊月，略过容琴，很快落在了夙隗身上。

"你怎么在这里？"翩立站起身，眼睛直盯着那个在美好阳光下的少年。

"长时间无法跟您联系上，只好亲自来了。而且，我也想助守护者们一臂之力。"夙隗自然迎合着，面带微笑。

"哦，给你们正式介绍一下吧。"意识到众人诧异的目光，翩立将夙隗拉到身旁，"这是我安插在D党里的自己人。最近都靠他监控着那个组织的行动。"

自己人？凌雨的大脑立刻飞速地旋转起来。

“啊？原来是这样！早些告诉我们多好。”凌阴感叹道。

翩立面带歉意地笑起来，随后继续说：“既然赤络的危机已经解除了，你就快点回去吧。万一被发现了就不好玩了。”

夙隗点点头，就要往外走。翩立的心里稍稍松了口气。

“等一下。”凌雨突然叫住了夙隗，“你最好别回去。你已经被发现了。”

众人立刻面色紧张地注视着凌雨。只听她继续解释道：“知秋说你给她的药丸虽然可以治疗赤络，但是被人故意改变了分子结构，会导致病情在因子快速流动时复发，并且会更加严重，无法挽回。你的药应该是他们避免自己人感染用的吧？这样的话就没有理由给你这种有致命缺陷的药，除非他们知道你的真实身份，并且也知道你拿到药后会想方设法带给我们。”

所有人都立刻沉浸在巨大的恐惧与不安当中，只有夙隗依旧微笑着：“我知道的哟。”众人立刻都一脸诧异。“从D党逃出来的时候，有人告诉了我这个药的玄机，所以我一定要把药交给知秋，让她改良。不过我应不应该回去……”夙隗转向翩立，屈膝而跪，“王，就听您的吩咐了。如果您让我去，再危险我都愿意。”

“先留下吧，让我仔细想想。”翩立紧锁着眉头说，慢步到窗边，“凌阴、凌雨，你们明天就回绝域训练，顺便把伊月安顿好。容琴……我会给她安排住处。话说回来，你是容氏家族的大小姐吧？作为家族继承人，他们也应该教了你不少法术吧。也许，你能帮上我不少忙。”翩立尖锐的目光毫不避讳地射进容琴的瞳孔，仿佛看穿了她整个人。

“来人，给容琴小姐安排一个舒服点的房间吧。”翮立一声令下，一位女仆就将容琴请了下去。

这时，凌阴突然插话：“翮立，凌雨她现在……”

“失明了对吗？”翮立的眼睛仍旧死死地盯着容琴离开的方向，“如果你够了解她的话应该知道，这点缺陷对她来说没什么大碍。”

凌阴一时无言以对，只能沉默下去。他感受着在房间里逐渐蔓延的诡异气氛，耳朵里不断听到凌雨的内心的声音。

——凌阴，你是白痴吗？别把我当那种娇气的女生。

——谢谢你！翮立。

——夙隗别走。

——容琴……

黑夜为这一天拉上了帷幕，所有人都留在了白金宫过夜。但是，厚重的幕帘后，一切都没有结束。

趁所有人都休息的时候，凌阴只身回到了绝域的图书馆，穿过重重的书架，再次找到了124行L组的标识。他再次取下那本厚重的王国历史，找到了讲鬼人计划的那一章。视线在密密麻麻的文字中迅速穿越着，可就是没有找到一点比较有用的信息。凌阴又翻回了一章的开头，重新仔细翻阅了一遍，生怕有遗漏的信息，可是还是一无所获。

“鬼人计划后来到底怎样了啊？”凌阴有些恼火地合上书，钻到书架间找另外有关的书籍。

“不可能找到的。”凌阴被这突如其来的声音吓了一跳，警觉地望向书架后，发现了翮立那双美丽的瞳孔。眼睛周围的金色刻纹暴露在暖黄色的灯光下，炫耀着自己的威严。凌阴下意识地将手中的书藏在了身后。

“真没想到你在私下查王国的资料，还在调查鬼人计划的事情。光靠这些书你能查到什么？父王早就下过禁令，不让在书中描述那件事的细节。”

“你早就知道D党跟鬼人计划有关系吧？从你知道那些怪物的名字是鬼人虫开始，你就明白这件事会跟那个计划有脱不掉的干系了，对吧？”凌阴质问道。图书馆里只有凌阴和翮立两个人，空荡得让人害怕，似乎每个角落都藏着一只耳朵。

翮立半眯起眼睛，看着有些倔强的凌阴，许久才说道：“你知道这些又有什么用呢？你真的以为知道得越多，能做的事情就越多吗？不过……如果你那么想知道，告诉你也无妨。实际上，从凌雨遭到那个叫穆塔的怪物的攻击开始，我就知道D党跟鬼人计划有很紧密的关系。可以说，他们在暗地里继续着那个被严令禁止的实验，因为穆塔正是一个成功的鬼人。”

翮立看了眼故作镇定的凌阴，轻笑了一下，继续道：“而且我和金坤还意识到，D党能掌握这么多鬼人计划的资料肯定跟我们王室的一位成员有着密切的关系——父王的双胞胎弟弟。”

“金渊？”

“没错，因为他跟父王长得太过相似，很多时候他都不与公众见面，导致人们并不很关注他，甚至逐渐忘了他的存在。从我父王被认定为继承者后，金渊就再也没在公众前露过面。十几年前他逃出王宫，就杳无音讯。所以我们在怀疑，他借用了王室的身份，暗中支持D党的行动。所以凌阴，”翩立用乞求的目光望向已经有些战栗的凌阴，“如果有一天，当你们真的面对金渊的时候，能把他交给我处理吗？”

——凌阴，你跟容琴……

——什么都没有。

——我的意思是，你小心点她比较好。她好像隐瞒了什么……

——凌雨，没必要怀疑容琴，她只不过是个单纯的大小姐罢了。如果你是因为吃醋才这样说的话，那就更没必要了。

——谁吃你的醋啊！我是说真的。

——那你最好也小心点夙隗，那家伙肯定隐瞒了什么事情。

——你真的没必要担心那个人。他好像……是我哥哥。

——别傻了。

凌雨真的希望经历了一次雨的洗礼后是重生的世界，但是，这之后也可以是另一个更罪恶的阴谋。没有人规定过重生后就一定可以过得幸福，也没有规定过转世后的灵魂会变得更高尚。凌雨趴在窗边，感受着夜空那朦胧得就要消失的月光，毫无困意。刚刚与凌阴通过星痕交谈，说了容琴的事情，但是，他完全没有重视，故意拿夙隗说事。想到这里，她顿时感到一丝不爽。

但是，在容琴的事情上，难道自己也像凌阴一样多虑了吗？

漆黑的夜晚，凌雨独自这样静静地坐着，静静地思索着，仿佛本来就生于这无尽的黑暗当中。许久后，她终于摸索着走出了房间。她放出了蓝风因子，凭着感觉轻手轻脚地走到了夙隗的房门前。房间的灯是关着的，凌雨犹豫了一下，还是敲了敲门："夙隗，你睡了吗？"

"没有。"门那边立刻传来男生轻柔的声音，门随之打开了一条缝隙。

凌雨推门进去。黑暗中，男孩正坐在房间的角落里，一动不动。

"你在干什么？"凌雨站在门口，向那个角落问道。

"我正在冥想。在窗子下面，又有月光，更方便恢复因子，而且有助于思考。"

凌雨听他自顾自地说着，一时不知道该回答什么。

"来，到这边来吧。"夙隗一边说，一边拍了两下手。

凌雨伸出一只手，缓慢地向声音的方向移去。没走多远，她的手就被另一只手拉住，领着她快走了几步，将她扶在了椅子上。雨弓驰——凌雨的脑海再次闪现了这个让人心痛的名字。每每被夙隗握住手，凌雨都会想起被哥哥拉着向前奔跑的情景。

"你……特地来找我干什么？"夙隗好奇地看着她。

"夙隗，你觉得我们这些人里面谁在说谎？"凌雨用没有焦点的双眼望向夙隗。此时，她没有看到夙隗惊骇的神情。

第二十四章

超越·忘却·原样

在一次次的超越中，我们都逐渐忘却了自己原来的样子，

变得面目全非。

驰有些紧张地注意着妹妹的容颜，把她眉目间的每一丝变化都看得一清二楚。妹妹很漂亮，像极了妈妈。她仍未成熟的脸庞被皎洁的月色映衬出纯真的模样。话说回来，妹妹不一直都给人一种出淤泥而不染的感觉吗？驰想着，微笑着垂下视线。

“哎，问你呢！你说我们这些人里，谁在撒谎？”凌雨又重复了一遍问题，比上次显得更加不耐烦。

“我啊。”夙隗最后还是这样答道，让凌雨吃了一惊，“我向你们所有人隐瞒了真实身份，就算王证明了我不是敌人，你们还是对我一概不知。其实我……”

“我是说谁对我们最有威胁。”

夙隗愣了一下，心里舒了口气：“那就是容琴吧……总觉得那些袭击我们的鬼人虫都是她引来的。”夙隗望着突然沉默的凌雨，一时不知道该说什么，大脑中清晰梳理的信息开始逐渐混乱起来。

“你就不想知道我的事？”夙隗的声音轻到只有坐在离他最近的地方才能听到。

凌雨轻快地摇了摇头，长发轻轻摆动着：“不想。”

绝域硕大的图书馆里，凌阴仍旧沉默不语。翮立看得出，他始终无法相信自己的那番话，又不得不信。现在，他的心里大概在拼命挣扎吧。突然，脑海中响起凌雨的声音，意外的严肃与急切。

——我和夙隗有重要的事要和你说，而且不能让凌阴知道。

——我知道了，去我房间等我。

“所以……十年来我们一直被另一位王室暗中玩弄着？”凌阴自嘲地笑起来，一副难以置信的表情。翽立沉默地点点头。

“可是为什么？跟自己的家族作对？”凌阴的眼中充满了不解。

翽立思考了片刻，说：“谁知道呢？我们回去吧。”

幽暗的走廊，一点火光在悄悄移动着，进了一扇雕刻着精致花纹的门。翽立一进房间就看见了一直静候着的凌雨和夙隗。他们如同黑夜中的神灵使者，来接他前往极乐的星宇之间。翽立收起手上的光火，示意他们坐下，房间再一次被夜色填满。

“什么事情？”

“我和夙隗都认为，应该特别‘看护’容琴。她好像很虚弱的样子，看起来也‘什么都不懂’，万一出事就不好了。到时候，也许还会拖累大家。”

“理由？”

“你不觉得很可疑吗？她偏偏在这个时候全家灭亡，与凌阴相遇，并且染上赤络，一直跟我们到了金都。而且，她在一两周的时间里就和凌阴走得那么近，几乎形影不离了。”

“你怎么知道的？”翽立好奇地问，回想起容琴看凌阴时那留恋陶醉的目光。小姑娘控制得很好，除了眼尖敏感的自己，似乎还没有人注意到她内心的情感。

“这很简单，我也知道你现在站在离夙隗两米远的位置上。”翮立惊讶地看了一眼驰，只见他眼睛笑成了两条弯弯的曲线。凌雨继续说道：“来的路上，容琴几乎紧贴着凌阴坐的。凌阴到哪里，她也跟到哪里，寸步不离。如果我没猜错的话，她应该还会做一些更亲密的动作。与其说她对凌阴一见钟情，还不如说是在故意靠近他吧。”

“哦，原来后面这些才是重点！”翮立突然怪声怪气地叫起来，见凌雨惊慌失措，有些生气的样子，又立刻改口说，“我开玩笑的。”一旁的夙隗忍不住笑出声来。

翮立重新坐直了身子，思考着凌雨的话：“是有些奇怪。但这些事情也说明不了什么确切问题啊。她也可能真的很喜欢凌阴。”

“我和凌雨在福瑞恩战斗时，那些鬼人虫好像听到了命令一样一起向我们冲来。那个时候，我听到了细微的琴声，是由弦震动产生的。震动频率很高，普通人是听不见的。”

“我也听到了。去福瑞恩的路上，唤雨的时候，我都感觉到空气分子的震动在有规律地变化。那时候鬼人虫也蜂拥而至，也好像在迎合着那些变化行动，一有琴声，他们就会发动攻击。而且，我也的确看到了她的琴弦在那时候正在震动。因为幅度很小，当时容琴也处于昏迷中，我一直都以为是错觉。现在看来应该不是。”

翮立陷入了长时间的沉思，仔细琢磨着那兄妹俩的话。他不想冤枉任何一个好人，也不想让恶徒伤害弗洛威一丝一毫。许久，他终于说道：“虽然你们这么说，我还是不想对她采取手段。虽然我曾经认为她应该会不少法术，但是，我的确没有感觉到她的身体里存在因子。不过，我支持你们去防备一下她。具体怎么做，你们自己决定吧，只要不伤到她就行。记住，她应该不会法术。”

凌雨的嘴唇展开一个优美的弧度：“好，就交给我们吧。”

“不，就交给你了。”

“啊？我一个人？”凌雨不可思议地看向翮立的方向。

“夙隗，你明天尽快回D党的迷宫去。回去后还像以前一样，提防他们的计划，但是，这次也要给他们些‘回馈’。随时与我联系。”说着，翮立意味深长地一笑。夙隗望着翮立，心里逐渐沉重起来。许久后，他挤出了一个略带苦涩的笑容：“知道了，我的王。但在我走之前，能允许我和您单独谈谈吗？”

没有了法力的影响，冰冷的天气也逐渐转暖。凌雨感受着温热的阳光，耳朵里尽是冰雪融化的声音。她能听到水滴沿着冰凌坠落到地上，听到冰层清脆地断开一个缝隙，听到积雪不断收缩蒸发成水汽。她还能感到凌阴身体移动时的呼呼风声，还有周围人的每一丝呼吸，每一个动作。

“凌雨！”新来的指导员大声叫出了自己的名字。凌雨向前走去，正好与刚刚结束测试的凌阴擦肩而过。“别勉强，不行的话就说出来。”凌阴是这样嘱咐的，但究竟怎么做，还要看自己。赤络的事情之后，翮立就再也没有来过绝域，换了这个每天都做魔鬼训练的老师，也不知道是翮立的吩咐，还是他本身的个性。一个测试，十个招术过后占上风的那个获胜。凌阴刚刚轻松地获胜了，自己呢？凌雨泰然自若地站定，一双没有焦点的眼睛映出凉廷担心的神情。

“没事的，你放马过来就好，我眼睛不碍事。”凌雨淡淡地说，做好了准备。

凉廷有些犹豫，但还是率先上到凌雨身边给出一拳，却被她顺利地躲了过去。凉廷紧接着又发动了攻势，希望能打中她，却都被她从容不迫地躲过去了。于是，凉廷一甩手扔出了无数旋转的叶片，如刀片一般在空中划出呼啸的风声。看凌雨站在原地不动，谁都以为她已经黔驴技穷了，但是，她身旁突然卷起的一股强劲的旋风，将锋利的叶片挡在了外面，甚至弹回去好远。

凉廷差不多要认真了。凌雨这样想着，眼中飘着淡淡的雾气。果不其然，凌雨立刻感到周围气流的速度变快了不少，凉廷紧贴着自己身体周围发出了一系列攻击。凌雨绷紧了的神经，不停地感知着周围。如果马虎一点，自己就会转为劣势，被对方压得喘不过气来。所以，绝对不能……

凉廷突然从下方扫了过去，凌雨被迫腾空跃起，只感觉有无数的藤条穿过自己，缠绕住身体，然后重重地摔在地上。她躺在地上一动不动，好像这个肉体已经不再受自己支配。不想去回答周围人的问候，也不想爬起来，只想这样百无聊赖地躺在这里，感受眼前这一点明亮。就在这时，黑暗竟然都不知不觉地散去了，凌雨呆呆地看着眼前清晰的景象，半天缓不过神来。

不远处，凌阴不动声色地看过来，眼中略有担心的神情，但已经和几个月前的不一样。他像他周围的人一样，只是冷漠地站在那里。

透过人群的缝隙，凌雨看到了远处纤细的身影和飘扬的紫色裙摆。那个人似乎也在望向这个方向，她在这里干什么呢？

“凌雨，没事吧？”凉廷紧张地扶起躺在地上愣神的她。

“老师，”凌雨的双目依旧处于放空的状态，“我可以休息一会儿吗？我累了。”

凌雨坐在训练场边缘的长凳上，远远地望着A组的人继续他们的测试，心里完全在想别的事情。今天早上，夙隗就回D党去了。走之前，他特意嘱咐自己说，要在容琴的四弦琴上做文章，绝对不能让她发现。可是究竟应该怎么做，凌雨脑海中没有一点思路。但是，如果容琴没有因子的话，就意味着只有她的四弦琴能够……

一把匕首突然倒刺向自己的面门，又骤然停在了离鼻梁只有两毫米的位置。凌雨眼睛没有眨一下，依旧望着原来的方向：“闫欣，你一个B组的人到这里来干什么？”

闫欣冷笑一声：“怎么不回击啊？难道你知道我不会真的刺下去？”

“跟我玩，你还嫩了些。”说着，凌雨的嘴角轻轻向上抬了抬。闫欣收了匕首，转而坐在凌雨身旁，和她一起望向A组里的某一个人。寂静围绕着两人蔓延开来。

“唉，你是故意的吧？”闫欣突然问道，“刚才测试的时候，你是故意让凉廷打倒你的吧？”

“嗯……算是吧。今天没心情和他们纠缠。”凌雨漫不经心地答着。

“因为凌阴？”

“嗯……算是吧。”

“我……我真的很爱他，爱到想占为己有，爱到非他不嫁！所以……”凌雨有些诧异地望向闫欣，听着这个和自己年龄相仿的女孩喊出了一句似乎只属于大人们的、轰轰烈烈的誓言。心里仿佛被投了块石头，沉到水里，就再也不见了踪影，沉甸甸地躺在池底。你又了解他多少呢？凌雨这样想着。见闫欣声音渐渐弱了下去，凌雨也重新整理了一下思绪。“看到那边屋顶上的穿紫色裙子的女孩了吗？那个才是你的情敌。”她认真地盯着闫欣的双眼，“要帮我吗？”

只是一会儿的工夫，驰再一次看到了迷宫的入口。远远地望去，想着藏在岩石背后的那个世界，他不禁打了个冷战。之前因为太担心泉，没有多想就离开了。现在想想，真是犯下了一个大错误，自己凭什么相信黯昈呢？谁可以保证他说的话是真的？驰躲在树后想了想，眼神又逐渐变得像夙隗那样迷茫，充满雾气，身体开始变得透明，一点点分散到空气中，消失了。

在那个空荡幽暗的小房间里，几点亮光逐渐凝聚。夙隗的模样出现在了房间的角落，紧接着身体和四肢也一点点呈现回来。

“你回来了？”夙隗这时才发现房间的蜡烛是燃烧着的，黯昈正双手抱在胸前，坐在自己的床上。他全身的肌肉立刻紧张起来。

黯昈继续问道：“去哪里了？”

“你是知道的吧？”

黯昈冷笑一声：“哼，我就是来告诉你，刚才祖鲁大人发现你不见了，我就帮你掩饰了一下，说你在帮我查看鬼人虫的行动，他就没再多问。”

夙隗一愣，有些吃惊地看着黯昈。

“不用谢我！”黯昈甩下这句话，就出了房间，留夙隗一个人怔怔地站在那里。

——这也是他们的计划之一吧？

按照惯例，夙隗走到了那个铺满了黑色大理石的宽敞的房间，祖鲁正在里面将一瓶红色的试剂倒入另一杯翻滚的液体里。桌上摆满了实验用品，还有一笼子的小白鼠在挣扎着向外面的世界呼救。

“祖鲁大人，我回来了。”夙隗单膝跪下，宛如一个没有感情的木偶在效忠操控他的人。祖鲁抬头望了眼他，仿佛什么事也没有发生一样的“嗯”了一声，回身拿出一个针管。

“哦，对了，正好有件事情要问你。”祖鲁一边抽取试剂一边说道，“我已经准备好了一个新的实验项目，你要参加这个项目的研究吗？”

针头往下一刺，插入一只小白鼠的皮囊。

“当然，只要我能帮上忙，为您做什么都行。”

“你当然能帮上忙，是很大的忙。”

试剂被活塞推着流进小白鼠的身体里，随着心脏的跳动，不知不觉间改变着它。也许它将会很快死亡，也许他将超越普通的白鼠，成为一种新的物种，但是毋庸置疑，它将要变得面目全非了。

傍晚，一只只灰色的麻雀从一片森林迁徙到另一片森林，他们使劲拍打着自己弱小的翅膀，只求在这茫茫苍穹之中能找到个温暖的角落，暂时度过这个寒冷的夜晚。其中一只麻雀啄开了翩立的窗户，将一小片兽皮放进了他的手心。他捧着这块兽皮，嘴里低声唤着高高低低的音节，兽皮周围立刻升起了一缕缕亮光。金黄的字迹凭空呈现出来：

翩立，他果然在进行试验，将某种液体注射到了动物的体内，功效不明。

第二十五章

使命·绝望·爱人

在完成使命的路上，最大的绝望，恰恰来自最爱的人。

当一天的训练日程结束的时候，天色已经渐暗，细长的云彩拖着红彤彤的身体从天边溜过。凌雨和凌阴迎着夕阳并排向回走去，之间隔着半米远的距离，谁也没有说话。凌雨讨厌这种诡异的沉默，但是又无心去打破它，心里便开始盘算其他的事情。

几个小时前，闫欣将闫尽和凉廷也拉进了和自己的对话中。

“既然是这样的话，我们很乐意帮忙，就当是为了王国了。至于报酬嘛……就给你免了吧！”闫尽在仔细思考过后这样说道。

“琴的话，我可以照着教科书上的图片做出一个假的来。到时候再随机改动一下，大部分情况下是不会被发现的。”凉廷一副胸有成竹的样子。

“我嘛，”闫欣又掐起了小腰，“胡闹这种事我最擅长了。所以这种事情就交给我们吧！为凌阴而战！”

凌雨无奈地笑了笑，“那就拜托了。”

走的时候，闫尽还特意叫住自己：“凌雨，说实话，我挺佩服你和凌阴的。那么小的年纪就有那么强的能力，还受到王的青睐。我不是故意要挑衅你们的，完全是因为我太好胜了，见到强的对手就想挑战一下。所以，你们别介意啊。什么时候，咱们再好好地比一次吧。”

凌雨有些意外地望着这时的闫尽，一身的红袍，赤色的头发，在阳光下反射着明媚的光。虽然有些放荡不羁，但绝对不是恶人。这样直率真诚的闫尽，才是真正的他吧。凌雨笑着点点头。

现在，如果不出意外的话，这群人应该已经在指定地点准备好了。凌雨望着夕阳中容琴的剪影，心中一阵忐忑。容琴走了过来，温柔地和自己打了个招呼，又很自然地挽住凌阴，依偎在他身边。凌雨瞟了一眼她腰间的缎带，心里不禁沉了一下——四弦琴没有像往常一样别在腰间！

"凌雨，你先回宿舍吧，我要送容琴回白金宫"凌阴对凌雨说道。

"嗯……好，路上小心"，凌雨答道。

看着容琴和凌阴远去的背影，凌雨不安地向宿舍楼走去。刚刚拐过一个弯，她立刻抄近道向约好的街市奔去。一阵风吹过，女孩的身影消失得无影无踪。

傍晚，天色暗得很快，只是一会儿的工夫，半亮的天空就只剩下一丝余光。凌阴带着容琴慢慢向前走着，隐约感到被她抱着的那只手臂有些发麻，才猛然发觉自己已经到了白金宫周围的湖畔，抬起头就可以看到宫殿朦胧的影子。

"容琴，你能松开一下吗？"凌阴轻声说道。

"不可以吗？我以为我们已经是朋友了。"

"不……不是这样的……就是有些麻而已。"凌阴结结巴巴地说。

女生再次挽住凌阴的胳膊，低声说起话来："唉，凌阴，其实这么多天来，我一直有好多话要和你说。谢谢你救了我，还把我带到金都。其实你完全可以拒绝我的任性的，而你却没有。真的很谢谢你。”

“不用谢我的，你也救了我啊。”凌阴感到一丝不自然，心里有些痒痒的感觉，但却很幸福。

容琴继续说道：“我很喜欢你的。”

“嗯，我知道。”

“不是简单的喜欢哟。”

凌阴沉默了，脑海中出现了凌雨的身影。“其实我喜欢的人是……”话音未落，他就感到脸颊上忽然而至的温热。女生柔软的双唇在他的脸上轻点了一下，那甜美的体香也随之包裹过来。

“是我，对吧？”容琴略带调皮地望着凌阴的眼睛。

“……嗯。”

两个人继续向前走着，任灯火笼罩下来。金黄的光芒夹杂着暖暖的气息沿着街巷飘散开来，让这个冬日的夜晚也变得不再冷清。凌阴坦然地闭上眼睛，心想，也许这就是天命吧。

“啊！发现凌阴！”尖锐的声音一下打破了两个人的和谐。凌阴猛地睁开眼，就看见闫欣掐着腰挡在两人前面，一脸的蛮横样。

凌阴无心和这女生耗时间，就一脸严肃地问道：“你这么晚还不回学院干什么？”

“今天好不容易天气好，我就带她来玩玩啊。”闫尽和凉廷从一旁走了过来，“怎么样，凌阴大少爷？过得还好吗？有美女陪着很自在啊。”

“你们两个什么时候凑在一起了。”凌阴阴着脸，看着两个之前完全没有交情的人站在一起。

“赤络成灾的时候，我们两个一起作战就混熟了，于是就一起玩了。更何况，我们也是同组的同学嘛。”闫尽随口回答着，凉廷在一旁配合着点头。

“好啊，凌阴！竟敢当着我的面和女生约会！你实在是……”闫欣话音未落，她的脑袋上就吃了一拳。只听见闫尽严厉地批评她玩得太过火，忘记了对守护者必要的尊敬，轰她到一边玩去了。闫尽向凌阴抱歉地笑了笑，凌阴也浅浅地弯起嘴角。

凉廷主动向前迈了一步，向容琴伸出手：“你好，我叫凉廷。你呢？”

“容琴。”一只纤细的玉手从丝绸间伸展开，光滑的触感让作为女生的凉廷都吃了一惊。

“容琴？摩尼市容氏家族的大小姐？”

容琴点点头，额前的紫钻闪烁着光亮。凉廷听了立刻激动起来，询问她各种各样的事情。多数是关于家族事业的，更不乏容氏家族的货品来源，为的只是能买到更便宜的好产品。容琴很有耐心地回答着，脸上的笑容仿佛是用尺子量好的一般，一成不变。

“听说容家的传家宝是一把四弦琴，好想见见是什么样子啊！不知道下次能不能去你家见识一下？”凉廷话一落，就注意到容琴脸上划过的悲伤，有些不解地望向凌阴。

“她家人都……”凌阴低声暗示道。凉廷有些不知所措，只能不断地道歉，解释说自己不是故意的，还给了容琴一个拥抱。

“其实，你不用这样的。”容琴有些不自然地笑笑，“没了家人，我还是很好，不是吗？倒是你说的四弦琴，我带在身上了，可以给你看一下。”说着，她从怀中掏出一把精致的小琴，细致的雕刻，加上古铜色的表面，显得格外高贵。容琴刚要把琴交到凉廷手上，突然一股强劲的水流从一旁射来，直接将四弦琴打入湖里。

“对不起，对不起！我去捡回来！”闫欣慌张地丢下手中的水弹枪，翻身越过栅栏，一头钻进湖里。容琴担心地趴在栅栏边，凌阴则一边向闫尽抱怨管教不严，一边安慰容琴。冰凉的湖水微微荡漾着，漆黑的湖面偶尔泛起波光。过了很长时间，大家都不见闫欣上来，仿佛她就是块石子，扔进湖中后就再也别想听到回音。

“我下去看看。”说罢，闫尽也翻身跳入水中。

凌阴、容琴和凉廷继续在湖边眺望一会儿，终于看到闫尽带着妹妹从湖中浮了上来。凉廷立刻抛出一根藤条拉两人上来。闫尽手里拿着四弦琴，把它交还给容琴，抱歉地说：“拿好吧。真是对不起啊，我妹妹生性好动，总会惹出乱子来。这琴在掉下去时卡在了石缝里，你看看有没有坏吧。”

容琴略带感激地接过琴，轻轻地波动了琴弦，清脆悦耳的声音立刻让人感到心旷神怡。

“太好了，没有坏，谢谢你。”容琴开心地笑起来。

“不不不，我应该谢谢你没有讨厌我。不知道下次能不能有幸请你到雅舍去品茶？”闫尽说着，讨好似的做了个邀请的手势。

见容琴还要回话，凌阴立刻拉起她的手快步走开：“好了，快点送你回去了。没必要和这个人废话了。”还没有走多远，他就听到闫尽在身后大声地叫道：“喂，凌阴，你有必要这样对我吗！我就是刚开始对你猖狂了一些，你也不用这样子吧？你这样有偏见可当不好守护者哟！你表妹在这点上可比你强多了！”凌阴仍不管不顾地向前走着，眼里弥漫着青色的大雾。

——凌雨？

冬日的夜晚很快就黑了下来，凌雨看了眼窗外，就拉上了窗帘，心里默默祈祷了一下。她刚要坐下来复习那些理论知识，一阵急促的敲门声一下打破了房间里的安宁。凌雨诧异地打开门，竟然看见凌阴气喘吁吁地站在门口。他双颊被冻得发红，额前的刘海儿却一缕一缕地黏在了一起，身上还是白天训练时的衣服。

这家伙不会送完容琴直接跑过来的吧？凌雨吃惊地看着凌阴的样子，心里推测着一万种可能。

不等邀请，凌阴就自己走了进来，关上房门：“你今天是不是和闫尽他们说话了？”

“是啊。怎么了？”凌雨装出一副不解的样子。

“什么时候？”

“下午训练的时候，我下场来休息，他们一直陪我在旁边聊天啊。”

“他们？是不是还有闫欣和凉廷？”凌阴逼问着，让凌雨顿时不知道该如何回答，愣在了那里，“果然是你。”

“什么果然是我？”凌雨更加小心地试探起来。

只见凌阴瞥了眼自己，眉宇间尽是怒火："是你让闫尽他们去找容琴麻烦的吧？故意提她伤心的事，还把她的琴弄进水里！亏你想得出来！"

"你到底在说什么啊？"凌雨已经使出了自己全身的演技，做好了打死不承认的打算。

"真能演！"凌阴一脸唾弃的表情，"跟你说，刚才送容琴回去的路上，我们碰到闫尽、闫欣和凉廷。他们几个一看就是过来搭讪的，还要故意弄丢四弦琴！你当我傻，看不出来是吗？也算你还有点良心，让他们把琴完好无损地找回来，否则别想让我下辈子好好待你！"

凌雨愣在了原地，身体依靠在桌子边，不住地颤抖。见她不再回话，凌阴就要转身离开。

"等一下！"凌阴刚握住门把的手停了下来，听凌雨大声地叫喊道，"凌阴，你醒醒吧！就为了那个容琴你跟我发这么大脾气！而且，从赤络结束以后你对我疏远了那么多！你才认识她几天啊！你了解她多少啊！为了她，你都跟我这个和你一起长大的朋友翻脸了，都变得不像你自己了！为什么啊？"凌雨撕心裂肺地喊着，眼泪大滴大滴地滚了下来。房间里弥漫着一股寒气。

凌阴静静地站在门口，听着凌雨的哭声。这是他第一次听到这个女孩放肆地表达着自己的情绪。

"你是在吃醋吗？"凌阴低声问道。见凌雨抽噎着不说话，他又继续说，"如果你是在担心我不了解容琴的话，就完全多虑了。你跟夙隗才认识不久，不也走得很近吗？这一点，你没资格说我。"

“不是……不是的……”凌雨浑身颤抖得更加厉害，“夙隗他……夙隗他是我哥哥啊!”

刹那间，玻璃窗被弹开了，冰冷刺骨的风不断灌进这个不大的房间。强大的能量正从凌雨身上不受控制地爆发出来。一切立刻肃静下来，只听窗帘时而被风鼓得呼呼作响。凌阴惊诧地注视着凌雨，那双昔日清澈的瞳孔已经变成了不解与绝望的湖泊。

许久，凌阴背过身去:“凌雨，该醒醒的人是你。”

“他真的是雨弓驰!”

凌阴突然不耐烦地转过身:“再说一遍，你哥哥早就死了!”说罢便摔门出去了。

空荡的房间里，又只剩下凌雨一个人。压抑的情绪再也不受控制，一起爆发出来，变成珍珠一般的泪水掉落在地上。伴随着她的哭声，寒气在屋子里越集越重，沾在手背上的泪水开始凝结成薄薄的冰。凌雨望着包裹着双手的冰片，愤怒地将拳头砸向地面。结实的冰层立刻覆盖了大半个房间，爬到了墙面上。这一刻的凌雨，再也感觉不到任何寒冷，因为她的身体已经变得比冰还凉。只是她不知道，在另外一处的黑暗房间里，另一个人也与她感受着同样的温度。

被黑色主宰的华贵大厅里，留着金色长发的男人正仔细观察着笼子里小白鼠的一举一动，心里期盼着某种反应的发生。忽然，一只老鼠爬上了他的桌子，乖巧地蹲在一旁。他解下老鼠尾巴上的一个纸条，展开阅读着，突然冷笑起来:“哼，已经开始吵架了。”

第二十六章

生·死·乐章

黑夜，是黎明的序幕。生，是死的乐章。

夜幕已经彻底降临，翮立拉上厚实的窗帘，将飘窗彻底遮住，房间里只有他和金坤两个人。“驰传来了消息，D党又在进一步进行实验了，说不定下一次灾难很快就要来了。”见金坤没有丝毫反应，翮立继续说，“叔叔，你就不做点什么吗？每次都处在被动的局面上，你就不怕弗洛威毁在你手里？”

“你让我怎么做？”

“很简单，你调查了他们整整十年，现在又知道他们的巢穴，知道了他们的行动，就动用你的权力消灭他们啊！我同意你代替我执政可不是让你在这里优柔寡断的！”

“金翮立你说话注意些。”金坤的语气突然变得严厉起来，“如果这个组织的头目是其他人也就罢了，万一发现真的是金渊你该怎么处置？这个问题你想过吗？”

翮立听了，轻蔑地笑起来：“原来这就是你十年来一直不行动的原因啊！真是他怎么办？该怎么办就怎么办！”

“他可是你叔叔！而且事情远比你想得要复杂！明明你什么都不知道，什么都不清楚，还摆出这样强硬的姿态。你到底把不把我这个长辈放在眼里啊？”

“既然你认为我什么都不知道，你就让我知道啊！把以前的事情都告诉我啊！总在那里说‘这是大人们的事情’有什么用？别以为你是长辈就一定比我懂得多，在某些方面，你差远了！信不信，如果让我来处理D党，我能比你处理得好！”

金坤愤怒地看着面前这个刚十九出头的少年，无言以对，最终重重地摔在椅子上。

“如果这些事情真是金渊做出来的，你觉得动机会是什么？”翮立继续问道。

“谁知道呢？”

翮立疑惑地看着金坤，没想到自己那么认真的提问却得到这样随意的答案。他有些愤慨，道：“你连原因都不想？真可笑。把事情从头到尾给我讲一遍吧。”

“整件事情你也都知道，”金坤显得很疲惫，闭上双眼，倚在椅背上，“你爸爸强行阻止了鬼人计划。之后，金渊就和家里决裂，自己跑到外面了去。”

“不是说这些！”翮立真的火了起来，他从没有感到这样不耐烦过，“我想要的是细节！你们三个兄弟间发生过什么矛盾吗？”

“矛盾？在鬼人计划之前都没有过什么严重的矛盾。我和你父亲一直都很和睦，金渊则总是一个人看书，很少接触，也没什么发生矛盾的可能。虽然是住在一起，但我们更像是在过各自的生活……”

翮立沉默地看着金坤，脑海中闪过自己在白金宫生活的画面，感到一种相似性。可是，还是有不一样的地方。自己这样独来独往是因为没有话可以跟金坤说，更何况自己一直有萧守陪在一边。金渊这个样子又是为什么呢？翮立想着，又瞥了一眼金坤。作为父亲的小弟弟，他似乎跟那对双胞胎哥哥并不熟悉。以前就听说过，作为王室三兄弟之一的金坤根本分不清他的两个哥哥。除了他们本身长得就极其相像外，金坤自己也很少和他们来往。现在看来，还真的是这样。

"把当时参与研究的成员名单和他们的地址给我。最好有古阔博士的。"翮立命令道。

"古阔？"金坤一边翻找着资料一边说道，"他在研究终止的一个月后就因病去世了。"

翮立愣了一下："那他的墓在哪里？"

深夜的地下走廊变得更加幽暗阴冷，堆积着满满的寂静与孤独，浓稠得叫人无法呼吸。但是，总算还有丝丝缕缕的清风吹过，让人再次感到生命的涌动。那阵风紧紧贴着地面，贴着墙壁，飘过了一个个交错的走廊，最终沿着缝隙涌进了那扇厚重的黑石门。

门的那一边，一个男孩的身影出现在风之间。他专注地望着正前方的实验台，迈开脚步。偌大的房间里，偶尔有铁笼震动的声响，和小白鼠脚掌抓地的摩擦声。除此之外，就是真空一般的死寂，即使他已经尽量抑制了呼吸的声音，可还是听得一清二楚。男孩环顾了四周，除了那宽大桌面上的亮光，只剩下黑暗，像贪婪的怪物一般等待着猎物。离实验台越来越近，已经可以看到桌子上陈列的用具。他迅速地扫视了一下，最终目光锁定在一大瓶血红色的试剂上，慢慢伸出手，又走近了一些，一步步迈进光亮中。就在他的手指即将触到瓶身的时候，另一只有力的手瞬间抓住了他。

“没想到你对这项研究这么积极啊，夙隗！”黯昈紧紧地握住驰的手，捏得他生疼，“哦，不对。我应该叫你雨弓驰。”

“你还是告诉了祖鲁，是不是？”雨弓驰仿佛一匹被拽住尾巴的狼，恶狠狠地盯着黯昈的脸。一股刺骨的风瞬间席卷开来。

“我还用他告诉我？你的一举一动早就在我的预料之中，只不过我没想到黯昈会是帮你掩护的人。”一阵浑厚的男声传了过来。一个男人从阴影中走了出来，细长的金发编在脑后，露出俊美的面容，“当初把你带回来，本是想让你像黯昈他们一样，为我所用，可是你的记忆却一次次地复苏。说实话，我早就为你的彻底苏醒做好了完全的准备。怎么样？很惊喜吗？”

男人瞥了眼想要偷偷挣脱的驰，继续说道：“不用折腾了！你以为你长久缺乏锻炼的胳膊能比得过黯昈的双臂吗？在你一个人在小黑屋里孤独痛苦的时候，他可是都在接受大强度训练啊！”

驰开始暗自调动体内的因子。黯昈只是冷漠地看着，依然紧紧地抓着他。

“哦，还有，”男人绕到实验台前，不紧不慢地将针头浸入那血红的试剂中，“这张桌子周围五米以内，因子真空。如果你风化，把自己融进空气中的话，恐怕一辈子就变不回来喽。这应该不是你想要的结果吧。”男人的目光像钢针一般刺入驰的眼睛。驰立刻被巨大的恐惧所笼罩。他声音颤抖着说：“祖鲁，你到底想把这个王国怎么样？”

“把这个王国怎么样？”祖鲁诡异地笑起来，不住地摇头。突然，他反身揪住了驰的衣领，恶狠狠地说："听着，我不是想把这个王国怎么样。我想把某个人，或某几个人怎么样。人总有一天要为自己的过错付出代价！"

驰惊骇地望着这个男人的眼睛，还未待他说话，那些血红黏稠的液体就涌入了口腔，顺着喉咙，在胸腔里剧烈翻滚着。他跌倒在冰冷坚硬的地上，承受着胸口撕扯的痛，挣扎着向黯昈伸出手。

"对不起，雨弓驰，我不能每次都帮你。"

驰终于无力地垂下了手，陷入了昏迷。

翮立站在陵园里曲折的石板路上，手里提着一盏银色的灯。白色的光亮从灯里透出，照亮了沉睡的树林。这个名叫"唤灵"的灯是法师们世世代代传承下来的，据说是星藏曾使用的法器。由于可以用它召唤出灵魂，所以一直在王室的控制之下。这次，翮立偷偷把它拿了出来。他要去拜访一个人，一个已死之人。

翮立向山上慢慢地爬着，眼睛不停地在一个个墓碑上寻觅着那个名字——古阔。作为弗洛威学术界的顶级人物，他的陵墓被安排在了离主教堂很近的地方。这是王国的惯例了。在王国里地位越高的人睡在离主教堂越近的地方，以便更接近神灵。已经穿过了贫民区，越过了贵族区，紧接着是安葬各界名人的地方。翮立将唤灵灯提高了些，向一个陈旧的墓碑走了过去。这个曾被精细雕刻的石墓已经满是伤痕，唯有那用金子书写的名字还在讲述着当年的璀璨。

"古阔，王国科学研究博士。"翮立低声念着，"没错，就是这里了。"

只见他将唤灵灯放在墓碑前，向后退了几步，撑开双臂。空荡寂静的陵园里，神秘的潜在能量开始汇集。一股奇异的风吹过，掀起翮立的衣襟与细发。随之，白色的光芒从唤灵灯中延伸出来，覆盖了四周的一片小小的区域，隔出了另外一个平行空间。透过荧光，翮立看到一个头发花白的老人正在安静地翻着书。

"古阔博士？"翮立轻轻地唤道。

老人慢慢抬起头："你是？"

"我是金翮立，金琛的儿子。"说着，他向前迈了一步。

古阔放下手里的书，瘦弱佝偻的躯干向前倾着，仔细地打量着翮立。随后，他脸上的每一处皱纹都笑得堆积起来："翮立啊！都变成小伙子了！真像国王殿下啊！这么多年都没人来看过我了，现在你来了，就算是他对我的恩典吧。怎么样，孩子？你父王还好吗？"

"他……十年前就去世了。"

古阔半眯着的双眼稍稍睁大了一些："究竟发生了什么？"

"被人杀了。"翮立声音很低。他至今都无法直面父亲的死亡。古阔沉默地望着眼前俊朗的少年，眼里满是怜爱。此时，他很想将翮立搂入自己怀里，告诉他，他父亲在阴间一定过得很好。可是，作为一个单薄的灵魂，他的臂膀再也给不了人温暖了。

"古阔博士，我这次也有事情要问您。"翮立继续说，"您还记得金渊吗？"

古阔的脸上立刻闪过一连串复杂的表情："阿渊啊……怎么可能

忘呢?”

“您能跟我讲讲,他是怎么样的人吗?”

古阔听了,和蔼地笑起来,眼里满是慈祥:“他是我教过的最优秀的学生,聪明绝顶,领悟力强,还总有一些奇思妙想。更让人惊喜的是,他有把想法付诸行动的能力。真的是不可多得的人才啊!第一次见到他时,他正在白金宫前的街道上发呆,肩膀上还趴着一只小怪兽。后来问了才知道,那是他自己培育出来的新物种。”

“所以,您后来就邀请他参加了鬼人计划?”

古阔喜悦的面容突然僵硬起来,向上翘起的嘴角也慢慢垂下。他沉重地点了下头:“那也是我做过的最错误的决定。”

“为什么?”

“当时只是想支持他的学术研究,给他一个用武之地,否则就觉得这样的人才被浪费了。可是,我完全没有认识到鬼人计划的难度。本以为可以顺利进行的实验,到后来却越来越艰难,甚至到毫无进展。最后,给弗洛威的居民都带来了不少压力,导致你父亲不得不终止计划。在那之后,我和阿渊都崩溃了。本来真以为可以培育出可被人控制的鬼人来保护王国,谁想到不但没有成功,还给王国带来了巨大的痛苦。金渊整个人都变了,我的身体也每况愈下。现在想想,自己当初还是天真了。”古阔陷入了深深的回忆中,眼中泛着点点泪光。

“我还是不明白。为什么他对计划的终止会有那么大反应?对他来讲,这到底……”

“对他来讲,这意味着梦想的破灭。”古阔深深地望着翮立,“他在长期的等待后终于获得了这个实现他价值的机会，对他来讲也是唯一的机会。但是，这样珍贵的机会却被你父王夺走了。设想一下，你一直被遗弃在山洞中，没有新鲜的空气，没有水源，没有阳光。当某一天，你终于见到一缕阳光的时候，有一个人故意挡住了它，让你重新跌入黑暗当中。那时候，你是什么感受？”

翩立聚精会神地听着，心里波涛来回翻涌，弄得自己一阵难受：“所以金渊叔叔他才离开的吗？”

古阔静静地望着翩立，不肯定，也不否定。他看着翩立难以置信的样子，轻轻叹了口气：“你们找到他了吗？”

“我想我们找到了。我们发现了这些年一个地下组织的巢穴，他很有可能就在那里。如果他真的在那儿，您愿意跟我去见他吗？”翩立用恳求的目光看着老人。

老人深邃的瞳孔泛起微光，他仰起头，望着茫茫的夜空，白色的光芒映在他本就苍白的脸上，显得他更加骨瘦嶙峋。

“好啊，那就去看看他吧。”

凌雨失魂落魄地跑上楼梯，来到伊月的房间前，疯狂地敲着门。她好久没有这样痛哭过了，仿佛要把这一辈子的悲伤都哭出来。

“伊月！伊月！”她叫喊着，还是没有人开门。突然，她觉得大脑一阵空白，想不起自己为什么会泣不成声，为什么要站在别人的门口。可即便忘记了，泪水还是不住地掉下来，苦涩的味道在心里，嘴里，渐渐变浓。比悲伤更可悲的是，不知道为何而悲伤。凌雨浑身颤抖地缩成一团，在一片恐惧当中寻找着一个人的身影。是谁？不知道。似乎只是习惯性地找他，想在害怕的时候拉住他的手。因为，自己似乎曾经深信过，有他在，就什么都不怕了。

在哪里？到底在哪里？

雨弓泉感觉自己在一片浓雾里毫无头绪地乱跑，迷失了方向。拨开一层雾，又是另一层，没有止境。偶尔看到人影，走过去，却又是一片空白。

在哪里？又是谁啊？

一个男孩忽然出现在自己面前。他有着和自己相似的天蓝色瞳孔，也有着乌黑的头发，和一模一样的弓形胎记。他笑了，向自己伸出手。那样子好像一股轻柔的风拥抱而来，又好像遗落在人间的天使，用笑容净化着世界的罪恶。

他是……

“雨弓驰！”

刚刚从浴室出来的伊月闻声打开了门，不禁大惊失色：“凌雨！凌雨你怎么了？”

第二十七章

冬季·等待·灵犀

十年后的冬季，你在等待我的寻找，诠释着属于我们的心有灵犀。

凌雨醒来的时候，发现自己已经回到了白金宫的卧室，伊月和容琴就坐在自己的身旁，萧守严肃地站窗边。她撑起身体，避开了容琴的目光："我刚才发生什么了？"

"突然晕倒了。"伊月有些担心地望着凌雨，"你到底是怎么了啊？虽然视力好像恢复了，但是总感觉你从'赤络'那件事后就怪怪的。"

凌雨捋了捋凌乱的头发，有些漫不经心地答道："我没事，就是刚才突然感到大脑一片空白，就……"房间的门突然响了三下，翮立手里拿着一盏银色的灯匆匆走了进来，脸上尽是焦虑。

"你怎么样了？"翮立将银灯交到萧守手上，坐到凌雨床边。

"已经没事了。"凌雨感激地答道。

"那就好。感觉到你出事了，我就赶紧赶回来了。凌阴也在来的路上。"

凌雨一听，感到一阵尴尬："他就不用来了吧……"刚刚吵过架，自己实在不想现在见他。

翮立摇摇头，脸上露出了少有的温柔："现在是特殊时期，任何一点变化都可能成为转折点，无论好的坏的都重要，所以我们一点都不能掉以轻心。"周围的人听了都默默地点点头，只有容琴将眼睛瞥向了别处。翮立继续问道："觉得大脑空白的时候，你看到了什么吗？"

凌雨一愣，随后点点头。

"看到了什么？"翮立追问着。凌雨刚要开口，凌阴就走了进来，刚张开的双唇又合在了一起。

"没事，你说吧，看到了什么？"翮立小声说道，然后静静地等待着答案。

"我看到了……"凌雨看着翮立，又看了眼凌阴，终于说道，"雨弓驰。"

翮立和萧守走在长长的走廊里，壁灯上烛影摇晃，惹得本就朦胧的光线更加氤氲。萧守手里捧着唤灵灯，一直守在翮立身边，一句话也没有说。

"你都听到了吧？"翮立望着走廊尽头的黑暗，突然问道，"她说她看到了雨弓驰。"

走廊在一阵脚步声后又恢复了静谧。两个男孩坐在密闭房间里，让思维的旋涡填充了整个大脑。"兄弟姐妹之间或多或少都有着感应，这种事情放在守护者后代的身上就会扩大成另一种特殊能力——他们就算相隔再远，分别再长时间，也能感觉到彼此的生理情况，甚至会产生同样的反应。这似乎也不是她第一次在脑海中看到雨弓驰了。可是，如果这个理论在凌雨身上真的成立的话，雨弓驰就应该还活着。这不可能啊！早在十年前，凌孤就亲眼见证了他的死亡，并且为了保护幸存的雨弓泉，恳求我们宣布雨弓兄妹两个都死亡了的消息。他在这种事情上是不会判断错的……"萧守说着，忽然注意到翮立坚定地神情，“雨弓驰……真的还活着？”

翩立一边点头一边说道：“没错，我见过他了。而且，你应该也见过了。”

萧守怔怔地望着翩立金色明亮的眼睛，脑子不停地转动着，可依旧没有头绪。

“夙魄，就是雨弓驰。”翩立一字一顿地念出了这两个似乎毫不相干的名字，“我刚开始也不相信，可是雨弓家族那个弓形的标记就在他的左肩上，我想不信都不行。我也不知道他为什么会活着，但事实就是这样。而且，他现在应该处于极度的危险当中，估计D党已经把他控制起来了。”翩立说着，忧心忡忡地看着从窗帘渗入的月光。

“那么，你要怎么办？如果没有‘太阳雪’那件事，他现在应该也是你的守护者之一吧？”

“他现在也是啊。”翩立轻轻笑道，随后又深吸了口气，庄重地说道，“是时候结束了，要一起吗？”翩立双眼刚好与萧守的目光紧紧相接。这一刻，似乎有一条无形的纽带将两个男孩牢牢地绑在了一起。时光仿佛回到了十几年前，两个刚刚比桌面高出一点的孩子一起在王宫华丽的大厅里奔跑着，一起去偷听大人们的谈话，一起往女佣做好的点心里加奇怪的佐料，一起趴在窗口想象星藏的模样，一起接受王室法师的严苛管教。在萧守看来，“一起”也许是世界上最好听的词语。他望着翩立的双眸，嘴角逐渐弯起一个浅浅的弧度。

第二天天色刚亮，窗外还飘着薄薄的雾气，凌雨就从床上爬了起来。她蹑手蹑脚地走在空无一人的走廊里，向凌阴的房间瞟了一眼，跑向了楼梯。她本以为可以不动声色地走出白金宫，可刚刚下了台阶没几步就和从对面楼梯走下的翩立和萧守撞个正着。

“雨弓泉？这么早，你在这里干什么？”萧守诧异地问。

“唉？你们这么早起来干什么？”泉反问道。

“这不关你的事情，赶紧回去吧。”说罢，翩立就要往外走，却立刻被泉拦住。

“怎么不关我的事情？我知道你们要去干什么。穿着战服，一脸严肃，腰间还挂着唤灵灯。你是不是要去D党找我哥哥？”翩立和萧守惊讶地看着这个女孩，面面相觑。凌雨继续说道：“对，我知道他还没有死。让我和你们一起去吧！多一个人总归是好的！而且我们曾经约好了，不论发生了什么都要守护彼此的！他已经为了我丢过性命了，现在是我守护他的时候了。求你们了！让我去救他吧！我不能再失去他一次了！”

泉的声音在空荡的大厅里回荡着，隐隐约约传来回声。

“你什么时候确定夙隗就是你哥哥的？”翩立好奇地望着这个看似娇小的女生，感觉到她的身体里正有一种力量在不断膨胀。

“他留在这里的那一晚，我发现他的个性和给人的感觉都与哥哥异常相似。相似的笑声，相似的说话方式。手非常有力，但动作从来都轻柔无比。然后我就确信他们实际就是同一个人了，因为没有人可以代替驰身上的特质。”

没有人可以像驰那样，带给别人来自伊甸园的温暖与温柔。

“让我也去吧！”凌阴忽然从柱子后走出来，趴在由汉白玉雕成的扶手上，看着他们，“王要去干那么危险的事情，怎么可以就带一个守护者？还有，把这个家伙也带上吧。她是我们的守护者。”说着，凌阴指了指另外一边的柱子，只见伊月从后面跳了出来，调皮地向大家挥了挥手。

翩立细细的双眉微微向一起靠拢，伤脑筋地望着这群守护者们：“不可以，我不能让你们陷入到那种危险的境地。你们以为这是闹着玩的吗？就凭你们两个还没有完成训练的守护者和这个刚刚进入绝域的毛丫头就能给我增加很大胜算？你们是不是太自信了些？”

“你不相信我们吗？”凌雨纯净的目光如剔透的池水，让翩立不禁想起了那天浸在一片金秋中的雨弓驰，心里不禁软了一下，“我要跟你去是因为我知道驰一定很希望我能找到他，把他从痛苦中解放出来，并不是因为我对自己的实力有多自信。为了他，我会拼了命去做任何事情。”她的目光没有一丝迟疑，只是笃定地盯着翩立的眼睛，仿佛这样就能望穿翩立的心。

“我们只不过是想保护我们想守护的人罢了。你不想让我们陷入危险的同时，我们也不能让你陷入到那种境地。伊月也是，容琴也是。”凌阴接着说道。

“容琴？”翩立更加惊讶地看着凌阴。

只见容琴从凌阴身后走了出来，微笑着说道：“我也去可以吗？您不是说过，也许我可以帮上您很大的忙吗？”

翩立精致的双眉紧紧地锁在一起，可以看出他的心里正在进行着一场无声的战争。

萧守看了看这一代年轻的守护者和他们的王，突然笑了起来，说：“我同意。”

“什么？”翮立诧异地回过头，看向萧守微笑的面容。

“我同意凌阴的看法。如果就我一个人跟你去的话，的确太危险了。让他们都去吧，毕竟也是守护者，帮助你守护好这个王国是他们的使命。这样我也可以留下来，为你准备好后援随时听令，防止你们都葬送在那里。万一金都出什么事，我也可以帮忙处理。这样不好吗？”

“不一起了吗？”

“不是，”萧守摇摇头，“还是一起的，只不过换了一种方式。”

“不想让我们死，就把自己送去刑场。你这么做是不是太自私了些？哥哥死后，我多少次想到死亡你知道吗？”泉的眼睛湿了一圈，声音也有些哽咽，“每次看着自己的手腕，我就能看到有一把刀在朝那里割去。但是，我终究没有做。我总是觉得我只要活着，总有一天还可以见到他。但是，这样活着真的很痛苦！翮立，你要是自己死了，我会羡慕的。羡慕到恨你！要死的话，我们一起！”

翮立沉默地凝视着泉，嘴角却逐渐浮现出一丝笑容。一股神圣的气息瞬间弥漫开来，翮立仿佛再次成为神明的化身，至高无上，且不容侵犯。他像一个审判者般注视着周围的人，众人都不禁肃穆起来。

“凌阴，雨弓泉，伊月，容琴，我命令你们助我将 D 党一网打尽，并救出雨弓驰。除了这些，你们最重要的任务是——活下来。”

“是！”

温和的阳光轻抚着残破的白雪，驱散着雾气。流动的云朵宛如天国的艺术品，夹杂着潮湿的暖意，掠过头顶。整个金都都湿漉漉的，随处可见晶莹的水滴沿着房屋和枝条滑落，然后破碎成更小的水珠。这座城市仿佛是正在苏醒的雄狮，在点滴之间，酝酿着数年一见的力量高峰。

在这个美好静谧的王国，零星的力量正在逐渐汇集。

翩立率先到达了白金宫顶部的钟塔，向外探出身去，王宫浩荡的河山湖泊，鳞次栉比的房屋塔楼都尽收眼底。雨弓泉兴奋地跑到翩立身边，向远眺望，深深地吸了口气："原来这里的钟塔是可以上来的啊！"

"当然可以上来。你以为它就是个摆设吗？"凌阴慢步跟了上来，回头凝视着头顶巨大的铜钟，"这个弗洛威王国就两口这样的大钟，一个在主教堂，声音低沉悠远，用来祭祀供奉星藏。另一个就在这里，白金宫的顶端。据说，这口钟跟主教堂的相比，声音更为清脆空灵，听过的人都说仿佛是星界之音，作为来自星藏的福音传遍王国。这钟几十年才响一次，真不知道我什么时候才能听到啊……"说着，他的眼睛里充满了向往。

"听到的时候，我应该已经是阿姨了吧？"伊月一边憧憬地望着铜钟，一边说道，惹得翩立咧嘴笑了起来——那是真正传递着快乐的笑容。

"白金宫的钟除了代表着来自星藏的福音，也代表对未来的向往。只有在新的王继位时才会响起，所以要听到一次才不容易。不过，也许你们能在不久后一起敲响这口钟。”说着，翮立手一撑，站到了钟塔边缘的墙壁上：“我父亲说，白金宫是整个王国的心脏，它能到达王国的任何一个角落，支持着王国的每一个人。所以，我们就从这里开始吧！”

辽阔的天空中突然传来一阵悠扬的笛声，婉转动听。当最后的音符随风散开的时候，一声鸟鸣响彻了天空，紧接着第二声，第三声……由远及近，声音越来越明亮，只见一群白鹤从远处飞来。

泉睁大了眼睛，看着那些比正常体型庞大不少的鸟，问道：“你也有神兽？”

翮立没有说话，只是温柔地望着远处，眼里荡漾着金灿灿的波光。

“我们去福瑞恩吧。”

东卡站在凌阴、凌雨昔日玩耍的庭院里，甩起了银鞭，在空中交织成一道道虚影。地面上立刻被抽出了几道深深的褐色痕迹。紧接着，他手腕一提，再一抖，银鞭如一把宝剑一般笔直地指向天空。他目不转睛地盯着银鞭向上的尾端，眼前不知不觉地浮现了伊月的模样，手臂一松，鞭子也如失去了魂魄一般软软地垂在了地上。

不知道伊月怎么样了。他想着收起了银鞭。突如其来的一声鹤唳，如箭一般刺中了自己的心脏。东卡仰头寻去，只见几只白鹤从头顶盘旋而过。

“凌孤老人！凌孤老人！快看啊！”东卡大声喊道。

凌孤从窗户探出头来，眼中映出神兽的影子：“是守护者们。”

“他们去的方向正好是迷宫大门的方向。”

老人没有理睬东卡，双瞳逐渐盖上了一层霜，自顾自地说着：“看样子，要开始了。”

桌子上的水晶球里，黑白的雾气飘浮着，逐渐纠缠成一片混沌。

当白鹤快要落下的时候，泉就纵身跳了下去，放眼望去，尽是光秃秃的石壁。在这样普通的石壁后面却隐藏着一扇门，通往另一个充满阴谋的地方，她想想就觉得后怕。此时，其他人也陆续落了地，望着光秃秃的石壁，等待翩立的命令。泉的目光看似涣散地洒在地上，可实际上，她却在用余光观察着容琴。伊月正在帮翩立寻找着那个隐蔽的入口，就在这会儿的工夫，容琴缓慢地蹲了下去，好像身体不舒服一样。泉这样想着，就看到一只小白鼠从容琴身后迅速地窜进了石壁下一个细小洞穴。

“你还好吧？不舒服吗？”凌阴果然及时地走了过去，嘘寒问暖。

泉看了眼容琴，又瞥了眼凌阴，微微皱起眉头，背过身去。当她再看向翩立的时候，他和伊月已经把石壁烧得通红，原本坚硬无比的岩石此刻却如同泥浆一般慢慢滑下，掉落在地上。不一会儿，脱去坚硬外壳的石壁终于露出了隐藏已久的秘密——一扇墨黑的石门，略带倾斜地嵌在岩石中间，光滑的表面上被人特意雕刻上奇异的图案。翩立仔细端详了一下那个无比抽象的花纹，轻轻推开了石门。

里面填满了黑暗，不留一丝空隙。伊月张手释放了火焰，抬头走下凹凸不平的石阶。泉也放出了青蓝的水流悬浮在空中，接着微弱的光芒观察着四周的变化。台阶湿漉漉的，周围的石壁也都附着一层细密的水珠。不时能听到水滴落在石头上崩裂的声音，伴着阴冷的潮气，让泉浑身一颤。她快速向前跑了几步，跟上了翮立，低声说道："王，还是小心点为好。这里连一个守门的都没有，不觉得很奇怪吗？"

"我也这样觉得。之前我都进来过一次了，但他们居然没有更改大门的封印，简直就是在请君入瓮啊……"伊月补充着，将手上的火焰减小了不少。

翮立只是"嗯"了一声，没做过多回答。半晌，他又回身对泉说道："叫我翮立就好。"

第二十八章

爱·消散·奢望

有一种爱，叫愿为其消散；有一种奢望，叫像你一样。

泉紧跟着前面的翮立和伊月，身后是一直沉默的凌阴，拉着跟在最后的容琴。虽然她清楚，翮立有足够的实力解决前面的突发情况，可是，心里还是感到很没有着落，仿佛自己一直被吊在深渊之上，随时都可以粉身碎骨。心率好像慢了不少，也许它和自己一样，也怕在这样的黑暗里暴露。粗糙的石壁已经变成了整洁的灰色墙壁，脚下也踩上了平整的大理石。虽然墙壁上一直都有壁灯，但是没有一个是点亮的。整个被人特意装修过的楼道简洁到死板。阴冷的空气已经渗入骨髓，就算泉从来没有介意过寒冷，但是这里的冷气还是让她浑身不自在。

这里难道就是哥哥长久以来待的地方吗？他过的一直是这样近乎于死亡的生活……

“大家要倍加小心。我觉得他们已经做好迎接我们的准备了。上次来还有换岗的卫兵，这次，似乎就留了一个空城……”翮立在前面小声提醒着，目光一直没有离开前方。泉听了，下意识地瞥了一眼队伍最后的容琴。她正微皱着眉头，紧紧握着凌阴的手。

不知不觉中，翮立将大家带到了一扇铁门前。粗糙的门面，略带些锈迹，嵌在整洁的墙面里，看着有些刺眼。翮立接过伊月的火焰，照亮了门把手。

“咔哒。”机械扣合的声音。翮立不可思议地睁大了眼睛：“没有锁？”他轻轻将门拉开一个缝隙，“吱呀呀”的声音让所有人的神经又绷紧了不少。昏暗的火光钻了进去，门里面空无一人。

“还是被带走了……”翮立有些失望地缩回身子，看向了泉，“你要不要过来看看？这是你哥哥生活的屋子。”

泉点点头，顺着打开的不大的缝隙挤进了房间。房间很小，四面都是灰色的墙，只有一张床，一张桌子，一个板凳。清冷的水纹映在墙面上，飘忽不定，让整个房间变得更像是个冰窖。

“我第一次遇到他时就是在这里。他把我‘绑架’进来的。说来你还不知道呢，你哥哥达到了法师的最高境界，甚至超越了它。他不但能让自己与风同化，还可以让其他事物与他一起分解在空气里。他就是用这样的方法把我强行带进来的。我真的没想到雨弓家族可以这样厉害……这样子的话，你就可以放心些了吧？只要驰他会同化，那些人就没有什么办法来控制他了……”

泉轻轻拂过那张木桌，眼泪早已在眼眶里堆积成湖。“我不知道……”她说，“在家里，爸爸也可以将自己与身体所含的因子同化，所以我很清楚这所谓‘最高境界’的弱点。如果在周围因子真空的环境下同化的话，由自身变成的因子将被瞬间消耗在真空中，然后就不要再想变回人了……”

“但是，没有人可以制造那样的真空环境的，对吧？或者，很难制造？”伊月透过缝隙，担心地看着泉的背影。泉已经哽咽，只是不停地说着“我不知道”。手上青蓝的水流迅速消散在了空中，让她再次陷入一团黑暗。这时候另一束青蓝的光芒笼罩了她。她莫名其妙地回过头，看到凌阴正捧着缓慢旋转的清水站在自己身后，向自己伸出手，说：“走吧，一会儿就能见到驰了，黯帅不会轻易杀了他的。”

泉含着泪，望着凌阴闪着幽幽蓝光的眼睛，心里忽然一阵失落。面对他的话，她只是点了点头，就径直走出了房间。凌阴诧异地注视着与自己擦肩而过的曾经的凌雨，伸出的手在空中迟疑着，然后缓缓放下。

在众人的身后，容琴将这一切看在眼里。她如仙女一般的面容上没有一丝表情。

大家继续向这个地下宫殿的深处走去，想在不惊动敌人的情况下，到达里面那个最大的房间。那大概就是这里的中心地带吧。等真正深入到一定程度，泉才意识到这个地宫的庞大。已经接连走了两个小时了，可他们还没有穿过整个地宫的一半。每一条走廊似乎都互相连通，并且，没有任何两条走廊是垂直相交的。如果没有翩立来感应墙壁走向，所有人可能都会迷路。

“唉？那个是……”伊月似乎看到了什么，快步跑过去。一扇厚重结实的大门挡在眼前，旁边有一个密码锁，“就是这里！几个月前我和东卡就在这个房间里看到了各种因子的标本，还有人浸在装满液体的容器里，不知道在干什么。凌……泉，你的那种极品因子也在那里哟！”

“果然是这样……”泉和翩立异口同声说道。两人尴尬地对视了一眼，会心一笑。就在这时，石门自动轰隆隆地向两边退去，仿佛在欢迎他们一样。翮立和泉交换了下眼色，走了进去，其他人紧随在后。

一切就像伊月说的那样。房间里伫立无数圆柱形的透明容器，有的还有清澈的液体在里面冒着泡。在一旁靠墙的位置，无数瓶因子正散发着七彩的荧光，照亮了房间。

上一次，雨弓驰就是想带我看这些吧。翮立默默地想着。

“要将分散在人体和自然中的因子提取出来制成样本可不是件容易的事啊。尤其是从自然中提取，方法复杂，且成果极少。就算是为了科研，应该也不会有人去从自然中提取的吧……”凌阴说道。

“所以，他们就是从人体中提取的。”翮立接过了他的话，“这样一来，获取的因子不仅数量多，还充满活力。只不过……那个人就几乎废掉了。自身携带的因子被强行剥离，在这个痛苦的过程之后，人就算不死，也算不上是活着了。”

泉听了，感到喉咙一阵发紧：“也就是说，那个青水因子很有可能是从我父母身上提取出来的？”

翮立沉重地点点头：“青水因子那么稀有，整个王国里估计只有三四家的人拥有这样的因子，并且只在家族里继承。雨弓家族又是守护者，没有不以你们为目标的理由。D党在‘太阳雪’的时候杀了那么人，其中有很多都是法师或是神徒，能收集到这么多的因子也就不奇怪了。反正都是要死的人，就拿他们的因子用用。那些人肯定是这样想的……然后，提取完了因子，再用这些仪器重新植入自己的体内，让他们自己的力量瞬间增强。这明明是在给法师治疗时才用的技术，竟然用在了这种地方。真是卑鄙啊……”翩立说着，握紧了拳头。

突然，一阵清脆的掌声打断了他们。翩立和凌阴立刻向前走了一步，全神贯注地注意着声音传来的方向。泉的手里再次握住了冰凌一般的宝剑，下意识地将伊月和容琴挡在自己身后。赤轮也旋转着出现在了伊月的手上。容琴则站在所有人的最后，看着即将要发生的事情。

掌声依旧持续着，一双黑色的靴子出现在门外：“说得太好了，翩立！十年来你终于看到了部分真相！作为长辈，我真为你感到高兴！”

“黯眆！你终于出现了。你把雨弓驰怎么样了？”翩立锐利的目光如刀锋一般直刺黯眆的瞳孔，眼里尽是战斗的欲望之火。

“听听你这句话是怎么说的。”黯眆不住地摇头，“什么叫‘我’把雨弓驰怎么样了？你到现在都认为我就是D党的首领吗？”黯眆的身子变得更加挺拔了些，嘴角忽然微微翘起，开始阴阳怪调：“别自欺欺人了。其实，你都知道了，不是吗？”

翩立那两道细长的双眉锁得更紧了些，涌动的能量在他周围形成了旋转的气浪。泉向前迈了几步，站在翩立的另一侧，与凌阴平行的地方：“我哥哥在哪里？”

“呦，你们这算是宣战吗？那好，游戏开始！”

黯眆话音刚落，就听到几声枪响，随后无数的岩石夹杂着飞尘土块从头顶坠落下来，几个人纷纷躲闪。当他们再睁开眼睛时，黯眆的身影已经消失，取而代之的是被岩石死死封住的门。紧接着，无数的身穿白袍的法师从墙里走了出来，将他们层层围住。那些人目光冷淡，用空洞阴森的瞳孔注视着中间的这群少年，仿佛他们只是一堆等待被食用的生肉。几个人不由得靠得更紧了些。泉环视了四周，一张张洁净的面容虽不及翮立的俊朗精致，却也绝对算是城市间朴实美丽的印象。

看这个女孩，她也许曾经是个美丽的卖花姑娘，总在夕阳落下的时候沐着暖暖的阳光，将她娇媚的花朵一盆盆收回屋里，等待那些爱花人的挑选。也许，她的臂膀已经酸疼，但她的脸上却充满了怜爱的微笑，与晚霞相融，融进了多少路人的记忆里。

再看那个男孩，也许他曾经是个玩世不恭的旅行者，有时会放荡不羁，遭到人们的指责，但他从没有想过要伤害任何人。他只是用这一种非世俗的方法生活着。他曾经爱在夜深人静的时候，爬上屋顶，仰望明月繁星。他曾经爱赤着脚，在雨中奔跑。也许，他还会坐在街头，直视着过往的行人，送出自己精心挑选的石头："能收下吗？这个很适合您，说不定能带来好运。"然后原本冷漠的过路人望着他眼中的纯真与渴望，欣然一笑，接过了那份沉甸甸的祝福。

还有那个女人，也许她曾经是个幸福的母亲，每天最快乐的事情就是看着孩子们在身边活蹦乱跳，然后抓住他们脏兮兮的小手说，你们又把自己弄脏了。在她生活过的街巷，风雨永远抹不平关于她的温馨记忆。

那个男人呢？也许曾经是街头的热血青年吧，为了正义总在牺牲自己。他也许曾经为帮助一个素不相识的外乡人，绕了两个小时的路回家。也许，他会为了打抱不平让自己遍体鳞伤。尽管有人指责他傻头傻脑，过于天真，但他还是会笑一笑，勇敢地站在自己的立场上。应该也有过不少人，曾遥望着他的奋不顾身的身影，暗自感叹吧。

可是，这些王国里最淳朴的美好都要加上“曾经”两个字了。现在，他们虽仍披着圣洁的长袍，里面却已经是幽暗无情的鬼魅了。突然，这些白色的鬼魅一齐抬起了右手，动作整齐到像是同一个人。凭空出现的黄沙开始向他们的手心聚集，卷成小小的风暴。

“这就是死士吗？”翮立的眼中卷着金黄的大雾，不时泛起几点亮光。

“现在怎么办？”凌阴的视线来回跳跃着，问道。

“杀了他们。”翮立半眯着眼睛，声音有些沉重。

“可是……”泉话还未说完就被翮立打断了。

“没办法了，他们已经不能算是人了。趁现在，毁灭他们！”

一道金光瞬间爆炸开来，紧接着数不尽的冰凌从光芒中一齐向死士们刺去。伊月将容琴护在自己身后，睁着大眼睛看不同的能量相错，交织起绚丽的光。只看冰凌在碰到白袍的一刹那，死士们张开了黑洞一般的嘴惨叫起来，身体开始如纸片一般破碎在空中，随即消失。

不一会儿，房间又沉寂下来，细密的黄沙纷纷扬扬地飘下，与几片白色的碎布散落在地上。

“他们死了吗？”容琴颤颤巍巍地从伊月身后探出头。

一切，似乎都静止了。

没有风，也没有呼吸声。

“大概吧。”凌阴理了理凌乱的头发，握住容琴的手。

就在这时，本已经落地的黄沙又自己流动了起来，逆着自然力量，向上浮去，逐渐粘合在一起，成为人形。崭新的皮肤再一次覆盖在了黄沙上，连残破的衣料也一点点拼接了回来。

“他们没死。”一把长剑已瞬间握在了翮立的手中，“他们竟然……全部同化了！”

说话间，翮立与凌阴已经冲了出去，两道剑光在漫天风尘中劈开一道又一道生命的夹缝。凌阴将冰羽紧紧握在手中，紧贴着剑身细小的冰针不时发出清脆的响声。他挥臂舞动起长剑，向还未完全复原的死士拦腰截去，可锋利的剑刃只带下了一层黄烟。

“什么！”凌阴不可思议地看着自己创造的伤口。裂开的白色衣襟里，除了不断泻出的细沙外，别无他物。没有血，也没有肉。忽然，他感到一阵即将窒息一般的压迫感，才发现由流沙组成的大手已经死死地掐住了自己的脖子。整个身体好像沉溺在了一片沼泽当中，越陷越深，动弹不得。凌阴奋力举起冰羽砍了下去，却被毫不费力地反弹了回来。此时，翮立也感到肌肉一软，动作停滞了一下，就被更多的死士围在了中间。

“伊月，保护好自己。”

话音未落，伊月就看到一个人影闪到了凌阴身边。泉高举着一把晶莹剔透的冰剑，朝黄沙手臂迅速地刺了下去，见手臂瞬间分散开来，就赶紧将凌阴拖到了安全的地方，撑起一道风墙。此时翮立也横劈出一道空隙，向自己跑来，身后风暴一般紧追的死士们让泉看得心惊胆战。她密切地注视着翮立，在他要接近自己的一刹那断开因子，再以更快的速度卷起风墙。透明的屏障立刻爆发出一圈气浪，将来势汹汹的黄沙推向四周。

房间里再一次刮起漫天风尘。翮立有些惊骇地望着那些来不及落下就旋转相聚的流沙，叫道："这些人真的是死士啊——不死之士！我还从没见过能像他们这样瞬间同化的人……每次攻击他们，他们都能及时把部分身体同化成因子分散开来，避免伤害。还从来没有人办到过这样的事情……"

"想办法出去吧，我们一时半会儿是解决不了他们的。"泉又将一部分力量用在了屏障上。白衣死士的黄沙在不断向自己这里撞来，使风墙不停地爆发出光芒，变得越来越脆弱。

"好是好，可是怎么出去？"说着，翮立将一只手轻轻扶在半空，帮泉分担了一部分攻击。

"你不是可以控制所有元素因子吗？把岩石搬开不就好了。"凌阴声音有些沙哑，还没有从刚刚的困境中缓过来。

"如果我能移开的话，我们刚才就不会那么窘迫了。"翮立凝视着屏障外接连炸开的风暴，无奈地说，"在岩石刚刚落下的时候我就试过了，黯昈用法术将石头都定死了，我根本没法控制！"

"那我们真的出不去了……"伊月叹息道。

突然听到一声巨响，像是地层断裂一般，顿时整个地面都剧烈地抖动起来。翮立和泉赶紧稳住了身体，重新撑起已经支离破碎的风墙。

“容琴，你能用琴声抑制住他们的行动吗？这些死士简直是疯了！”翩立叫道。泉也同样谨慎地望向那个神秘的女孩。

“不行啊！我的琴只对自我意识弱的生物管用，像野兽什么的！”

翩立有些绝望地再次望向外面的沙尘暴。那些死士依旧眼神空洞，伫立在狂风中，任衣襟被撕扯成残碎的布条。泉仰头望着翩立满是忧虑的面容，他那被神明细心雕琢过的脸庞此时显得更加英俊典雅。她仔细端详着，想着他做过的点点滴滴，不禁沉醉了。

“翩立，风墙就拜托你了。”泉说着，将手收了回来，向后退了几步，浑身散发出纯净的青色光晕。

“你要干什么？”翩立紧张地问，心想这丫头可不能乱来。

泉整个人已经被光芒笼罩，轻柔的发丝有规律地在空中一浮一沉：“在我很小的时候，我父亲就跟我讲过同化的要领，其实方法很简单，就是没有人愿意静下心去做。虽然我以前也没有做过，但这一次，我要试一试。”

“不可以！没有把握的事情怎么可以做？”凌阴呵斥道，“你知道同化失败的后果吗？如果你哪一点没有掌控好的话，你就会被自己的能量吞噬，然后……”

“就此消散。”泉周围的光芒变得越来越明亮，让人睁不开眼睛，“后果我都知道的，但我还是要试一试。为了你们，就算消散也值了。这也许是我们唯一的机会了。谁都不要阻止我。”突然房间骤亮，泉彻底浸没在了自己的因子当中。

站在自己因子形成的密闭空间里，泉深吸了一口气，闭上了眼睛。

其实看似困难的事情都很简单，只是没有人愿意真正静下心去做。

所以，要先静心。

泉闭着眼睛，试图让自己的每一个细胞都冷静下来，让因子均匀地在体内运转。她不断地告诉自己要冷静，要专注，可耳边还是不断闯入翮立他们的叫喊声——地面又颤动了，他们又开始和死士们战斗了吧。我要快一点。想到这里，泉立刻感到因子急促地奔跑起来，有些甚至撞在了血管壁上，让自己感到一阵疼痛。她赶紧睁开了眼睛。

“凌……泉，身体要尽量放松才能成功！”伊月叫道。

泉点点头，重新闭上眼睛。

泉开始有规律地深呼吸，把自己如触角般向外伸出的感觉都收了回来，竭力牵制着几乎沸腾了的因子。不一会儿，周围似乎都静了下来。风驰电掣的快马终于放缓了脚步，在草原上漫步。在暴风中一直飞扬的尘土终于缓缓地落在了地上。在波涛里翻滚的珊瑚碎片也终于沉到海底，感受大海最真挚轻柔的抚摸。血液拥抱着因子，如一条静谧的河流在体内流淌着。泉能清晰地感到因子行走的位置，感到自己身体的每一点变化。外面纷乱的声音又闯了进来，但此时已经影响不了她的心境，仿佛那是发生在不同时空的事情。

因子的流动还在加速。泉只感到身体越来越轻，仿佛挣脱了束缚一般舒展自如。她不再能感到重量，手和脚，甚至五脏六腑似乎都在不由自主地飘浮着。她似乎在这一刻实现了小时候的梦想——自由！自由自在地去世界上的任何一个角落！她渐渐翘起嘴角，意识似乎开始模糊，好像随着某种湍急的浪潮漂到了四面八方。

“泉，控制住自己的思维！身体分散了，意识可不能散！”

泉惊了一下，仿佛如梦初醒，身上依旧是轻飘飘的感觉。又是翮立，他好像一直在帮助我。泉想着，开始重新集中精力，试图控制着已飘散开的每一滴水珠。

凌阴在一旁心惊胆战地看着，气都不敢喘一下。伊月的神经更是绷到了最紧。

“应该没问题吧？”容琴担心地问道。

“也许吧。雨弓家族的天赋是数一数二的，她父亲又告诉过她要领。泉那么聪明，再加上从星藏那里得到的守护者的力量，应该不会有事的。”凌阴的双眉微微皱在一起，有些不确定地看向翮立，“王，你说呢？”

翮立闻声，回头看了眼那团正在逐渐散开的青色光芒，忧心忡忡：“不知道，看她能不能控制好自己的意识了。让身体同化成水因子其实并不是难事，难的是从水因子变回来……”说到这里，他的目光忽然停滞了。只见那团松散的光束开始变得错落有致，明暗交替。远处零星的因子也被吸引过来，依附在光束的边缘。随后，光芒渐渐收拢，汩汩的水流凝聚成了一个少女的形象。她向大家张开手臂，水从指尖滑落到地上。

“她控制住了……”翮立怔怔地说道，随后立刻欣喜地笑起来，

“快！快抓住她的手!”

凌阴听令，立刻抬起了自己的手。就在他刚刚触到水的一刹那，泉的手星散成无数晶莹的水滴，他自己的手也随之消失不见，然后是整个身体……伊月和容琴也纷纷抓住了泉的手，幻化成水珠围绕在她的身边。水流又开始四散开来，向后面的岩石流去。突然，死士们似乎意识到了什么，再一次幻化成黄沙，汇集成一股强劲的沙暴向守护者们扑来。翮立五指一紧，挡住了他们。

泉再一次向翮立伸出手，示意他赶紧来。翮立却被死士们困住，无法脱身。此时，风墙已经裂开了几道缝隙，不时有黄沙泻进来，划伤了他的脸。他被逼得节节后退，却依旧顽强抵抗着。突然，透明的屏障在空中崩裂，黄沙瞬间席卷进来。就在这时，她抓住了他的手。房间里一下烟尘滚滚，变得一片狼藉。当沙尘再一次盘旋而上，凝聚成人的模样时，水一般的女孩已经消失，只留下了点点斑斓，映在他们漆黑的瞳孔里。

死寂的黑暗中突然炸开一团光亮，又化作晶莹的雪花纷纷扬扬地落下，几个少年的身影在雪花中若隐若现。他们茫然又谨慎地私下张望，不安的呼吸声充斥了整个空间。

“我们逃出来了吗？我做到了吗？”泉有些体力不支，半倚在翮立身上问道。

“差一点，不过已经很好了。你好像不太擅长凝聚能量。没有我在的时候，就不要尝试同化了。”翮立轻声说着。

泉歪过头，感受到了翮立的气息，心跳不禁加快了不少。任何人就算不知道他的样子，单凭这迷人的味道也可以猜到他的英勇与才华。泉听话地点点头。她很清楚，刚才如果没有翮立协助控制着每一个因子，他们五个人恐怕就无法重新站在这里了。

就在这时，一道白色的光束从前方垂直洒在地上，刺痛了眼睛。泉条件反射地迎着光，护在了翮立的前面。凌阴则举起冰羽，站在了最前方。伊月站在翮立的身后，注视着后面的变化。这时他们才意识到这是个像宴会厅一般大的房间，纯黑的大理石地面中间没有任何摆设，除了前方高台上的石桌。紧接着是一阵沉闷的脚步声，好像靴子重重地踏在地面上。黯昈出现在那束光中，高昂着头，面无表情。

“你们真是走运啊！”黯昈有些低沉的声音响彻了大厅，“不过也好，让你们死个明白好了。父亲。”他说着，桌子后面的椅子慢慢地旋转了过来。所有人都大惊失色，面容苍白地立在原地。一个俊朗的男人正坐在高台上，虽然年岁已大，但仍透着年轻时的英气。他厚厚的金色长发从头顶垂下，在背后松松地编在了一起。那双金色的瞳孔掩饰不了的，是属于王者的孤傲。那仅属于王室的金色刻纹在眉宇间泛着金属般的光泽。

“是……前任国王金琛？”伊月失声叫道。

“不是！”凌阴立刻否定了她的话，“是他的双胞胎弟弟，金渊。”

“这是怎么回事？”泉诧异地看向翮立，却发现他此时已经满头冷汗，目光颤抖地盯着前方。在认识他的几个月里，还是第一次看到他如此紧张。

“怎么？见到我连话都说不出来了吗？”金渊站起身，看着翮立的样子嘲笑道。

“真没想到……你跟我父亲居然如此相像。原来还能凭借你们的气质来分辨一下。现在，哼，如果不是确定他已经死了，我还真的有可能认错人。”翮立逐渐恢复了以往的冷静，绕过泉，向金渊走去，“不过，再像，你也变不成他。”说着，翮立的手在身前一挥，两道旋转的光镖径直朝男人飞去。

黯昈“锵”地一下将光镖打落在地上。翮立的眼中闪烁起金色的火光。

第二十九章

飞翔·相搏·重逢

想去自由飞翔，哪怕与灾祸相搏，与伤痛重逢。

“翮立，这都是怎么回事？”雨弓泉继续追问道。

“还不清楚吗？弗洛威王国前任国王的弟弟金渊暗地秘密集结组织，破坏王国安宁，之前的太阳雪，还有赤络和鬼人虫都是他一手制造的。你的父母，我的父王，还有文天和东海，也都是他下令杀害的。”翮立的目光紧紧地锁在金发男人的身上，悲痛地定下了这个结论。泉不禁大惊失色。

“唉，纠正一下，我现在叫祖鲁，已经和金氏没有关系了。”金渊说着，走下了高台，一步步向翮立走去。

“祖鲁？这倒是比金渊更适合你。”翮立也向前迎去，“告诉我，你到底为什么这样对待父王？他可是你的亲哥哥啊！”

“告诉你，你会懂吗？”金渊望着面前和自己长得极为相似的少年。他虽已成年，可仍与自己相差半头，一副年轻气盛的模样：“你这样初生牛犊不怕虎，迟早要吃亏的。而且，金琛他是我亲哥哥又怎么样？人做错了事情，就应该得到他应得的惩罚，就算是亲人也不能例外。他夺走了我最重要的东西，当然应该用他拥有的作为交换。这就是代价！”

“于是，你就向整个王国人民下手，就为了报复父王？他只不过为了保护王国安全终止了你的实验计划，你也不至于要那么多人的命吧？居然还把守护者和国王本人都杀了……你还有没有良心！”

“你听好，是他先杀了我！他先杀了我的！”金渊忽然揪住翩立的衣领，眼睛瞪得极大，露出了大半眼白，刚毅的面容此刻已经变得扭曲，“从他强行终止实验的那一刻起，我就已经死了。可惜，我的愿望太过强烈，让我又作为祖鲁重生了。更何况，我从一开始就没有打算杀他，只是想让他尝些苦头罢了。谁想到，‘守护者死亡，王必死’这句话是真的。雨弓那两个人死后，金琛就真的变得不堪一击，很快也就死了。看来守护者啊，王啊，也就是那么回事吧……”

“啪！”

只听大厅里一声响亮的耳光声，谁也没有看清雨弓泉是怎样移到翩立身边，怎样推开他，怎样向金渊挥出的那一掌。所有人都无比惊讶地看着眼前这一幕：瘦小的女孩怒视着比自己高出一头多的王室贵族。时间仿佛在这一刻停滞，在人们空白的大脑里，刻上深深的一笔。金渊捂着自己微红的脸颊，慢慢回过头，好奇地打量起这个女孩，终于注意到了那双青色的眼睛。“雨弓家族的后人？”他回头看了一眼黯皉。黯皉立刻低下头解释道：“父亲，我也刚发现她还活着。而且，从她能从房间里逃出来这点看，她应该不简单。”

“哦？那我倒要看看。”说罢，他又重新站回高台上，“行了，该知道的你也知道了，差不多该结束了。容琴！”

“是！”容琴恭敬地低头行礼，从怀中掏出了那把四弦琴，轻拨琴弦，一阵昆虫振翅的声音塞满了耳鼓。刹那间，成群的鬼人虫从周围阴暗的角落一齐飞了出来，几十个法师也跑了出来，将翮立他们死死围住。

伊月和凌阴不可思议地看向身后的容琴。她依旧是那么温文儒雅，宛如天仙，行走间透着不凡的气度。泉和翮立凝视着他们，相互对视了一下。

“你是这个恶棍的下人?”凌阴实在无法相信这个事实。

“放肆！他不是恶棍，是个好人。还有，我也不是他的下人，我是他的养女。”容琴目光直勾勾地盯着凌阴，丝毫没有掩饰的痕迹，“怎么？没想到吧？我从一开始的任务就是看紧你们，把你们的行动告诉养父。现在，你们谁也别想逃。”说着她挑动琴弦，清脆婉转的音符，沁人心脾。鬼人虫却立刻骚动起来，鸣叫着向翮立等人飞去。死士们也展开了阵法。

“凌阴，冰刺就拜托你了!”泉一边喊着，一边拉着伊月向后撤去。

“什么?”

“我和驰做的那个！记得吗?”

凌阴愣了一下，随后一笑，说:“知道了!”

顷刻间，大厅中央又刮起了风暴，将他们四个人护在中间。凌阴站在泉的背后，双手合十，半闭着眼睛，空中立刻凝结出了几百根细长的冰刺，顺着暴风上下翻滚着。鬼人虫很快围了上来，将旋转的风暴堵得密不透风。他们一个个都伸着自己细长的、沾满黏液的舌头，试图尝到里面的美味。眼看着他们的包围圈越来越小，不断向几个孩子靠近。金渊大笑起来："哈哈，翮立，我可好心提醒你，那些鬼人虫身上还有赤络的病毒，但是我可没有解药了啊！"

突然，无数根冰刺从鬼人虫中"突"地冒了出来，刺穿了鬼人虫的身体。空气中立即四散飞溅出红色的泡沫。怪物们开始哀鸣着想要挣脱，可是刀刃一般的风暴在不断扩张，对他们千刀万剐。很快，周围就变得氤氲。

就在风暴消失的一刹那，伊月一跳而出，向容琴甩出几点火苗。四弦琴一遇到火光就立刻燃烧了起来。容琴见了，吓得赶紧将它丢掉："怎么可能！四弦琴是不怕火的啊……"琴声一断，鬼人虫也随之散开。她惊恐地环视四周，才发现刚刚还气势汹汹的法师们已经无法动弹，一个接着一个地应声倒地。

"当然怕火了，因为那个根本不是你的四弦琴，"雨弓泉说着，手指一转，展开了手掌，青色的荧光骤然聚集，形成了四弦琴的模样，"这才是你的那把。你手里的只不过是用普通木头制作的罢了。"容琴听了面无血色。

"容琴小姐，你以为真的一直没有人识破你吗？你在白金宫湖畔边遇见的那个女孩叫凉廷，她家曾与你家有过深交，见到你的第一面就确定了你不是容家的大小姐。大小姐早在几年前为了帮父母解围劳累致死了。这件事情几乎没有人知道，因为容父母认为不光彩，就一直隐瞒。那你又是谁呢？说起来，你还算比较诚实的，至少你真的是容家的人，也是小姐。"泉此时已经走到了容琴的面前，"据说容氏家族有个任性的二小姐，早年因为和家里发生矛盾，离家出走，至今未归。这个人就是你吧，容穆琴？”

容琴沉默了。

“但是，既然你伪装你姐姐，为什么不把名字也换了？”凌阴不解地问。

“大概是因为怕自己反应不过来，反而会暴露。人们对容家的内部了解不多，所以不该也不会有太大问题。但是没想到碰到了凉廷，对吧？”泉说着，看向了容琴。她依旧不说话。

“至于你的琴为什么会在我这里？”泉突然回身看向凌阴，“凌阴，你说对了。闫尽闫欣他们的确是我找去的。我和雨弓驰早就意识到容琴行为怪异，就告诉了王。王就命令我去消除潜在隐患，方法不论。翮立说过，你几乎没有因子，无法使用法术，于是，我就设局把那把假琴换给了你。那可是凉廷精心制作的哟。还是挺像的吧？”说着她顽皮地做了个鬼脸。

大厅里鸦雀无声，人们都呆呆地注视着泉。

翮立暗自笑了一下，向金渊喊道：“怎么样？我的守护者还不赖吧？”

金渊怒目注视着已经瘫坐在地上的容琴，叹息道：“唉……算了，容琴，还不快点过来，到我身后站好！”容琴赶紧听话地站了过去。只听金渊继续说道：“容琴这孩子向来不太有心计，你们发现她，也是正常的。但接下来，可就没那么好过了。”说着，他的眼睛瞟向了泉。

随着一声响指，两边的墙壁开始轰隆隆地移动起来，数不清的人带着森森寒气涌进大厅。他们一个个面如冷霜，瞳孔漆黑而空洞，仿佛一个无底洞，其中包括刚才的那些白衣死士。更加让人感到惊悚的是，带领这些人的是雨弓夫妇。

大家惊讶地看着雨弓夫妇无神的面容，顿时感到一片黑压压的乌云压过心头。

“翩立啊，这些就是鬼人。拥有受别人支配的灵魂，法术强大，感觉不到疼痛。要让他们代替神徒保护王国，一定奏效。你现在接受我这个建议还来得及。”金渊不紧不慢地说。

“你在和我开玩笑吗？可以被别人支配的灵魂还是灵魂吗！”翩立竭力忍着怒火，感觉它马上就要从胸口喷涌出来。

金渊轻蔑地笑了一声，向黯旷和容琴做了个手势。在他身后，一扇暗门悄然打开。“那你就慢慢享受吧。我可没有打算在这里陪你们玩。反正你不过是个王子，执政国王也不是你，就算你死了也没有大碍。相反，如果你死了，弗洛威就会再一次得到安宁。再见了孩子！”说着，他就和黯旷、容琴一起，进入了暗道。

“他那话什么意思？什么你死了弗洛威就能再次得到安宁？”凌阴费解地问道。

“就是我死了，他的报复也就结束了，不会再对弗洛威动手。他这么说大概是想让我甘愿在这里受死吧……如果是这样，那他真是小瞧我了。”翩立的手上顿时闪出了金黄的电光，发出“刺啦刺啦”的声响，“凌阴，泉，伊月，你们三个听我命令，和我一起突出重围，不许恋战，不要让那三个人逃了！”

“明白！”

随着一声剧烈的爆炸，坚硬的石壁瞬间崩裂成了无数细小的碎石块儿在空中飞溅。翮立从后面一跃而出："快走！"泉、凌阴和伊月紧跟在后。他们双脚快速交替着，沿着细长幽暗的走廊，向前追去。突然，数十根粗壮的冰凌拔地而起，顶端比针还尖锐。几个人立刻跳了起来，在墙壁间来回飞跃着。可是冰凌竟跟着他们的步伐生长着，无论是墙上还是地上。

"可恶！"伊月刚刚一个转身，准备落在对面的墙上，突然横着刺出一根巨大的冰凌，让她失去了平衡。就在摔下去的一刹那，一只手拉住了她。

"泉！"伊月惊讶地盯着那只灌满力量的纤细手臂。

泉咬紧了牙，使劲一提，终于将伊月扔回了墙壁上。

"翮立，你会飞吗？"泉在空中旋转着身体，躲过了一连串的飞沙。

"当然。"翮立手掌一震，接连击碎了几根冰凌，向后看了一眼。

"我们飞吧！"

翮立笑了一下："来吧！"

凌阴刚刚腾空跃起，身体就忽然被人紧紧抱住，回头一看竟然是金翮立。"不用谢我！"翮立一边飞一边打趣。往旁边一看，泉正紧紧抱着伊月在不断窜出的冰凌间穿梭。前面的冰凌越来越密集，几乎封住了整个走廊，伊月便快速地抡起赤轮，向远处抛去。剧烈燃烧的火焰瞬间融化了冰雪。就在她觉得万事大吉的时候，一场暴风雪从后面席卷而来，将所有人卷了进去。身体开始向下坠落，冲着倒刺的冰凌迎面而去。就在冰凌即将刺入皮肤的一刹那，身体突然被强行停止了下落，好像重重摔在地面上一般。

“别随便移动，我做的‘地板’面积不大，出了我压缩空气的空间就会掉下去。”翮立向下撑开手掌，气喘吁吁地说，柔顺的刘海儿已经一缕一缕地黏在了一起。两道黑影从头顶飞过，雨弓夫妇带领着其他鬼人将少年们紧紧围了起来，向他们举起了短刀。凌阴见了，刚刚握紧冰羽准备先发制人，就被泉拦了下来。

“你干什么？”凌阴问。

“不能伤害他们。”泉说道。

“那你要怎么办？”

泉没有说话，只是缓缓地站起身，一步步向雨弓夫妇靠近。她站定在父母的身前，看他们身上破碎的长衫轻轻扬起衣角。那依旧是他们最后战斗时的那件，仍沾着当年的血迹。他们的手臂上，脸上也是伤痕累累。泉的眼睛湿润了。就在这时，母亲高举起短刀，向她的面门刺来。

“妈！”

刀尖在她的眼前骤然停下，母亲用漆黑的眼睛打量着面前的女孩。

“妈……爸……”泉轻轻唤道，泪水已经从眼眶中涌了出来，淌成一条河。雨弓夫妇的两对黑眸中也闪烁着泪花。顿时，参差交错的冰凌开始一点点融化，一个接着一个缩回了墙壁里。

走廊又恢复了原来的样子。母亲逐渐收回了拿着刀的手，呆呆地看着泉。

“妈，谢谢你!”泉向前抱住母亲僵硬的身体，又转身抱了抱父亲，“对不起，我们必须走了……”说罢，便率先从鬼人中间钻了出去，其他人紧紧跟在后面。泉回头看去，鬼人们似乎刚刚反应过来发生了什么，咆哮着再次追来。雨弓夫妇则留在了原地，远远地望着她，漆黑的眸子里充满了温柔与想念。

——再见了，爸爸，妈妈。

第三十章

迷失·呼唤·家

迷失的人，可否听到那一声声呼唤。

那是你珍爱的人在说：回家吧。

暗道接连拐了几个弯，把大家引到了迷宫的深处。泉眼看着容琴的身影向左闪去，跑过去一看，却是死路一条。凌阴见了，走到最前面，手上托起青色光芒，仔细观察着黑色的墙壁。暗道里极为潮湿，只要站一会儿，皮肤上就能附上一层细密的水珠。墙面上也贴着潮湿的雾气。

“你们看这里。”凌阴指着墙面上一处似乎被抹过的痕迹，“其他地方的水珠都是一滴一滴的，只有这里的那么细小，还被拉成了线条状。我看，出口八成在这里。接下来，就是要找到机关了。”话刚说到这里，几道闪电就劈在了墙上，留下焦灼的痕迹。鬼人已经赶上来了。

“凌阴、伊月，你们赶紧找到机关，我和泉负责保护你们。动作要快，万一被他们把机关毁了就惨了。”翮立说着，再一次撑起来风墙。泉则将手指扶在地上，五条青色的游丝钻入地面，瞬间拔起一道水晶般的屏障。透过晶莹的冰面，她又看到了五彩的光晕接连不断地炸开。屏障不停震动着，裂开了缝隙，翮立的手臂也抖动着，变得越来越吃力。

“暂停一下风墙。”泉说着，翻过了屏障。只见她一个箭步跨到了鬼人的中间，手持冰凌向鬼人们袭去。几条火龙迎面而来，她矫健地躲过。一根藤条如游蛇一般追来，她身形一闪，手横空劈开一道白光，斩断了它。一道闪电突然迎头劈下，她两手在眼前一抹，展开一层波光粼粼的水膜，瞬间吸食了电光，激起层层浪花。紧接着，蓝色守护已经被握在了她的手中。她浮在半空，凭空拉开弓弦，千万根冰箭就闪烁着如海洋一样的蓝色光晕从空中落下，仿佛死亡之神的降临。鬼人挣扎着倒在了地上。

“凌阴，好了没有？”泉看着正以惊人速度愈合的鬼人，有些惊恐地喊道。

“还没有！”凌阴有些懊恼地一拳拳砸向石壁，“可恶！机关到底在哪里啊！”

鬼人的身体吸收了冰箭，又重新变得完好无损，那双眼睛也变得更加阴森恐怖。他们中的两个互相对视了一眼，就半蹲在了地上，伴随着奇异的咒语，手指在地面来回摩挲。顿时，地面开始变得瘫软起来。当感到有冰凉东西逐渐没过了脚踝，泉才发现脚下已经变成了一片沼泽，并且一直延伸到屏障的另一头。很快，她就听到了凌阴和伊月的尖叫，身体还在不断地向下陷去。泉酝酿着因子，想冻结沼泽中的水来阻止下沉，可是却惊讶地发现自己根本无法控制那些水因子。

另一个鬼人站到了最前面，抬手放出了铁棍般粗壮的藤条，一下一下打在泉的脖颈上，鲜红的血印立刻布满了白净的皮肤。还没等她喘过气来，整个人就被电流击中，摔了出去，狠狠地撞在了屏障上。她失神地躺在沼泽中，望着天花板，浑身麻木无力，任凭淤泥逐渐覆盖自己的脸。似乎每一处关节都断开了，后背传来钻心的疼。

就算不挣扎，翩立的大半个身子也已经陷入了沼泽之下。越过已经倾塌的屏障，他看到了泉一动不动地倒在泥里。另外一边，凌阴和伊月也已经深陷了进去，但仍旧在墙壁上摸索着，试图找到机关。突然，两个圆形的叶片飞速旋转而来，翩立直接把它们徒手打落在地。

——要赶紧出来才行。

翩立想着，将所有的精力都集中在了双脚上。他尝试用意念牵动周围的泥土，但很快就失望了。他具备每一种元素的因子却无法操控这些土壤。翩立的脸色变得越来越凝重。难道金渊研究出了抵抗非纯种因子的方法？他这样想着，看向凌阴："凌阴，你试试……"话还没说完，脚下的淤泥就开始蠕动起来，不断地向他们脚下聚集，并沿着身体向上爬，困住了自己的手臂。这时，拔地而起的沼泽几乎要将泉吞噬了。

"泉！雨弓泉！"

泉猛地睁开眼睛，发现大家都已经被高高耸起的淤泥牢牢困住。她使劲地扭了扭胳膊，却动弹不得。

"翩立！"泉急切地寻找着。

"这里。"翩立注视着她的眼睛，立刻领会了她的意思，"我不行，得凌阴和伊月来。"

"我们？"凌阴一边挣扎着，一边说，"你都干不了的事情我们怎么行？"

"别废话！赶紧把水分都蒸发掉，我们就有救了。现在只能靠你们了。”翮立坚定的目光让凌阴无言以对，与伊月交换了一下眼神，闭上了眼睛。

不一会儿，他们周围的泥浆就冒起了白色的蒸汽，湿润的泥土逐渐变了颜色，一点点龟裂开来。凌阴一拳砸开已经脆弱不堪的土坯，从牢笼里跳下。眼看就又要落回沼泽里了，翮立赶紧凝聚了他脚下的空气，让他得以在空中行走。此时，伊月也成功摆脱了束缚，一扬手便在鬼人周围燃起一圈熊熊大火，然后赶紧跑去解救雨弓泉。

“现在怎么办？我还没有找到机关……”凌阴扶下翮立，脸上充满了歉意地问道。

“和他们拼了……”泉望着那些鬼人，眼中水火交融成一片。

翮立沉默了，想仔细思考一下，忽然听到了什么动静，朝石壁走去。他把耳朵紧贴在石壁上，半闭着眼睛。半晌，他微笑着直起身：“情况好像没有我们想得那么坏。”他话音刚落，就看见一条裂缝在石壁上蛇行着蔓延开来；顷刻间，墙壁崩裂成无数的碎石掉落，露出了东卡的身影。他向一旁挪了一步，做了个“请”的手势。

“东卡！”伊月兴奋地冲上前，抱住他的脖子，“你怎么在这里？”

“看到了王子殿下的白鹤，就跟过来了。”说着，他向翮立低头行了个礼，“幸亏你们敲了几下墙壁，否则，我都不知道你们居然在这样的暗道里……”话刚说到这里，鬼人们又都冲了过来。东卡立刻把伊月拉到身后，抽出灵鞭，在空中舞出两三道弯。

“你们赶紧办你们的事去吧！这里交给我了！”东卡喊道。

“但是……你是不喜欢参与王国政务的。你没必要帮我们。”泉说道。

“这不是为了你们，是为了伊月。快走吧！保护好她！”

“我也留下来！”伊月坚定地望着东卡，“别忘了这些年我一直都扮演着和你一样的角色，所以这次，我也会和你一起留下来。”

东卡怔怔地望着女孩，开心地笑起来：“好吧，就这样吧。”

翮立与泉面面相觑，最终点点头，离开了。

幽暗的走廊里，泉大步地向前奔跑着，回头看，东卡和伊月那模糊的背影，渐行渐远，直至不见。

在山的另外一端，一块岩石突然左右晃动了一下，然后滚下了山坡，露出一个洞穴。黯昈从洞中探出头来，向四周谨慎地环视着，然后扶着金渊从石坡上滑了下去。容琴一个人有些跌跌撞撞地跟在后面。

“唉，黯昈，那瓶药拿了吧？”金渊突然问道。

“啊，在这里呢。”黯昈说着，掏出一个小玻璃瓶，里面的液体散着七彩的清澈光芒。

金渊拿着瓶子，小心翼翼地放入了自己的口袋：“最后只能靠它了。”

“对不起……”容琴怯怯地说，满脸的沮丧，显然还在为四弦琴的事情内疚。金渊望着她，却是满眼的无奈与慈爱。

突然，一连串树枝折断的声音——有人逼近了。黯昈警觉地抽出刺刀，只见翮立、雨弓泉和凌阴分别从三面走了出来，将他们围住。冬日里的尼塞森林萧索寂静，没有枝繁叶茂，没有繁花锦簇，就连野兽也不知了去向。只有寒风在枯树与石壁间来回摩擦，发出“呼呼”的哀声。翮立的金发被吹到眼前，来回摆动。他的目光极为镇定，甚至让人感到冷漠。

“收手吧。”他说，不知道这是个要求，还是请求。

“我要是不收呢？”金渊似乎毫无畏惧，挑衅地说道。

“那我只能对您不客气了，不管您跟我是什么关系。”平淡出奇的声音，似乎他没有任何感情的羁绊。

“哦，是吗？那你可就见不到雨弓驰了。”金渊说着，做出一副很遗憾的表情。

“你把我哥哥怎么样了？”泉立刻逼问道，眼中是掩盖不住的急切的光。

金渊见了，轻轻笑道：“对我不客气也行，我们单挑怎么样？如果你答应一对一对抗的话，我就让你们立刻见到他。运气好的话，说不定可以带走他。不过，他有可能会自愿留下来。”凌阴听着，攥紧了拳头。

“我答应你。”翮立依旧风度翩翩地伫立在那里，“凌阴，让他们看看你的厉害。”

“明白！”

金渊依旧“呵呵”地笑着，拍了拍手，一阵旋风忽然停到他的身边，消散而去。那个熟悉的身影正跪在金渊的面前：“王。”

“去吧。”

“是。”

男孩站起身，露出了清秀干净的面容，所有人都倒吸一口凉气。泉看到那与自己极为相似的眼睛正抛来生硬的目光，全无当时的温柔，不禁感到心一阵绞痛。

“哥……”泉的眼里是一阵没落。

“背叛了？”翮立的眼中飘过一丝寒气。

“不，是失去自我了……”泉立刻纠正道。

这时，空气中一阵扭曲，高高耸立的气墙将凌阴和驰与外界隔开。泉狠狠地捶在了上面——好坚硬的墙，不知道比自己的强了多少倍。这下真的没有人可以插手两个人的战斗了。除非，其中一方倒下。她担心地看着凌阴，退回到翮立身边。此时，隔着透明的屏障，战斗已经开始。

“泉，你哥哥有什么弱点吗？”翮立注意着驰出手有力的拳头，认真地问。眼看着凌阴就要打中了，驰却转瞬间出现在了他的身后，照着他的后颈一掌劈下。紧接着，冰凌的碎片围绕着两人，漫天飞舞。

“几乎没有。”泉的目光不停地在那两个人身上跳跃着。她心里有种说不出的难受，不希望任何一方受伤。

驰也的确没有什么弱点，至少在泉看来是这样。他生来就体格强健，瘦长的身体里却灌满了力量。不像自己，体格几乎跟普通人家的孩子没有什么两样，每每受到重创都有骨折的危险。虽然哥哥心地善良，温柔美好，总是扮演着老好人的角色，但这不代表他会手下留情。相反，如果把他逼到了忍耐的临界点，他下手比任何人都狠。在十年前的街巷里，他就毫不犹豫地为自己打倒了镇里的几个小霸王，无一例外，手臂都错了位。他总是会这样，用自己认为合适的方式惩罚着那些伤害他的人，那些伤害自己的人，不论他们的年龄和地位。他也有着过人的智慧，领悟力很强，又总是保持着清醒理智的头脑。他不像其他人，很少被人与人之间的感情牵动情绪，总能相对客观地看待着周围的一切，仿佛是天上的神明，静静地观看着凡间的悲欢离合，爱恨情仇，然后无奈地感叹着人们的愚蠢。他也总是有意无意地照顾着镇上的人，不知多少次被大人们夸为“福瑞恩的小守护神”。在很多人看来，他是个无私的孩子，除非是牵扯到……

驰胳膊有力地一挥，瞬间卷起了一阵强风将凌阴抛在了空中。紧接着，他跟了上去，手中不断凝结出冰凌，向凌阴扔去。隔着远远的距离，泉看到他本该泛着天蓝色的瞳孔褪去了色彩，呈现出苍白。凌阴的身影如一片落叶般飘在空中，无依无靠。泉静静地望着，混乱的思绪随之散开，留下唯一的答案。

在驰的最后一击下，凌阴重重地摔在了地上。他已经疲惫不堪，伤痕累累，原本整齐的衣衫也被撕开了一道道裂口。而驰依旧毫发无伤，白净的面容，轻轻浮动的短发，目光直直地望向未知的前方。

哥哥的弱点就是……

屏障消失了。泉赶紧跑去，扶起了半昏迷的凌阴。翮立紧紧蹙着眉毛，忍着不适感慢慢走过去，轻轻按住凌阴的额头。金色的能量从手指尖倾出，顺着血脉，灌注全身，凌阴的伤才一点点愈合。翮立瞥向了金渊那边，他正得意地笑着，摆出一副幸灾乐祸的姿态。

“怎么？还要再来吗？”他说。

翮立心中藏着一股怒火，庞大的力量已经毫不犹豫地向四周覆盖开来。他刚要起身，就被泉拦住："让我来。"

"你行吗？那可是你哥哥……"翮立担心地问。

"就因为他是我哥哥我才行。如果做不到，我会亲手把他杀掉。"小小的少女眼中充满了不符合她年龄的悲壮。

翮立犹豫着看了看对面的三个人，突然惊讶地睁大了眼睛。在他看来，几乎不可能的事情发生了。

"好吧，你去吧。"

空气组成的屏障再一次将人们隔开。泉看着对面驰无光的眼神，一阵无助感逐渐缠住了心脏。她张开了手，一把长长的冰凌凝聚起来，比以往的都要精致，沉重，只有两端明显不如以前尖锐。她轻轻抛起冰凌，接住，快速旋转着，将尖端有力地指向了雨弓驰："来吧，哥哥。"

驰也抬起了双手，摆好预备的姿势。森林里沉寂下来，似乎时间在这一刻停止，就连多余的风都没有了。相似的力量正在不断从两个人体内渗出，填满那个由气墙隔出的空间。

"大人，您看有希望赢吗？"黯昈问道，"雨弓驰的灵魂会不会挣脱啊？"

"哼，放心，"金渊自信地笑着，"他喝下去的药比鬼人实验用的那个效果还要强，基本是没可能的。"

就在这时，所有人听到一声呐喊，泉率先向驰跑去，只是几步就已经上到了他的身前。下一秒，冰凌毫不犹豫地刺了出去。驰一闪，刚好与泉擦肩而过，躲开了这一击。泉脚一蹬地，反身跃起，手一划，劈出一片白光，如刀刃一般向驰直逼而去。他的身旁却及时卷起一场旋风，白光转瞬即逝。紧接着，泉手拿冰凌瞄准了驰，俯冲了下来。驰见了，冲上天空，迎面而去。两个昔日相依为命的身影，似乎正抱着同归于尽的愿望向彼此袭去。刹那间，冰尖沿着驰的皮肤擦了过去。他双手死死地抓住冰凌，让泉也动弹不得，在不到半米的距离里，用那失神的双眼寂寞地注视着她。

“哥哥，回家吧……说好了要一起活下去了，无论发生什么都一样。看着我啊，我是雨弓泉！”

驰无动于衷，一抬手，两枚风刃旋转而出。泉赶紧转身躲避，绑在脑后的辫子在空中甩起优美的弧线，然后散成缕缕碎发，好像黑色的羽毛，在空中翻转着，飘荡而下。一个崭新的女孩出现在面前，似曾相识的齐肩短发，明亮清澈如湖泊的双眼，瞳孔中荡漾着浓浓雾气，已经日渐成熟的面庞仍残留着小时候可爱的印象。驰愣住了，空洞的双眼稍稍睁大了一些。

“想起来吧，哥哥。”说着，泉突然抓住驰的衣领，带着他一起俯冲下去。

“她要干什么?!”凌阴惊恐地盯着两个高速坠落的身影。翩立也紧张地看着即将发生的事情。

两个人如陨石一般急速坠落，在地上激起一层层浓烟，沙石向外飞溅着，冲击着屏障。包括金渊在内的所有的人都目不转睛地注视着烟尘背后。一个直径十几米的坑逐渐显现出来，在坑的正上方，两人出乎意料地悬在了半空。泉没有把哥哥撞向地面。

“她还是下不了手啊……”翮立远远地望着那对兄妹的身影，无奈地笑了笑，眼中闪现了一丝不易察觉的暖流。

泉的双手依旧紧紧地揪住驰的衣领，泪水大滴大滴地掉落在他的脸颊上。他满眼的惊恐，突然发动一阵强风将泉扔了出去，然后跳出了大坑。当泉艰难地爬起来时，他已经张手握住了一把冰剑，指了过来，目光变得更加凶狠，充满了敌意。泉垂眼苦笑了一下，也凝结出了同样的剑，指向了他。

似乎是听到了无声的口令，两个人一齐向对方跃去。两把相同的剑，剑锋相撞，发出清脆却又叫人寒栗的声响。泉弯腰躲过驰的一击，立刻将手一挑，一道剑光沿着他的鼻梁舔了过去。驰并不怠慢，一个侧身，把剑换到了另外一只手上，拦腰截去。泉见了，赶紧向后跳，却还是被强劲的气流划伤了皮肤。刚刚站稳，无数的风刃又接踵而至，泉只好一边撑开了一层水纹，一边向前逼近。她的剑再一次舞动开来，时而敏捷如风，时而变幻如水。剑身紧贴着驰的衣襟，不断刺去，总能最恰当地挡住他的攻击，又威胁到他的安全。但是，也只是威胁到了而已，很难真正伤害到他。泉很快就发现，自己也被驰很好地制约住了。无论自己怎么努力，都无法再靠近一步，似乎永远被驰挡在了安全距离之外。

“怎么？要远离我吗？”泉说着，又迅速捅出一剑，刺伤了驰的腿，“如果是这样，那你还不如杀了我呢！你有能力一剑杀死我的不是吗？”话音刚落，一道剑光袭来，伴随着刀刃一般的强风将她震飞在空中。她稳住身体，望向在地面上的雨弓驰。他没有准备追上来的样子，只是将剑锋垂在地上，双眉微蹙地望着自己。一会儿，他慢慢向上升起，飞到了与自己相同的高度，庄重地举起了冰剑。

金渊望着两人对峙的情形，撇起了嘴角："翩立，你觉得谁能活到最后呢？照现在的情况看来，要不雨弓泉会死，要不雨弓驰会死，是不可能保全两个人的。怎么样？面对自己在乎的人受到危害却无能为力的感觉很不错吧？"

翩立瞥了眼对面的金渊，没说话，依旧关注着天空上的情况。太阳已经近乎爬到了正中央，投下温热的光芒。两把冰剑沐浴在阳光下，折射出美丽的彩虹。

突然，泉毫不犹豫地朝驰冲了过去，剑锋挡在身前，为她劈开一条道路。驰则在原地，面不改色地等待着，把手中的剑握得更紧了些。就在他准备好攻击的同时，泉紧握着剑的那双手却松开了。

剑身一偏，从驰的身旁错过，在空中翻转了几个圈，深深插入了土中，破碎成无数细小的冰晶。凌阴看着逐渐消散的冰晶，脑中一片空白，半晌，才把视线重新看向雨弓泉。只见泉安静地趴在驰的肩膀上，双手紧紧地抱住他，背后明显的一块凸起显得格外刺眼。

"她会死的……"凌阴呆呆地望着天空中的景象，浑身发抖。

翩立也有些不知所措，一脸担忧地望着天空，不过很快，他紧张的面容就舒展开来。"不会的。"他说，"冰剑应该没有直接伤害到她，否则，我的身体也会感到一些疼痛。所以，我们看到的只不过是她的一个把戏。不过，真的是太乱来了。"

驰睁大了眼睛，怔怔地望着从女孩背后穿出的长长的剑刃。鲜红的血沾在剔透的剑身上，迎着阳光，呈现出一点点光斑。大脑中仿佛乱成了一片，无数的片段混杂在一起，却无法相接。四周是女孩暖暖的温度，她的发丝随风轻抚着自己的脸颊。驰一只手仍握着剑柄，另一只手却轻轻抚着女孩的腰，连呼吸都变得谨慎、急促。

“终于抓住你了。”泉轻柔但有些虚弱的声音响在耳边。

“雨弓泉……”驰轻轻地唤道，冰剑逐渐裂开了密密麻麻的细纹，随之破碎在空中。驰紧紧地抱住泉，一只手捂住了她的伤口，眼泪再也无法控制地夺眶而出。“泉……泉……”他不停地呼唤着她的名字，从空中缓缓落下。四周的气墙也逐渐飘散在空中。

“哥，欢迎回来。”

“泉，你干什么为了我把自己弄成这样啊？”驰的声音颤抖着，一滴泪水从眼角滑落。他让泉平躺在地上，眼中是数不尽的温柔与怜惜。

“别哭哦，哥哥。这样的事情你不也为我做过吗？而且，我不会死的。”说着她指了指自己的伤口，只见那里已经被冰封了起来，“能帮我把同化的因子凝聚回来吗？”

“同化？你会同化了？”驰听了，还挂着泪水的脸上立刻展开笑意。

“嗯，来救你的路上看到那些死士会将局部身体同化来躲避攻击，就想试一下……但是，还是没太掌握要领，而且总不知道怎么重新把因子凝聚回来。上一次同化，还是翩立帮忙才又变回人形的……”

说到这里，驰已经紧紧地拥住了自己：“泉，你真的很棒，很聪明。我不在的这十年里，你究竟成长了多少啊！别担心，哥哥现在就帮你恢复。”说着他在泉的身旁坐了下来。周围立刻浮起了一片天蓝色的光晕，纯净的光芒笼罩了他们两个人，数不清的荧光在空中浮现，好似星云一般，不断向泉聚拢过来。

金渊的瞳孔中映着那些没有一丝污浊的光，皱了皱眉头，向黯昈使了个眼色。黯昈点点头，从腰间抽出了一把枪，瞄准了泉和驰。他毫不犹豫地扣下了扳机，能量波瞬间射出，激起了巨大的爆炸，周围的树木都被折断了。只是这次的能量爆炸似乎比以往的要强不少。黯昈放下挡在脸前的胳膊，看过去，发现驰仍旧安然无恙地沐浴在光芒之中。还没等他反应过来是怎么回事，就忽然被抓住了胳膊，紧接着脸上挨了火辣辣的一拳。他重重地跌在了地上，抬起头，发现凌阴正拿着自己的枪指向金渊的额头。容琴则咬着牙护在金渊身前，浑身发抖。

“住手！”黯昈叫道。凌阴瞥了他一眼，一抬手，冰层瞬间从地面攀上黯昈的脚跟，双腿，直到全身：“你们差不多该适可而止了。”

金渊镇定地面对着黑洞洞的枪口和凌阴尖锐的目光。在凌阴的背后，翮立严阵以待地站在雨弓兄妹的前面。“金渊，你把我当什么了！”他愤怒地说。

“小孩子懂什么？”金渊面如冰霜。

“在这个事情上，我可比你懂得多。”

金渊不再理睬他，转而冷静地对容琴说：“到我身后去。”

“可是……”

“听话，到我身后去。”金渊显得极为耐心。

“是……”容琴不敢抗命，只得退了回去。

“然后找个地方躲起来，越远越好。”

容琴，听了一惊，眼睛立刻湿润了：“不可以，祖鲁大人，您不能这样！您不能丢下我们不管啊！黯昈不会同意的，我也不会同意！让我留下吧，我宁愿和您一起死！您可是我的父亲啊！我怎么能丢下我的父亲呢……”容琴说着，想上前抱住金渊，却被他用手指轻轻顶住了额头。

“听我说，趁能走的时候赶紧走吧，不用管我。如果你现在不听我的话，以后连叫我父亲的机会都没有了。我也不一定会死哟。”金渊目光直直地望着远方。

驰扶着泉站起身，呆呆地看着眼前的一幕。两人面面相觑，似乎又看到了那年燃烧的家，听到了父亲凄厉地喊声，感受到了他用力推开自己的那双手的力量。

第三十一章

因果·明了·自傲

当一切因果明了时，才发现，我们的确太过自傲。

容琴还是恋恋不舍地走了，向小镇的方向跑去。等她已经消失在了众人的视线里，金渊才回过身，不紧不慢地说：“好了，现在让我们来单独解决一下问题吧。”说着，他猛地一仰头，把一小瓶七彩的液体灌了进去。

“快打碎瓶子！”翮立突然喊道。凌阴赶紧扣动了扳机，可是什么都没有发生。他又接连摁了几下，空有机械转动的声音。

“这就是这把枪不好的地方。”金渊扔掉了瓶子，抹了下嘴，“这把枪一次只能上一颗子弹。刚才黯昈已经把那颗子弹打出去了，现在就没有你的份了。”

“快逃！”翮立急切地喊道。可是已经晚了。金渊已经一手抓住了凌阴的脖子，使劲地掐下去。翮立如一道闪电般飞驰而出，一手斩断了金渊的胳膊，拽着凌阴跳到了远处。金渊看了看自己受伤的手臂，轻轻地笑了笑，无数的荧光瞬间向他的断臂会集过去，组成了一个新的手臂。驰吃惊地瞪大了眼睛，有些恐惧地问泉：“你刚才说的死士的招数就是这个吗？”

“没错。”泉点点头。

“真可怕……我这么多年原来一直生活在一群怪物身边。”驰自言自语道。就在这时，金渊脚下的土地忽然耸立起一个高台，将他托了起来。十几根如百年古树一般粗的荆棘破土而出，窜上了天空。他们在空中彼此缠绕着，形成了一个巨大的网笼，将所有人都关在了里面。

“泉，驰，我可能需要蓝色守护的力量！”翮立望着金渊如冰霜般的高傲面容，握紧了拳头，“可恶……本来是连因子都没有的人，居然把弗洛威搞成这副样子……”

“没有因子？”雨弓兄妹和凌阴都无比诧异地看向翮立。

“没错，他没有，是刚才他喝的那瓶药让他拥有王室的力量，甚至比我的还要强。而且我也告诉过你们，黯昈和容琴一样都没有因子呀！先天的没有，后天的也没有。金渊甚至都没有给他们植入因子，只是给了黯昈那把枪……”

“还给了他超出普通人极限的体能训练……”驰补充道。

凌阴和泉只能用长久的沉默来回答。

“很奇怪不是吗？明明有机会把他们培养成得力的杀手，却没有那样干……”翮立继续说着，手一挥，向还在继续疯长的荆棘抛出了一串火焰，“不过，那都是后话了。你们看，火对他的荆棘并不管用。这下就算是我们三个的力量，也要花上一定工夫对付他了……”

“我能做什么吗？”凌阴问道。有了像神一般的雨弓驰，泉的力量也全部苏醒。就算有守护者的力量，自己似乎还是变成了这里面最没有用的一个人。

翮立望着有些狼狈的凌阴，笑道：“当然有。金渊的法术八成都可以抵抗非纯种的因子。雨弓他们拥有水和风两种，而我拥有多种，所以要破解他的法术只能靠你了。凌阴，我们三个的性命可就交到你手上了。”

“是！”

“雨弓驰，雨弓泉，你们和我一起制止他！保护好你们自己！”翮立说着，紧紧地握住了那盏别在腰间的唤灵灯。

周围一点一点地阴暗下来，大片的阳光被分割成支离破碎的光束投在地面上。金渊洁白的长袍被风鼓起一阵阵波澜，金色的长发更是飘扬在空中。这么多年，他似乎从没有改变过自己的形象，依旧是与父亲当年一样的装束。现在的他站在高高的石柱上，好似金琛当年站在白金宫的屋顶眺望自己的王国一般。

“本来打算放过你了，但你既然非要穷追不舍，我也没有办法了。”

翮立显得异常冷静，目光如同冰冷湖底的波光洒在金渊的脸上，脑中却不经意间出现了父亲的身影。他痛苦地闭上了双眼，半晌，又猛地睁开，一跺脚，一阵狂风紧贴着地面肆意卷起。泥屑卷着枯枝烂叶四处飞扬，让周围一片混沌，翮立却已在不经意间悬在了这片混沌之上，手一挥，投下无数粗而尖锐的冰凌。金渊周围瞬间爆开一道白光，如刀子般的气流，夹杂着锋利的冰碴向四周激射。翮立禁不住冲击，被冲出去了十几米，才勉强站住脚。雨弓泉刚想从正面攻击，就看四五根藤条扭转着身体刺了过来。她灵活地在触角般的藤蔓间不停穿梭，只是几步就到了金渊面前，高举起冰凌，猛地刺出去。突然，一根荆棘横腰甩来，泉躲闪不及，重重地摔在了地上。与此同时，驰也出现在金渊背后，用手掌向他的脖颈劈去，却突然被荆棘拽住了双手，又死死扒住了双腿。他痛苦地挣扎着，被倒刺划破了皮肤，只见金渊回头狡黠地一笑，尖锐的刺突然地膨胀，深深地扎进了血肉。一道道鲜血顺着手臂流了下来，浸红了衣衫。

就在这时，几股水流散发着青色的光芒向驰围绕过来。他们一边飞，一边变幻着形状，不知不觉地形成了一只只飞鸟的样子，拍打着翅膀，拖着水珠，所到之处，无不结上厚厚的冰层。墨绿色的荆棘都被冰封了起来，被翩立的风刃轻轻一碰，就变成大段大段的冰块，掉落在地上。泉欣喜地看着天空中如精灵一般的"水鸟"，向凌阴竖起了大拇指。凌阴跪坐在巨大的阵中，也向她笑了笑，周围的视线轻微扭曲晃动着，接连浮起青色的气泡，仿佛置身于海底一般。

突然，十几根荆棘从眼前窜过，哗啦啦地向凌阴逼去。他们肆意扭动着，竭力突破阵的阻挡，但一碰到那虚幻的海水，就被一种无形的力量打了回去。"不好！"泉叫道，下意识地看向驰，见他嘴唇动了两下，形成了某种音节，立刻明白了意思。就在荆棘再一次妄图闯进阵时，一根冰箭瞬间横穿了他们坚硬的根茎，爆发出迷幻的光芒。

地上一片植物的残骸，像是森然白骨一般裸露在表面。残破的断茎刚刚落地不久，就冻上了一层坚冰。只是这一会儿的工夫，以往宁静的尼塞森林已经变成了荒凉的异度。翩立和雨弓兄妹都站到了凌阴的阵里，青蓝的光芒映在他们的脸上，又添了几分神圣。精灵般的水鸟盘旋在上空，不时发出短促清脆的叫声，就像水滴在石头上飞溅。

金渊依旧高昂着头，垂眼看着他们，面无表情，看不出一丝挫败的急躁，也没有得意的笑容。翮立伫立在众人的最前面，仍然保持着属于王者的高贵姿态与威慑力。他心里稍稍松了口气。金渊似乎还不太适应能够控制自然元素的状态，否则，情况很快就会失控了。想到这里，他的面容逐渐僵硬起来——担心的事情还是发生了。

翮立的脸色变得越来越苍白，瞳孔剧烈地颤抖着，心中有一种无形的压迫感让自己喘不过气来。当被强大的阵包裹的时候，就算对能量的感知再好的人也很难感应到其他的能量变化。但是，他却清晰地感应到，有一股庞大的能量正在脚下涌动，马上就要破土而出了。

一切发生得太突然，翮立还没来得及提醒大家，就听到了山崩地裂般的巨响。数不清的岩石接二连三地穿刺出来，土地龟裂着向上翻起，那感觉好像末日的降临。凌阴的身体被割开了几道深深的血口，挤在了岩石中间，鲜血浸湿了土壤，积成了一个猩红的水洼。驰和泉刚刚飞起来躲闪，后背就狠狠地撞上了什么，重重地跌在了岩石上。翮立浮在半空，眼睛掠过这片狼藉的景象，又看见金渊的嘴角正向上抽动着露出一个诡异的微笑，脸色不禁凝重起来，心想：完了……

在金都的宫殿里，一切仍如以往一般平静，就算是午后急促的脚步声，也会被判为打破宁静的罪魁祸首。金坤披上一件外衣，正准备出门，就看到萧守急匆匆地跑来。

“国王殿下。”萧守匆忙地屈膝行礼，“殿下，派人去翮立那里吧。据凌孤老人说，情况似乎不太好。”

金坤望着那孩子焦虑不安的神色，犹豫了一下：“不用了，没必要。”

“为什么？万一出事了怎么办？他可是有纯正血统的王子啊！”

金坤听了，笑了一下，一只手扶在门框上，另一只手则摸了摸萧守的头，让这个大男孩一阵脸红：“别急啊，我们不去他也不会有多大事的。不要小瞧了王室的因子，那能让他使用任意元素的法术呢。”

“但是，他没有办法将任何一种元素用到极致。”萧守反驳道。

金坤愣了一下，又轻松地笑起来：“你以为翩立的情况跟凌雨他们一样吗？凌雨拥有的是‘混合因子’，也就是她的体内包含了两种不同的因子，承载着水和风。翩立的体内只有一种因子，却没有承载任何特定的元素，而是承载了所有元素所需的‘原料’。当他想使用特定的元素时，意念就会带动因子中的原料迅速结合成相应的元素。他这种情况算是‘精纯因子’，依然可以使用多种元素的法术，但是保证了体内因子的精纯。而且，这种因子本身的力量就要比混合因子强不少。所以他只要能熟练运用这种因子就够了。”

萧守呆呆地看着金坤，缓慢地摇摇头：“还是……没太懂。”

金坤轻轻地叹了口气：“哎……也是，连翩立自己都还没明白这个问题。”他说着，看了眼墙上的时钟，整了整衣领，就向楼梯的方向走去。

“您去哪里？”萧守焦急地叫道。

“去办事。弗洛威王国里又不是只有金渊这一件事。”金坤头也不回地说，等走到走廊的尽头，又转过身。“萧守，你要是真担心翩立的话，就去绝域挑几个 A 组的学员，带他们埋伏在那里，但是，记住，如果不是他们陷入必死之境，你们绝对不可以插手。有些事情必须他们自己面对。”

萧守似乎隐约明白了什么，嘴角渐渐浮起笑容：“是！我这就去绝域！”

尼塞森林的上空已经变得乌云密布，黑压压地遮住了阳光，明明是正午，森林里却已经如深夜一般漆黑。云彩如水墨一般在天空晕开，同时不断发出野兽般沉闷的低吼，电光在云彩之间逃窜着，照亮人们惊恐的面孔。许多人提着灯跑出屋子，一边惊呼着，一边指向高空。突然，一道闪电垂直劈下，远处森林瞬间闪起火光。

“快回到屋里去！”柏西一边挨家挨户照顾着慌乱的人群，一边忧心忡忡地望向那边的火海。

在肆意摇摆的火蛇中，翮立半闭着双眼，浮在空中，双臂敞开，仿佛要拥抱整个世界。白色的光晕如一缕缕水雾般，拉扯着，聚拢着，紧紧围绕着他和几位守护者，隔开了四周的赤炎。驰和泉瘫在翘起的岩石上，昏迷不醒，腿上、脸上，都是电流灼伤的痕迹。虽然不能彻底破解金渊的法术，但能减少多少痛苦就减少多少吧。翮立这样想着。

凌阴从昏迷中醒来，朦胧中看到了翮立如天神般的背影，安心地再次闭上眼睛。忽然，他意识到了什么，重新望向翮立，并仔细感受着周围的能量。在森林已经变得像炼狱般火热的时候，翮立创造的空间里仍是舒适宜人的温度，烈焰都被某种精纯的因子完美地阻隔在了外面。

难道……翩立拥有的是精纯因子？可是这究竟是什么因子啊？

就在这时，凌阴看到了一阵闪光，紧接着一道紫色的电流在空中划开了一道痕，打在翩立身上。只见他身体抽搐地抖动了一下，重新展开双臂。雾气卷动变化得更加频繁，如潮汐一般，一浪推着一浪。

又是一道闪电打来，凌阴一甩手，一个水涡垂直出现在翩立身前，将闪电吸了进去。翩立感激地回过头。

“你的因子到底是什么属性？居然那么精纯。”凌阴挣扎着将身体从石缝间挪出来，问道。翩立一愣，这才发现周围已经布满了自己银白色的能量，并且似乎……

“无属性……”

时光突然倒回了十几年前，父亲曾拉着幼小的自己站在湖边，讲述王族因子的事情。他说，这是一种没有属性的因子，但它可以为自己创造任何属性，一切随心而变。可是，当时自己也许太小，根本没有理解父亲的话，只是简单地记下了那些句子，之后也没有再仔细想过。现在想来，自己一直使用的都是“随心而变”后的因子，而这洁白冰冷的水雾才是自己最原始的力量。

“凌阴，保护好雨弓他们!”翩立轻轻一笑，金黄色的瞳孔忽然褪去了颜色，同时，一股强大的力量如同汹涌的海水，向周围翻滚而去。火苗呼地倒向一边，脆弱地闪烁了两下，逐渐熄灭。大地又发出了可怕的声响，但这一次，像怪兽牙齿般翻起的土地逐渐被抚平，重新变得完好如初。金渊长长的辫子飞舞在脑后，勉强在这场无形的暴风中站立着。突然，翩立金色的发丝疯狂地在空中飞舞，衣襟也向外爆炸开来。银白色的气流拉成了线，如数万条钢丝一般向周围穿去，金渊脚下的石柱瞬间碎成了粉末。

只感到被某个声音召唤着，泉逐渐恢复了意识，一睁眼就感到一股陌生的强大能量包裹在周围。她坐起身，发现金渊已经跌落在地上，尊贵的白袍被划出一道道口子，隐约露出血迹。上面是接近于疯狂的翮立，释放着扭动的雾气，覆盖了眼前这片土地。

“泉，你的弓箭！”翮立喊道。

泉突然从愣神中反应过来，慌忙释放出蓝色守护。

这时，哥哥突然叫住她，“泉，光靠你一个人的力量是不够的。”

“……”泉迷茫地望向正在艰难站起来的驰。

“照我说的做。”驰说着，凭空摆了个拉弓的姿势，泉学着他的样子，也拉开弓箭。

然后，泉跟着驰庄重地念着：“尊敬的自然之神，请借给我你的力量，帮助我守护我爱的和爱我的人。并且，我愿意将此力量托付于守护者之王，金翮立，与他共同守护这些脆弱的灵魂……”翮立的手中逐渐出现了一个弓箭，包裹着洁白的光芒。他拉开弓，与泉一起瞄准了金渊。

刹那间，两支光箭在空中划过两道优美的弧线，消失在从另一边爆发出的电蛇之中。紧接着，一切景象都破碎在白色的混沌里。

当风尘都消散的时候，泉才真正意识到自己动用了多么强大的力量。不远处，金渊靠在一根粗壮的树根下，垂着头，似乎已经筋疲力尽地昏迷过去。在他身旁，是无数根断裂的枝条和划伤主干的苍天大树。阳光再一次穿过云层，给眼前的惨景镀上一层金，让人不禁感慨万分。

“他……死了吗?”泉小心地问。

“没有，只是把那瓶药水的力量耗尽了吧……”翮立目不转睛地盯着远处的金渊。

“所以……我们成功了?”

翮立扭过头，冲泉温柔地一笑。泉立刻兴奋地蹦起来，拉着凌阴不住地转圈，喊着，我们成功了，我们成功了。凌阴一边笑着，一边忍着伤口的疼痛骂着，让泉轻一些。翮立仰起头，沐浴着阳光，眼中充满了暖流，似乎他在那些断枝上看到了新生命的诞生。驰则坐在地上，用能融化坚冰的目光望着自己日益成熟的妹妹，露出欣慰的笑容。

顿时，一切都变得那么完美！就算已经伤痕累累，有你们，就很好。

泉看到了哥哥的笑容，跑过去拉起他，眼中是清爽的湖水在轻轻荡漾：“哥，我们一起回金都吧！一起守护这个王国!”

“好啊！好啊!”驰笑着，不住地点着头，那幸福的样子，仿佛他已经拥有了人世间所有的美好。也许这一次，真的可以回到从前了。可以像以前一样，拉着你的手奔跑；可以像以前一样，看你欢乐地在雨中踩着水花；还可以带上泽加那两只雪狼，驰骋在森林当中，一起体验速度的快感。也许这一次，我能作为雨弓驰，永远地陪在你身边了。

突然，驰的脸色一变，将泉拥入怀里。泉一愣，随之目光急剧颤抖着，一把粗糙而尖锐的石剑高高耸立在哥哥的背后，杵向天空，然后灰飞烟灭，混进阳光中。靠近心脏的位置，立刻汩汩地流出鲜血。金渊的咒骂声随即传入耳朵："可恶……真是碍事的家伙……"泉紧紧地抱住驰，惊恐地感受着他的身体逐渐卸去气力，手上沾满了他的血迹。她觉得，自己仿佛又跌进了一个黑洞，正急速下落，越陷越深。数不清的记忆片段与自己擦肩而过，留下的只是那年充满恐怖寂静的森林和哥哥怀抱中的温度与力量。

十年前，在冰天雪地的森林角落，哥哥也是像这样，用身体护住了自己。他瞬间释放出了所有能量因子，想阻挡黯瞭的子弹，但是却只保住了泉，而牺牲了自己。也许，他早就知道这个结果吧……就像今天一样，明知道这样自己必死无疑，却还是不假思索地为自己挡住了那一剑。

他只是想让她活下去……

"对不起了……"驰扶着泉的肩膀，勉强支撑着身体，"看样子……没办法陪你去金都了……但是，我不会轻易离开你的。答应我，无论怎样，都要开心地活下去……"他说着，在泉的额头上轻柔地印上一吻。泪水瞬间夺眶而出，泉不管不顾地用手抹了抹眼睛，血水混杂着蹭在了脸上。

"你不是会治愈术吗？快救救雨弓驰啊！"凌阴焦急地看着，却无能为力。

翩立蹲在泉的旁边，一直保持着沉默，许久才回答说："没用的……他的伤口是致命的。而且，用我剩余的因子根本无法治好，还会带来更多的痛苦……”

“没关系的……”驰虚弱地抬起头望向翾立，双手仍紧紧抱着泉，眼中是乞求的目光，“那件事就拜托你了……”

看到翾立沉重地点点头，驰用尽他最后的力气给了大家一个大大的微笑。那一刻，大家仿佛又看到了伊甸园般的景象。驰就站在那里，抚摸着巨大雪狼的鼻尖，依旧微笑着。温暖的风吹过，带着阵阵清香，掀起了他柔软的发丝。没有景象能比春日里的他更加迷人。他回过头，向大家挥挥手，转过了身。一切，转瞬即逝。

泉呜咽着，有什么在口腔中混沌成一片。哥哥的头轻轻地靠在了自己的肩上，仿佛睡着了一般，温度却一丝一毫地消失，那双手转而无力地从自己的背上滑落……

“驰……驰……”

“驰！”

泉的哭声响彻了天空，将本就毫无生机的森林又泼上了一层凄凉的墨色。翾立小心地让驰平躺在地上，一只手的指缝间垂直夹着一个黑色的项坠，轻轻按在驰的胸口。魔法阵在脚下浮现，不断向上释放着金色的游丝。

几天前……

门口的光亮逐渐消失，凌雨已经离开了房间。两个男孩站在朦胧的月光下，一个庄严尊贵，一个清纯俊雅。两个人沉默着，留下一片寂静。

“嘿，雨弓驰。”翮立首先打破了沉默。

驰轻松地笑起来，说：“知道吗？有人叫出我真实姓名的感觉，实在是太好了……”

“那你为什么不告诉泉你的真实身份，却让她叫你夙隗？虽然没有跟她仔细聊过，但是可以看得出，她很想你，很希望再见到你。”翮立疑惑地问道。

驰摇摇头，眼中立刻闪过一丝悲伤：“如果她知道我回来了，只会更痛苦的……”

“为什么？”翮立变得更加费解。

“我不知道……只是感觉，我没有办法一直陪着她。我……”驰停顿了一下，“我很快就会死的，真正的死亡……”翮立听着，没有说话，心情突然变得格外复杂。“这也是为什么我要拜托您这件事情。”驰继续说着，清澈的双瞳映着窗外的月光，“我听说王族有一个代代相传的法术，你们从小就要接触，但又从不轻易使用，因为它从某种意义上说可以延续人的生命。但是，王族知道违背自然法则的危害，所以就把它列为了禁术。王，您应该知道我说的是什么吧？”

翮立的手逐渐缩紧，长长的刘海儿遮住了双眼，看不清他的表情：“你在说‘附灵’吗？”

“嗯。万一我真像我说的那样死亡了的话，您能不能为我……使用附灵……拜托您了，我只想让我的灵魂留下来，陪在泉的身边……”

翮立听着，本就冷峻的面容又蒙上了一层冰霜。

“砰”的一声，金渊被毫不留情地摔在了地上，痛苦地呻吟着，身下的土地断开了几条裂缝。泉不知道什么时候已经跨到了他的身上，手持一把剔透的长刀，两眼满是血丝。凌阴感受着她身边释放出的惊涛骇浪般的力量，心里充满了恐惧，木在了原地。

金渊注视着雨弓泉仇视的目光，放声奸笑起来：“哈哈，雨弓泉，你想杀了我吗？你敢吗？据我所知，你还没杀过人吧！”泉看着他狰狞的笑容，面无表情，如死神一般举起冰刀，然后，手从空中赫然落下……

中午绚丽的阳光依旧照耀着，在冰晶中几经折射，变成一块块光斑映在金渊煞白的脸上。他明明被光晃着眼睛，却始终不敢眨一下，刀尖停在他的鼻梁上方，仿佛时间定格在了这一秒钟，只有一滴水珠沿着刀尖缓缓滴下。泉的手在空中颤抖着，被另一只半透明的手紧紧抓住，动弹不得，身后是驰温柔的目光。

“泉，不可以杀人哟……”他轻声说道，只是一句，就足以融化千年冰封。只见他一只手拥住她的身体，另一只手依旧拦着她的臂腕，直到冰刀从她手中滑落，才微笑着化成点点晶莹的光，附在翮立手中的项坠上。泉站起身，双眼无神地望着前方，留给别人一个坚强而孤独的背影，两行泪水却瞬间滑落。

“他死了……你杀死了他……”她说，声音平静得毫无波澜，冰冷的眼神却陡然落在金渊身上，“可是我却无法杀了你……”

一切都没了。与外界相通的最后一道门也被死死地关上，在这个漆黑的石窟里，没有人能进来，也没有人能出去。他还是走了，带走了这里残存的温暖，然后，留下她一个人，体验人生的漫长。

忽然，一个精致的项坠从眼前落下，四片黑色的菱形晶片，四角相接在一起，组成了一个星星的形状。泉捧着它，轻轻抚摸着，诧异地看向翮立。“戴好这个祭灵项坠，里面有你哥哥的灵魂。别误会，这是驰的意思。”她听着，露出了一个感激的微笑，将项坠贴在胸口，泪湿满面。

就在这时，翮立捡起地上的冰刀，毫不犹豫地朝金渊刺下。

不知过了多久，金渊慢慢睁开眼睛，才发现刀片并没有伤到自己，而是擦着他的发髻垂直插入了旁边的土壤。他没有死，却也感到筋疲力尽了，躺在地上，长长地呼了口气。身旁，三个少年正目光平静地望着自己。

“为什么不杀了我？”金渊问道。

“有人还要见你。”翮立淡淡地说，将唤灵灯递了过去。在灯里，金渊看到了那个久违的亲切的面庞。

“古阔博士……”金渊怔怔着看着面前白发苍苍的老人，“对不起啊……没能替您实现梦想……”

老人和蔼地笑了笑：“我的梦想已经实现了啊。当时提出鬼人计划，就是为了让你的才华展现出来，想让你像金琛一样成为最闪耀的钻石。现在，你成功了，突破了当时我们都没法解决的难题。我真的很为你自豪。只是，不要用你的成功去伤害别人了，好吗？”

金渊望着老人的双眼，突然像孩子一样哭了起来。

“回家吧……”

那天，所有人都湿了眼睛。多年来的那些悲伤，那些寂寞，那些坚强，那些虚伪、怀疑、愤怒、拼搏与仇恨，都在那一刻变得不堪一击。

记得有一个人说，要领着我们飞翔，却在中途跌落；有一个人说，要和我们一起奔跑，却在半路变了方向；有一个人说，我们快乐就好，却带来了袖手旁观的冷漠。而那个人，却宁愿把自己束缚在我们身旁的某个不起眼的角落里，无时无刻准备着向我们张开臂膀。

他说。

这样，我就可以永远地守护你了。

尾声

加冕礼

转眼间，枯树枝已经覆盖上了毛茸茸的绿色，尼塞森林的野兽们也活动起来。阳光从云层间倾泻而下，将人们笼罩在那温和的光芒中。清风夹着从远处带来的花香，在人们的步伐中穿梭着，尽是沁人心脾的气息。清脆的福铃声已经从主教堂荡漾开来，一点一滴地将人们的祝愿唱进了音符，飘上湛蓝的天空。在一旁幽静的陵园中，雨弓泉双手合十，默默祈祷着，身前是父母和哥哥的墓。

“真可惜啊……你们好不容易才相见的……”知秋不知什么时候出现在自己身旁。

“你都知道了？”

“嗯……凌阴都跟我说了。”知秋支支吾吾地答道。

泉慢慢睁开双眼，失神的瞳孔逐渐添上柔和的光彩。“算了……”她叹声道，“没什么可惜的。他想尽了各种办法陪在我身边，我应该开心的。而且，他真的化为了永恒，来兑现他的诺言了……”泉说着，抚摸了一下颈上的祭灵项坠。

知秋不语，只是静静地听她说着。虽然只见了驰几面，但她已经深深地爱上了这个男孩。如今，这个他为了自己唯一的妹妹放弃了生命，她也不知道是应该伤心还是高兴，只能用蹩脚的笑容来面对了。

本以为自己在洞穴中寂寞的日子即将结束，谁知，原来也是转瞬即逝的彩虹。

泉瞥了一眼明显在沉思的知秋，继续说道："我们也许应该为他们感到惋惜。"此时，她已经跪在了另外两个崭新的墓碑前。石碑同样经过良好的雕刻，从上往下，分别写着两个年轻的名字：东卡，文伊月。

虽然已经过了好几个月，也很少有人问起，但泉从来都没有忘记发现他们时的情景，就像一幅栩栩如生的画卷，印在脑海里。那时，金渊已经彻底溃败，剩下的只是来自时间伸出的悲痛与悔恨。地下迷宫已经被失控的鬼人摧毁，地面在瞬间塌陷，堪比又一个世界末日。人们花了许久才在两个石板的夹缝间找到他们。两个人紧缩在一起，相互依偎着。东卡的双眼轻轻地闭着，脸上看不出痛苦，两只臂膀紧紧环绕着伊月。伊月依靠在东卡的肩上，面容安详，仿佛睡着了一样。但是，在场的人都已经潸然泪下了。

"他们那样子，就像当时的我和驰，只是，他们没有我们这么幸运。伊月没有活下来，东卡也没有。"泉说着，凭空握住一把冰刀，在自己的手指上割了一下。一滴热血滴进了石碑前的土壤。知秋接过冰刀，也将自己的血滴了进去。

两个女孩就那样跪在墓前，沉默了许久，然后才站起身，捶捶已经发木的双腿。

"知秋，我可以拜托你一件事吗？驰最大的愿望就是可以帮助爸妈守护好福瑞恩，那里是他们的家乡，也是许多代守护者的家乡。你可以帮他完成这个心愿吗?”

知秋一愣，嘴角扬起微笑:“你不用说，我也会去做的。我本就是尼塞森林的守护者，现在，也应该去守护那座小镇。”

“好，那就谢谢你了。”

“那我先回去了。”知秋笑着挥挥手，转身离去。

“知秋!”泉突然叫住她，她停下脚步，“其实哥哥说过，等 D 党的事情一结束，他就去找你的……谁知道发生了这种事情……”

心里忽然隐隐作痛。知秋背对着泉，冷冷地说:“找我?找我干什么呢……”

“他，想亲口告诉你，他喜欢你。”

世界骤然无声了。花瓣飞舞着，抚过她银白的长发，四周是那么安宁，只听树叶如风铃般相撞，奏着如流水一样的乐曲。知秋怔怔地伫立在原地，眼中是止不住的惊讶和泪水。半晌，她终于喃喃地说道:“这样啊……”

泉独自一人走在曲折的路上，两旁绿树簇拥着花团，努力追逐着太阳的方向。“这样真的好吗?你又撒谎了，还要我替你顶这个罪。”泉突然对着空气说起话来。

“是啊……她无法知道你的存在，就无法找到谎言的真相。”

在雕饰着精简花纹的落地镜前，翮立最后整理了一下衣领，捋了捋刘海儿，露出那枚金色刻纹。穿上了这件只有重大仪式才可以使用的礼服后，王室的英姿与霸气就被毫不掩饰地展现出来。他满意地笑了笑，忽然注意到镜子中那有些陌生的充满温度的目光。上一次面对自己这样笑是什么时候？翮立想了想，只能给出一个极为模糊的答案。他摇了摇头，不再去纠结，回手拉开窗帘——夕阳已经映红了半边天了。

当时，大家就是在这样殷红的黄昏下把金渊和容琴带回白金宫的。一路上，行人马车全都让到了一边，金坤更是站在门外迎接，完全不像在押送一个犯人。当他们一行人走过金坤时，金渊特意停下步伐，说："谢谢你，这么长时间，却什么都没说。"金坤微笑着点点头："不，其实我也应该谢谢你折腾出这么大的动静。否则，我们翮立也不会这么快长大。"

金渊有些惊讶地听完金坤的话，随后又轻笑了一声，离开了。

翮立一直站在金坤的身边，诧异地望着他。金坤却故意忽视，默默地望着远处的天际线，许久才说："翮立，我想，我该把王的位置还给你了。"

"咚咚咚。"一阵敲门声打断了翮立的回忆，萧守轻轻推开门："翮立，都准备好了吗？"

"嗯。"

"月亮已经出来了，马上就要开始了。"萧守的声音带着难以掩饰的兴奋。

"泉和凌阴呢？"

"早就在大厅等候了。"

"我知道了，马上就来。"

暮色很快就笼罩了金都，可各家的灯光却反常地熄灭了。繁华的城市留下一片漆黑，只看得见波光中央散发着淡淡光芒的白金宫和由点点烛火汇成的河流。烛光一闪一闪，点缀着大街小巷，像千万只萤火虫般向白金宫前簇拥而去。

听啊！人们的歌唱已经进入了高潮，时而悠扬婉转，时而舒展灵动，好像在空中书写的美妙诗篇，歌颂着希望，歌颂着美好。忽然，一群孩童高亢明亮的嗓音划破了天际。同样的歌谣，这一次却充满了活力。大人们手提着火烛，看着年轻的孩子扬起了微笑，再一次附和着唱起来。清澈的歌声足以在黑暗的夜里，为人们点亮一盏明灯。

他们要用这样的歌谣来庆祝弗洛威几十年才有的一次盛大仪式。

人群已经挤满了白金宫前的花园，又陆陆续续沿着湖边的栅栏围了一圈。远处，绝域学院的灯光也最终熄灭，整个金都里只见白金宫与主教堂在浓浓夜色中耸立，遥相呼应。这时，萧守从屋顶放出一道紫色的电光，宫殿的大门随即打开。金坤头顶王冠，身着一套盛装，庄重地走了出来。

此时，在王宫地下的一个秘密房间里，雨弓泉刚带人给金渊送来一套衣裳。上好的布料，经过手工制作，精细的花纹，更不忘加上象征王族的符号。“喂……”泉盯着不远处那个沉默不语的男人，眼神异常平淡，“你赶紧把衣服换好吧。凌阴说，加冕礼已经开始了。你就不想去看看吗？”金渊依旧不说话，垂着头，背后的发丝已经胡乱地缠绕在一起。

“金渊叔叔，我劝你还是去看看吧。这是翮立给你的请帖。”说着，泉把一个信封放在他的手边，“我在门外等你。”

凌阴躲在大厅里，不时向地下室的入口张望，耳边是金坤冗长的演讲。“去叫一个金渊怎么这么慢……”凌阴不耐烦地自言自语道。

“别急，出不了事的，以泉的身手，现在的金渊已不能把她怎么样。更何况，他对那个年龄的女孩没兴趣。”

凌阴有些尴尬地看向一旁的翩立。金黄的头发垂在耳朵两侧，动人的双眸透出扑朔迷离的光芒。身上已经不是之前近乎于休闲服的衣裳，换上了定制的纯白色制服，加上大气的金色花纹与他脸上的刻纹相配，尽显王者的尊贵。现在，再也没有什么能压住他的气场了。

“翩立，你太可怕了，明明是在开玩笑，自己却一点都不笑。”

“是吗?”翩立正视着凌阴，故意摆出一个笑容。

“王子殿下，该您上了。”仆人毕恭毕敬地提醒道。

翩立点点头，又向凌阴嘱咐了一句：“金渊那里就看你和泉的了。你们走时，就让神徒看着他就行。”说罢，他便走出了大门。

“下面，金翩立，我们新一任的王，将接受大家的审核。”

凌阴焦急地在楼梯口张望着，再不来就要错过关键部分了啊!

“如果你认同这位王者……”

泉拉着金渊匆匆地跑了上来。

“请放飞你手中的烛火……”

凌阴带着他们在走廊里奔跑着。

“如果你不认同这位王者……”

打开门，在肃穆的人群中穿梭。

“请你熄灭手中的烛火……”

不断向远眺望，寻找着高台上翮立的身影。

“现在，审核开始！”

看到了！

在话音落下的一瞬间，宫殿的光芒立刻又淡下去不少。烛火三三两两地徐徐升上高空，填补着空荡的夜色，好像一片繁星，而那美丽圣洁的宫殿就沉睡在这星宇当中。“好漂亮！”泉望着这星星点点的景象感叹道。悬在半空的烛光越来越多，密密麻麻地洒在天上，给夜晚印上了暖暖的颜色。当最后一点烛光也飘到了高空时，光芒“呼”地熄灭了。

金都彻底地被笼罩在了黑暗中，就连白金宫与主教堂的灯光也被切断了。所有人都屏息凝神，保持着宁静，连两三岁的孩童也不哭不闹。大家都默契地在黑暗中期待着。不一会儿，茫茫夜色中浮现出一点又一点的星光，青色银色的光芒交织在一起，如镶满在夜空的钻石。星光变得越来越密集，人们也逐渐展开了笑脸。

金坤望着那有着绝世之美的星空，向翮立欣慰地点点头，然后向居民大声地宣布：“星藏大人认同金翮立成为新的王者了！”顷刻间，白金宫周围响起一片欢呼声。只见金坤向前迈了一步，双臂向星空张开，一团金色的雾气随之散开。点点星光排成了一缕向他聚集而来，在他手上形成了一顶精致的王冠。那王冠有着前所未见的璀璨光芒，远看以为是珍珠钻石，近看才知道，那是整个星空！

雨弓泉和凌阴已经看傻了眼，怔怔地望着那顶王冠，一动不动。突然，有人轻轻拍了下他们的肩膀：“大人，该你们上场了。”

“金翩立，这顶由繁星做成的王冠是你新身份的象征。”金坤高举着王冠，庄重地说，“你要记住，这不仅是星藏大人对你的认可，也是上千万人民对你的信任与期许。只要民心在，这顶星之冠必在。现在，我金坤，正式将王位归还于你。”说着，王冠已经落在了翩立的头顶。他立起身，向人们举起胜利的拳头。欢呼声如海潮般响彻天空，人们不禁开始手舞足蹈来庆祝这位年轻的王的诞生。就在这时，一阵阵空灵的钟声荡漾开来，人群立刻肃静了，聆听那来自星界的神圣之音。金渊站在人群中，望着翩立挺拔的身子，欣慰地笑了。

钟声就那样一遍遍地响着，回荡在人们心中，宣告着新一代王者的诞生。翩立向钟楼眺望，凌阴和泉正在向他挥手。当然，还有……

“请允许我向大家介绍一下新一代的守护者：凌阴、雨弓泉……”翩立欲言又止，重新向钟楼望去。在泉的身边，是那个温柔的男孩。他正朝自己开心地笑着，送来属于他的那份，永恒的祝福。

还有雨弓驰。翩立在心里默默地念道，幸福地笑了。